中国古典诗词
名家菁华赏析丛书

辛弃疾词赏析

马　玮 主编

商务印书馆国际有限公司

丛书主编

马　玮

本册撰稿人

方周立

丛书编委

（按音序排列）

曹晨曦　　方周立
胡连彬　　马佳明
马静婉　　马　骎
马　玮　　南　方
徐　斌　　杨二宁
杨　芳　　杨　敏
张　一

总　目

说　明

一、本书选取宋代词人辛弃疾不同时期不同风格的代表性词作 70 首。

二、所收词以《全宋词》为底本，同时参考其他版本。

三、所收词按照创作年代的先后顺序排列。

四、正文前撰有辛弃疾简介，内容涉及词人的生卒年、名号、籍贯、主要仕历或人生经历、创作经历、创作特点、他人评价或在文学史上的地位等。

五、词原文后列有对一些难解字词、生僻字、历史词、方言词、古地名、出典、重要事件等的注释。

六、每首词都设有题解，内容包括诗词类型、写作背景（或人物关系）、思想内容以及其他需要交待的内容等。

七、每首词都有赏析，主要阐述诗词所蕴涵的文学性和思想性，对于比较难懂的诗词，一般有逐句翻译式的串讲，有名句的，大都给予点出。

八、一般对一首词撰写一篇赏析文字。

九、本书使用简化字和现代汉语标点，在可能有歧义时，酌用繁体字或异体字。

十、行文中涉及的年份，一般用旧纪年，其后括注公历纪年，“年”字从略。

十一、行文中如涉及与今地名不一致的旧地名时，在旧地名后括注今地名或其归属地。

序

梁 静

“中国梦”，这个富于诗意的名词，激发了国人对于未来的美好憧憬。这一梦想承载着每个华夏子孙的使命与担当，寄托着无数神州儿女的未来与希冀。中国梦更是面向未来的事业，需要一代又一代青少年励志成长成才，矢志逐梦圆梦，努力让美丽青春焕发绚丽光彩！

实现美丽的中国梦，必须走中国道路，弘扬中国精神，凝聚中国力量。在中华民族五千年悠悠文明史中积淀的优秀传统文化，无疑是凝聚民族精神的思想内核。一代文学大家巴金曾说：“我们有一个丰富的文学宝库，那就是多少代作家留下的杰作，它们教育我们，鼓励我们，要我们变得更好，更纯洁，更善良，对别人更有用。文学的目的就是要人变得更好。”这座文学宝库中，唐诗宋词等闪耀着瑰丽光芒的奇葩，历千年而不朽，给世人以丰润的精神滋养：这里有杜甫“穷年忧黎元，叹息肠内热”的忧国忧民的伟大情怀；有李白“仰天大笑出门去，我辈岂是蓬蒿人”的自我肯定；有王维“行到水穷处，坐看云起时”的随缘自适；有李商隐“春蚕到死丝方尽，蜡炬成灰泪始干”的无私奉献；有苏轼“莫听穿林打叶声，何妨吟啸且徐行。竹杖芒鞋轻胜马，谁怕，一蓑烟雨任平生”的淡定、旷达。每每读之，掩卷沉思，这些诗词不仅给我们带来了唯美的精神享受，帮我们构筑起永恒的精神家园，同时，让我们的人生变得更加诗意。

众所周知，文学即是人学。无论是文学创作，还是文学阅读，出发点与归宿都是“人”，是人的心灵，人的情感，人的精神。“古人为诗贵于意在言外使人思而得之”（司马光语）。对于正处在接受德育、修养品性最佳年龄段的青少年来说，大量阅读唐诗宋词等经典作品，不仅能够让他们突破时空的限制，与千年之远、万里之外的人、生物乃至宇宙的一切生命进行对话，进行思想的沟通与心灵的交流；而且能够让他们从中汲取丰富的精神养料，以此陶冶性情与提高修养；同时，还能够让他们从先贤的境遇中学会如何面对人生，解决人生的种种问题，最终成长为具有美丽心灵的健全的“人”。

此外，大量阅读经典也能够让青少年对汉语的魅力有更深刻的感受。汉语是世界上最精练的语言文字，唐诗宋词则将汉语的这种优势发挥得淋漓尽致。在这些文学大师的笔下，语言就像是被赋予了生命一般，富有灵气，蕴藉深邃。

随着“国学热”“汉语热”的回潮，以凝聚着民族和时代精神的“文学名作”为主体的大量青少年课外读本被开发、推广。商务印书馆国际有限公司出版的这套中国古典诗词名家菁华赏析丛书，首批十本，分别选取了唐代开宗立派的诗人，如王维、李白、杜甫、白居易、杜牧、李商隐，以及宋代成就卓著的词人，如柳永、苏轼、李清照、辛弃疾。每本选取一位诗词大家的具有代表性的作品近百篇，在尽可能尊重原作意旨的基础上，进行深层的赏析与阐发；同时，对作品的创作背景简单介绍，做到知人论世。至于诗作版本方面，则择善而从，一般不作校勘说明。

这套书应时而出，定会对广大青少年提高审美鉴赏能力、提升思想境界起到积极的作用。

辛弃疾简介

辛弃疾（1140—1207），南宋词人，原字坦夫，改字幼安，别号稼轩，历城（今山东济南）人。他是中国历史上伟大的豪放派词人、爱国者、军事家和政治家。

宋高宗绍兴十年（1140），辛弃疾出生于山东济南的一个有民族气节的家族。他的先代曾袭封中下级军职，祖父辛赞在中原沦陷时，由于家族所累而未能全身而退，被迫接受金人县令、知府等伪职。但他爱国之心、报国之志未泯，一直希望有机会“投衅而起，以纾君父所不共戴天之愤”，并常常带着辛弃疾“登高望远，指画山河”（《美芹十论》）。

辛弃疾的一生，以他二十岁“南渡”为界可分为前后两个时期。二十岁以前，他生长在北方沦陷区，亲眼目睹汉人在金人统治下所受的屈辱与痛苦，生灵涂炭，水深火热。“号泣动乎邻里，嗟怨盈于道路”（《金史·兵志》），再加上受他祖父爱国行为的影响和熏陶，使他在青少年时代就立下了恢复中原、报国雪耻的志向。绍兴三十一年（1161年），金主完颜亮大举南侵，在其后方的汉族人民由于不堪金的残酷统治和重压，奋起反抗。济南农民耿京聚众二十万人起义。时年二十一岁的辛弃疾激于民族大义，也组织了一支两千多人的队伍，参加由耿京领导的声势浩大的起义军，并担任掌书记。当金人内部矛盾爆发，完颜亮在前线为部下所杀，金军向北撤退时，辛弃疾于绍兴三十二年（1162 年）奉命南下与南宋朝廷联络。在他完成使命归来的途中，听到耿京被叛徒张安国所杀、义军溃散的消息，义愤填膺，便率领五十余骁勇骑士夜闯敌营，把叛徒擒拿带回建康，交给南宋朝廷处决。辛弃疾惊人的勇敢和果断，使他名重一时，“壮声英概，懦士为之兴起，圣天子一见三叹息”（洪迈《稼轩记》）。宋高宗便任命他为江阴签判，从此开始了他在南宋的仕宦生涯，这时他才二十五岁。

辛弃疾南归以后，历任湖北、江西、湖南、福建、浙东安抚使等职，政治上追求上进，一生力主抗金，在政治上、军事上都采取了一系列的积极措施，为光复河山完成祖国统一大业竭智尽忠。他曾多次上书朝廷，鼓吹抗战，陈述复国方略，先后进奏《美芹十论》与《九议》，条陈战守之策，显示其卓越的军事才能与爱国热忱。尽管这些谏议书在当时深受人们称赞，广为传诵，但不作为的朝廷却反应冷淡，只是对辛弃疾在建议书中所表现出的实际才干很感兴趣，于是先后把他派到江西、湖北、湖南等地担任转运使、安抚使一类的地方官职，去治理荒政、整顿治安。辛弃疾关心民瘼，在地方上也做了一些实事和好事，这在他的诗词中都有反映。如恢复被破坏的滁州，在江西打击囤积居奇的豪绅富户，赈灾济民，等等。由于他在地方官任上打击豪强，惩贪治虐，触犯了朝中一些显贵的利益，于是这些反动势力上下勾结，喋喋不休地对辛弃疾进行诋毁中伤，使他长期处于孤危的地位。再加上辛弃疾鼓吹抗金，批判朝政，这些逆政治主流而动的行为，也使当局对他大为不满，这些因素综合在一块，最后导致他被诬陷弹劾而落职。这些事件发生在宋淳熙八年（1181），辛弃疾当时四十一岁，从此，他开始过起了退隐的生活。从宋孝宗淳熙九年到宁宗嘉泰三年（1203），其间除一度出任福建路提刑和安抚使外，他先后在江西上饶带湖和铅山鹅湖蛰居了近二十年。宋宁宗嘉泰三年，时任宰相的韩侂胄想以对金作战来捞取自己的政治资本，起用了一些抗金人士，辛弃疾才一度出任浙东安抚使、镇江知府。此时的辛弃疾虽年过花甲，但依然精神振奋，壮怀激烈，制造军服，招募壮丁，为北伐尽了最大的努力。但韩侂胄不但没有采纳辛弃疾的北伐建议，反而又找借口罢免了他。壮志凌云，仕途坎坷，时乖命蹇，情何以堪！宋宁宗开禧三年（1207）十月三日，辛弃疾抱恨与世长辞。据说他临终时还大呼“杀贼！杀贼！”（《康熙济南府志·人物志》）后赠少师，谥号忠敏。

处在国破家亡、生灵涂炭的时代，辛弃疾决心舍身报国。他一生都在为祖国统一、民族复兴而奋斗，但遗憾的是终其一生也未能见到祖国统一的局面。他仕途坎坷，时乖命蹇，心情是压抑的，郁闷的，悲愤难平的。他无意成为词人，但一腔忠愤发而为词，形成了其独特的词作风格，这就是被刘克庄称为“公所作大声鞺鞳，小声铿锵，横绝六合，扫空万古，自有苍生以来所无”（宋刘克庄《辛稼轩集序》）的“稼轩体”。辛弃疾存词六百余首，其词热情洋溢，慷慨悲壮。笔力雄厚，艺术风格多样，多以豪放为主，有《稼轩长短句》。今人辑有《辛稼轩诗文钞存》。

辛弃疾的词多以国家、民族的现实问题为题材，抒发了强烈的爱国主义思想感情，极富现实主义精神和战斗精神。其中，有表现作者力图收复失地、统一祖国的豪情壮志的，如《水龙吟·渡江天马南来》《水调歌头·千里渥洼种》《满江红·鹏翼垂空》等；表现对北方地区的怀念和对抗金斗争的赞扬的，如《菩萨蛮·郁孤台下清江水》《鹧鸪天·壮岁旌旗拥万夫》《破阵子·醉里挑灯看剑》等；表现对南宋朝廷苟安求和的不满和壮志难酬的悲愤，如《水龙吟·楚天千里清秋》《摸鱼儿·更能消几番风雨》《永遇乐·千古江山》等。这些作品大都基调昂扬，热情奔放。此外，其描写农村景物和反映农家生活的作品，如《清平乐·茅檐低小》《鹧鸪天·陌上柔桑破嫩芽》《浣溪纱·北陇田高踏水频》《西江月·明月别枝惊鹊》等，都富有生活气息和乡土气息，给人以清新活泼之感。其抒情小词，如《丑奴儿·少年不识愁滋味》《青玉案·东风夜放花千树》等，写得含蓄蕴藉，韵味悠长。此外，辛弃疾还有一部分词抒写了知音稀少、无人能理解自己的苦恼和郁闷以及对家乡浓浓的思念之情，如《祝英台近·晚春》《木兰花慢·可怜今昔月》《西江月·醉里且贪欢笑》《满江红·家住江南》等等。

辛词继承了苏轼开创的豪放词风和南宋初期爱国词人的战斗传统，进一步开拓了词的境界，增强了词的表现力，形成了多种艺术风格，几乎达到无事无意不可入词的地步。辛词又创造性地融汇了诗歌、散文、辞赋等各种文学形式的优点，丰富了词的表现手法，取得了巨大的艺术成就。辛词的艺术成就之一就在于他善于通过鲜明典型的形象来抒发强烈的政治热情；艺术成就之二体现在多种风格的创造上。辛词以豪放为主，但又不拘一格，沉郁、明快、激昂、妩媚，兼而有之。他善于运用比兴手法和奇特想象，对自然界的山、水、风、月、草、木都赋予情感和性格，并有所寄托。辛词的艺术成就还体现在他善于吸取口语和巧妙运用诗文语言，自由地叙事、抒情、描写、议论，使词的创作尽力做到兼众体之长，提高了词的表现力。但辛词也有不足之处，如向来被人诟病的过多用典，尽管多数用得贴切生动，也有些作品因堆砌典故、议论过多而显得晦涩、呆滞。但一言以蔽之，辛词的出现，是词苑中盛开的一朵奇葩。《四库全书总目提要》评价 ：“其词慷慨纵横，有不可一世之概，于倚声家为变调 ；而异军特起，能于剪红刻翠之外，屹然别立一宗。”

辛弃疾生活在一个动荡的时代，他的词有着浓郁的时代精神和战斗锋芒，在当代就产生了很大影响。在他的影响下，南宋词坛上刮起一股爱国豪放的词风，陈亮、刘过、刘克庄、刘辰翁等彼伏此起，众星闪耀，在历史的长河中成就了一段传奇。

历史上少了一位得志的政客，因而也成就了一位纯粹的词人。国家不幸诗家幸。辛弃疾个人及所处时代的不幸，促成了他的苦苦抗争与求索、执着奋斗和不息呐喊。他的咆哮、他的呐喊、他的长啸低吟凝铸成一首首闪耀着思想和艺术光芒的词，定格在历史的长河中，千百年来仍然熠熠生辉。生命注定要结束，但思想和精神可以不朽，于辛弃疾而言，他做到了这点。

“铁板铜琶，继东坡高唱大江东去 ；美芹悲黍，冀南宋莫随鸿雁南飞。”这是郭沫若对辛弃疾评价的一副楹联，刻在铅山瓢泉瓜山山后的阳原山辛弃疾墓前的石碑上。一千多年后人们还读着他的诗词，谈论他的英雄事迹，英灵有知，当含笑九泉了。

目　次

满　江　红

建康史帅致道席上赋[①]

鹏翼垂空，笑人世苍然无物[②]。
又还向，九重深处，玉阶山立[③]。
袖里珍奇光五色，他年要补天西北[④]。
且归来谈笑护长江，波澄碧。

佳丽地，文章伯；金缕唱，红牙拍[⑤]。
看尊前飞下，日边消息[⑥]。
料想宝香黄阁梦，依然画舫青溪笛[⑦]。
待如今端的约钟山，长相识[⑧]。

注　释

① 史帅致道：史致道，名正志，扬州人。当时任建康行宫留守、建康知府兼沿江水师制置使。

② 鹏翼垂空：用的是《庄子》中典故。《庄子·逍遥游》："有鸟焉，其名为鹏，背若泰山，翼若垂天之云。"

③ 九重：天的最高处，这里指代皇宫。

④ 补天西北：用的是女娲补天的典故。

⑤ 文章伯：文坛领袖，这里指史致道。金缕：《金缕曲》，词牌名。红牙：乐器名，即拍板，亦称牙板。

⑥ 尊：同樽，酒杯。日边：皇帝身边。

⑦ 黄阁：汉代丞相官署的大门涂黄色，所以叫黄阁。青溪：与秦淮河相通。青溪笛：《晋书·桓伊传》记载桓伊曾在青溪为王徽之吹笛。

⑧ 端的：的确。钟山：在今南京市东。

题 解

驻守建康的军政长官史正志曾向宋高宗上《恢复要览》五篇，主张出兵北伐，恢复中原，因而深受当时抗金派的赞赏，辛弃疾对他钦佩有加，于宋孝宗乾道四年（1168）给史正志写了这首词。词中对史正志的抗金主张给予肯定，对史的才能给予了赞赏，表达了希望朝廷能重用史致道这样的抗战派官员来统一祖国的愿望，气势十分豪迈。

赏 析

南宋是一个懦弱且没有骨气的朝代，面对北方强敌金国咄咄逼人的攻势，采取了妥协退让的软弱政策，虽然抗敌的呼声此起彼伏，然朝政大权为投降派所把持，主战派无大的作为。辛弃疾抗金的主张始终是坚定的，旗帜是鲜明的，然而时时受到牵制和排挤，所以他在许多词作中，都表达自己势单力薄、没有知己的感慨。对于那些抗金的仁人志士，辛弃疾都表达了由衷的赞美和敬佩之心。这首词即为作者对主张抗金的史正志的赞扬，也表达了自己抗金到底的决心和信心。

词之上片主要是对史致道的赞颂，把抗金的希望寄托在他这样的人物身上。开篇一句“鹏翼垂空，笑人世苍然无物”，大鹏鸟展开巨翅，在天空翱翔，讪笑人间没有什么人才。作者用《庄子·逍遥游》里的典故，比喻史致道志向远大和才能超群。这一句，气势很足，气场很强，极富张力地表达了作者的情感。既是对史向皇帝建言献策行为的赞赏，也表达了作者在国势艰难的时局里渴望出现力挽狂澜、中流砥柱式的英雄人物来拯救国家的心愿，还表达了对堂堂中国竟然缺乏热血男儿、报国死士的痛惜之情。“又还向，九重深处，玉阶山立。”九重，皇宫。玉阶，宫殿里的台阶。这句紧承上文，点出了史致道在皇帝身边任职，置身中枢。为下面勉励史致道精忠报国埋下伏笔。“袖里珍奇光五色，他年要补天西北。”如果把上句看成是“矢”，这句便是“的”，是全词的主旨。你才干超群，胆略过人，希望你能做补天的女娲，赶走侵略者，光复河山。这里用的是共工怒触不周山和女娲补天两个相关联的典故，作者的忧国忧民之思，眷念故土之情充斥于字里行间。收复故土任重道远，一时半会不能奏效，那么现在最急迫的事就是不要使形势恶化，阻挡住金人南侵的脚步，因此引出下面一句来，“且归来谈笑护长江，波澄碧”。好了，远的不说了，现在暂且回到建康，保卫长江，固守住这一道防线，不要让金兵突破。“谈笑”写出了虽然斗争形势严峻，但并不慌乱，仍然是态度从容，谈笑风生。这不由让我们想起了苏轼《念奴娇·赤壁怀古》里的句子“遥想公谨当年，小乔初嫁了，雄姿英发。羽扇纶巾，谈笑间、樯橹灰飞烟灭”。这既是对史致道的期待，也是作者对一些弱者谈强敌而色变的一种蔑视态度，更是作者抗敌必胜的信心和决心的一种表现。

词之下片，表达了希望史致道能获得重用，建功立业的愿望，也婉曲地流露了自己渴望出人头地的诉求。“佳丽地，文章伯；金缕唱，红牙拍。”这句承上片先对史致道进行赞扬，接着写自己和史致道在一块的欢乐岁月。在这富足昌盛、歌舞繁华的建康，你的道德文章堪称翘楚，我们一起饮酒，写诗赋曲，听歌女演唱《金缕曲》词。乍一看，作者成了流连风月，不问国事的市井之流，其实不然，恰是作者心头压力太大，内心忧愁太多的缘故。所谓借杯中之物，浇心中块垒是也！作者虽置身风月场所，但念念不忘的仍是国事，仍是希望转机的出现，所以就有了下面两句，“看尊前飞下，日边消息。料想宝香黄阁梦，依然画舫青溪笛”。赏乐饮酒，美妙的音乐与醇香之酒也只是醉翁之意，要知道醉翁之意不在酒，在乎“山水之乐”。这山水之乐就是希望能传来皇帝支持史致道的主张，重用史致道，旗帜鲜明地抗击敌人，收复故土山河。但是这消息怎么迟迟不来呢？眼下他不还在青溪的画船上欣赏笛音，等待奉诏吗？难道真是好事多磨吗？在作者的意识中，史致道迟迟不见重用，白白地虚耗年华岁月，白白地浪费掉他的才能是多么可惜的事。作者替史致道打抱不平，也是抒发自己的愤懑，因为，自己和史致道是一条战线上的，史致道如果能得到重用，自己就会有出头之日。但无论是史致道，还是自己，都没有决策权，天意从来高难问，自己也只能祈祷和希望了，由此引出最后一句表明自己期望的结语：“待如今端的约钟山，长相识。”只希望自己的美梦成真，如愿以偿。有滚滚长江、巍巍钟山作证，不管史致道结局如何，仅凭他的抗金决心和无畏胆略，今生今世，他都是我肝胆相照的朋友！一句结语，含蓄中透出豪迈，使全词戛然而止，言外又有着绵绵的韵味，让人回味无穷。

全词笔势奔放，造语生动，主旨突出，情感张扬，激昂处，壮士怒目，低回处，静影沉璧。放声朗读，铿锵有力，让人心潮澎湃，热血沸腾。

水调歌头

寿赵漕介庵①

千里渥洼种，名动帝王家②。
金銮当日奏草，落笔万龙蛇③。
带得无边春下，等待江山都老，教看鬓方鸦④。
莫管钱流地，且拟醉黄花。

唤双成，歌弄玉，舞绿华⑤。
一觞为饮千岁，江海吸流霞⑥。
闻道清都帝所，要挽银河仙浪，西北洗胡沙⑦。
回首日边去，云里认飞车⑧。

注　释

① 寿：祝寿。赵漕介庵：漕，指转运使，负责财政、赋税及粮饷的官员。赵介庵，名彦端，宋皇族，当时任江南东路计度转运副使。

② 渥（wò）洼：水名，在今甘肃省安西县，当地产良马。这句用的是《汉书》上的典故。

③ 金銮：皇宫中的殿名。

④ 江山都老：指岁月流逝。鬓方鸦：双鬓的头发还很黑，指人年轻。

⑤ 双成、弄玉、绿华：都是古代传说中能歌善舞的仙女。这里皆是用典故。

⑥ 流霞：飘动的彩霞，古人幻想它可饮吸，因此，传说中有仙酒叫流霞。

⑦ 清都：古代传说中天帝居住的地方。胡沙：比喻侵略者奴役人民的罪恶。

⑧ 飞车：古代神话中传说的从风远行的车。

题 解

宋孝宗乾道四年（1168）九月，作者当时任建康府通判，就是知府的行政助理。适值自己的朋友、担任转运使的赵介庵过寿，于是写下了这首祝寿词。但这并不是一首单纯的祝寿词，作者借祝寿之名，对友人的才华作了肯定和赞扬，同时婉曲地表达了自己的理想抱负，勉励作者施展自己的才能，报效国家，为国家的抗金事业贡献自己的力量。

赏 析

在国难当头的日子里，一个真正的爱国者是无时无刻不想着国事家事的。辛弃疾是一个纯粹的爱国者，他的作品中念念不忘、时刻萦怀的都是对国事的牵挂，对形势的忧虑和对理想壮志的抒发。即使在给朋友的祝寿中，他仍然突出的是这个主题。

词之上片，作者以“溢美”之词对赵的才华作出了肯定和赞扬。

首句“千里渥洼种，名动帝王家”。借用典故直入主题，以良马喻指赵介庵的才能出众。古人常以良马喻人才。《南史 · 徐勉传》：“此所谓人中骐骥，必能致千里。”“渥洼”，水名，在今甘肃省安西县，是产千里马的地方。据《汉书·武帝纪》载：“元鼎四年六月，得宝鼎后土祠旁，秋，马上渥洼水中，作《宝鼎天马之歌》。”作者意思是赵介庵像历史上渥洼的名马，他的名气引起了朝廷的重视。也表达了作者雄心壮志受到压抑，志不得伸，欲求有人举荐的心情，语意双关。但作者对赵介庵的赞美不止如此，第二句“金銮当日奏草，落笔万龙蛇”。说赵介庵给皇帝掌理过制诰诏书，颇有文采，落笔万言，如走龙蛇。“带得无边春下，等待江山都老，教看鬓方鸦。”这句以春色喻福祉，带得无边春下，意思是说赵介庵能造福于百姓，把春天般的温暖带到人间。而以他的才干，做出一番事业后，还能保持自己的青春，尽管以后江山都老了，人还不老。这句其实暗含着自己对一天天老去而事业无成的喟叹。“莫管钱流地，且拟醉黄花”，这句把赵介庵比作唐朝的能臣刘晏。因唐代刘晏管理财政、赋税、盐铁等，使水陆运输畅通，物价稳定，曾说“如见钱流地上”。对赵介庵赞扬至此，用一句

"且拟醉黄花"一顿一转，我们先不说这些了，还是痛痛快快地饮酒，欢欢乐乐地赏菊吧！

"唤双成，歌弄玉，舞绿华。一觞为饮千岁，江海吸流霞。"过片两句，连用典故，有两用意：一为突出饮酒祝寿的内容，二为引出后面的抒怀言志的内容。双成、弄玉、绿华，都是古代传说中能歌善舞的仙女。流霞：仙酒名。据《论衡·道虚篇》记载："河东项曼斯好道学仙，委家亡去，三年而返。曰：'去时有数仙人，将我上天，离月数里而止。居月之旁，其寒凄怆。口饥欲食，辄饮我流霞一杯。每饮一杯，数月不饥。'"这几句，用典深奥生僻，影响阅读理解，但为整首词又平添许多书卷气息和浪漫神奇色彩，虽不易读，但耐咀嚼。而由此自然引出下面一句"文眼"来："闻道清都帝所，要挽银河仙浪，西北洗胡沙。"这两句化用杜甫的诗"安得壮士挽天河，净洗甲兵长不用"(《洗兵行》)。听说上帝要引天河的水来洗净西北胡沙，弦外之音是皇帝要出兵北伐，驱逐金人，洗净中原大地膻腥的胡沙。国家兴亡，匹夫有责，像你我这样衣食国家俸禄的官员更应全力报效国家，这是作者要表达的核心意思。辛弃疾向这位有权有势且能接近皇帝的大人物赵介庵，把自己的志愿提出来，希望他能在皇帝面前举荐自己，让自己英雄有用武之地，这便是这首词的真正的意旨所在！"回首日边去，云里认飞车。"自己的意思表达完了，又不免再来一句赞语。"日边"，"日"是皇帝，日边自然是皇帝的身边，说赵介庵在人们"回首"之间，就能到皇帝的身边，人们会钦羡地望着他乘坐飞车消逝于天地云间。那喻意是不言自明的：你赵介庵他日到皇帝身边述职时，不要忘了替我这远离"日边"的人美言几句，把我报国的雄心壮志好好转达啊！

纵观全词，上片着力赞扬赵介庵，突出了他的才华出众，能力过人。然而作者对朋友的赞扬，并不是出于私心，想从对方得到什么好处，也不是宵小的阿谀奉迎、溜须拍马式的赞颂，而是暗寓着一个"赵介庵是一个人才，是一个国家急需的人才，他可以凭借自己的能力和作为对国家有大的报效。我也有报国的志向，可惜英雄无用武之地，希望你有机会向朝廷举荐我"这样的一个潜台词。这样，就使上片对赵介庵的赞扬和下片抒写自己的报国宏旨发生了有机的联系。上片是"矢"，下片是"的"，作者是针对下片的"的"而在上片放出了"矢"。全词构思巧妙，浑然圆融。

念 奴 娇

登建康赏心亭，呈史留守致道[1]

我来吊古，上危楼，赢得闲愁千斛[2]。
虎踞龙蟠何处是？只有兴亡满目[3]。
柳外斜阳，水边归鸟，陇上吹乔木[4]。
片帆西去，一声谁喷霜竹[5]？

却忆安石风流，东山岁晚，泪落哀筝曲[6]。
儿辈功名都付与，长日惟消棋局[7]。
宝镜难寻，碧云将暮，谁劝杯中绿[8]？
江头风怒，朝来波浪翻屋。

注 释

① 建康：今江苏省南京市。赏心亭：北宋建康城西的一处建筑，是当时的游览胜地。史致道见第 1 页注。
② 吊古：凭吊历史人物和历史事迹。斛：古代的一种容器，能装十斗。
③ 虎踞龙蟠：形容建康地理形势险要。
④ 陇：田埂。
⑤ 霜竹：竹笛。
⑥ 安石风流：用的是东晋谢安的典故。哀筝曲：用的是晋朝桓伊的典故。
⑦ 儿辈句：用的是“淝水战争”的典故。
⑧ 宝镜：有两说，一为月亮，一为照妖镜。杯中绿：指酒。

题 解

这首词作于宋孝宗乾道五年（1169），是作者写给史致道的第二首词。在第一首词《满江红》中，作者表达了希望朝廷能重用史致道这样的主战派官员、力挽颓势的心愿。作者的愿望是美好的，但现实是残酷的，史致道未得重用。作者心情郁闷，登上建康的赏心亭，写下了这首词，送给史致道。词中感慨很深，虽是吊古，实是伤今。上片写金陵自古是“虎踞龙蟠”之地，但是南宋统治者不能利用它来力图恢复中原，作者面对江河日下的半壁江山，心头充满了忧愤。下片追忆晋代谢安的故事，对史致道得不到重用深表惋惜和同情。

赏 析

在国难当头、民族存亡的关键时刻，万马齐喑是一个民族的悲哀，所幸在中国的历史上，总有那些堪称民族的脊梁奋臂一呼，或挽救颓势，或保存下精神的火种，才使民族不灭亡，精神不堕落。而辛弃疾和同时代的史致道应该算是民族精神的代表人物，独立苍茫，摇旗呐喊，其声音或许不大，却给人希望和鼓舞。这也是辛弃疾把史致道引为知己，惺惺相惜的原因吧。

词的上片写“吊古”，吊古只是一个由头，一种心绪的宣泄，这种心绪便是不满和愤懑，而这种种的情绪在作者的笔下都体现出一个字：“愁”。“我来吊古，上危楼，赢得闲愁千斛。”开篇直截了当，直抒胸臆。登临危楼，想起往事，看现在国势民情，怎不让我愁上心头。“闲愁千斛”，极言作者的愁思之深，这“愁”既是对国破家亡之愁，也是对国势黑暗，前途暗淡之愁。“闲”字，正话反说，重语轻说。作者此时的“愁”和李清照笔下的“只恐双溪舴艋舟，载不动许多愁”，李后主的“问君能有几多愁，恰似一江春水向东流”的表意相当。文人墨客喜言愁，然而多数文人笔下的“愁”的分量和火力都不够强大，或是为文造情，或是离情别恨，或是情感纠葛。在所有的“愁”中，唯是写国仇家恨，国破家亡的“愁”最能动人心魄。“虎踞龙蟠何处是？只有兴亡满目。”这句暗含着一对比，金陵是坚固的，是险要的，占据着金陵的有利地形的一方应该是强大的，可是现在有着金陵的南宋当局，为什么不见强大和硬气，而处处退让，让国家呈现出一片衰象呢？表达了作者对当局不抵抗政策的不满。金陵即今天的南京，以位置险要和坚固著称。据《金陵图经》记载，诸葛亮评论金陵地理形势时说："钟阜龙蟠，石城虎踞，真帝王之宅。"钟阜即钟山，石城即石头城。"柳外斜阳，水边归鸟，陇上吹乔木。"这句写景，进一步渲染作者的愁绪。暮色沉沉，斜阳照在柳树上，鸟儿在往回飞，晚风刮着田野的树木，发出凄厉的声音。景色苍凉，内心惆怅，情景达到高度统一。"片帆西去，一声谁喷霜竹。""霜竹"指竹笛，北宋黄庭坚《念奴娇》词中有"坐来声喷霜竹"句。隐隐约约的江面上，一片孤帆西去，暮色中传来悠扬的笛声。暗指史致道不被重用，仕途失意，将会淡出政坛，浪迹江湖。古代士人，仕途失意，多心仪并选择隐居生活。如孔子曾说："道不行，乘桴浮于海。"我的政治理想不得实现的话，我就乘着一只小船隐居到江湖。苏东坡被贬黄州后，写了一首《临江仙》词，里面有"小舟从此逝，江海寄余生"句。此句写出了作者的惆怅无奈伤感之情，但作者是个不甘心于寂寞和沉沦之人，抗金决心也不会因为这事而丧失。所以，在这悲凉而沉重的氛围中，有了"一声谁喷霜竹"。悠扬的笛声，是黑暗中的光明，是绝望中的希望，是寒灰中的火星。暗示着作者仍然执着于自己的信心和决心，作者用"笛"而不用"箫"用心即在此。

下片重在伤今。抒发对自己的朋友、抗战派的代表人物史致道的不被重用的愤懑和同情。

"却忆安石风流，东山岁晚，泪落哀筝曲。"这句用了晋人谢安和桓伊两个典故。谢安，字安石，东晋人，晋朝孝武帝司马曜时任宰相。谢安曾寓居会稽（今浙江省上虞县西南），"高卧东山"，和当时的著名文人王羲之等游山玩水，咏诗作文，过着闲逸的生活。桓伊，据《晋书·桓伊传》记载，桓伊擅长音乐。一次，孝武帝司马曜召宴，谢安在座。桓伊弹筝唱歌、替谢安表白忠心，声调慷慨，谢安听完，泪下沾襟。后谢安得重用。这句意思是说，有大才的谢安，在桓伊的帮助下得到了朝廷的重用，而我却缺少桓伊那样的才能，对好朋友史致道没有什么帮助，真让人惋惜呀。"儿辈功名都付与，长日惟消棋局。"这里用的是"淝水之战"的典故。东晋时，前秦苻坚势力强大，发兵进攻东晋，谢安派他的弟弟谢石和侄子谢玄率兵迎战，以八万兵击败了南犯的九十万大军。当捷报传来时，谢安正和客人下棋，他十分从容地说："小儿辈遂已破贼。"这句的意思是说，功名事业让别人去干吧，自己只好整日下棋来消磨时光。作者用谢安借指史致道，表达了对他不受重用无所作为的同情和不满。“宝镜难寻，碧云将暮，谁劝杯中绿？”“宝镜”指月亮，另据王度《古镜记》，宝镜又是传说中的一种“照妖镜”。此处的表意兼而有之，表现了作者的孤寂和不平。“碧云将暮”，南朝梁代的著名作家江淹有《休上人怨别》诗“日暮碧云合，侍人殊未来”，意思是天快黑了，朋友没有来。这三句的意思是：宝镜找不到，连“对影成三人”的情境都不可得，孤苦无聊，谁来陪我喝一杯闷酒呢？如果把“宝镜”理解为照妖镜的话，这句的表意就成了：唉，可惜我没有照妖镜，不然我将照出把持朝廷那帮宵小的丑恶嘴脸，有心杀贼，无力回天，真让人太郁闷了，谁来陪我喝一杯酒呢？“江头风怒，朝来波浪翻屋。”这句写景，以渲染主观情绪，从赏心亭上远望，看到江上波涛翻涌，风大浪险，大有使房屋倾倒之势。这句写出了作者的情感的强烈，也暗喻着国势的危急，另外，也和上片首句的“闲愁千斛”形成照应，使得整首词在表意和抒情上浑然一体。

满 江 红

题 冷 泉 亭[1]

直节堂堂，看夹道冠缨拱立[2]。
渐翠谷，群仙东下，珮环声急[3]。
谁信天峰飞堕地，傍湖千丈开青壁[4]？
是当年玉斧削方壶，无人识[5]。

山木润，琅玕湿；秋露下，琼珠滴[6]。
向危亭横跨，玉渊澄碧[7]。
醉舞且摇鸾凤影，浩歌莫遣鱼龙泣[8]。
恨此中风物本吾家，为今客[9]！

注 释

① 冷泉亭：坐落在杭州西湖边飞来峰下灵隐寺西南角的水潭中央。此亭始建于唐代。宋代移此亭到飞来峰的对岸，高宗绍兴年间曾在此筑堰蓄水。

② 直节：竹。缨：帽带。冠缨：代指官吏。

③ 珮环：珮同佩，珮环，古人衣带上所系的玉饰。

④ 天峰：指飞来峰。据记载，东晋成帝咸和三年（328）中天竺国（今印度）和尚慧理到了这里，说此峰本是该国灵鹫山的小岭，不知何年飞到这儿来的。

⑤ 方壶：古代传说，方壶是仙山，为仙人群居之地。

⑥ 琅玕（láng gān）：像珠玉的美石，这里指翠竹。

⑦ 危亭：高亭。玉渊：清亮的深水潭。

⑧ 鸾凤：传说中有五彩羽毛的两种神鸟。古代用来比喻高尚正直的人或夫妻。

⑨ 风物：风景。吾家：指济南。

山木润，琅玕湿

题 解

宋孝宗乾道七年(1171),作者任当时京都临安(今浙江杭州市)司农寺(掌管粮食储存及发放官吏禄米的官署)主簿(主管文书簿籍的官员)。他看到冷泉亭一带优美而沁人心脾的景色,不由想起了享有“泉城”美誉的故乡济南,可是眼下却山河破碎,南北分裂,作者悲愤万分,不由发出了“恨此中风物本吾家,今为客”的感慨,表达了作者梦想收复失地和统一祖国的思想情怀。

赏 析

这是一首典型的以乐景写哀情的词。

词之上片重在写冷泉亭的景色,托物言志,突出了自己的志向远大与品行高洁。“直节堂堂,看夹道冠缨拱立。”以一句横空出世的写景之笔,既写出了冷泉亭的独特景色,也表达了作者内心的强烈思想感情。“直节”写竹,也指松树和杉树。南朝范云《咏寒松》诗:“凌风知劲节,负霜见直心。”意思是松树不怕风霜严寒,表现了它的正直和坚贞。以松竹梅兰竹菊等植物来喻一个人的节操品性,是古人表现这些植物的主要目的之一。所以这句既是明写冷泉亭独特景色:通往冷泉亭的路上,夹道而立的是一排排高大挺拔的松树和杉树,它们很威严地耸立道路两旁,像衣冠整齐的官员们拱手而立,也暗示自己的节操品性:我的为人处世,堂堂正正,不正是像这能傲寒斗霜的松树和杉树吗?另外,也表达了作者对吏治败坏的一种不满:如果所有的官员都能如松树和杉树一样的堂堂正正,有品行和节操,该是多好!“渐翠谷,群仙东下,珮环声急。”这句写冷泉亭的泉水,在接近青翠山谷的时候,从那里传来了叮叮咚咚的泉水声,宛然一群仙人从东而下,身上的珮环所发出的琤琮声音,动听悦耳极了。“谁信天峰飞堕地,傍湖千丈开青壁?”这句写飞来峰。“飞堕”写出了飞来峰的突兀和险要,“千丈”突出了飞来峰的气势不凡。谁能相信此峰是从天外飞来,陡直地耸立在西湖边上呢?作者对天竺和尚的说法表示了怀疑。“是当年玉斧削方壶,无人识。”对和尚的说法不相信,作者提出了自己的看法,这飞来峰可能是当初神仙用玉斧削下方壶山的一部分,时间太久远了,现在已无人知晓它的来历了。这两句，作者很风趣地驳斥了慧理对飞来峰来历的解释。

词之下片，作者继续描写冷泉亭的美景，且融情入景，借景抒情，表达了作者对国破家亡的悲愤。“山木润，琅玕湿；秋露下，琼珠滴。向危亭横跨，玉渊澄碧。”这句写冷泉亭所处的险要位置，及作者前往冷泉亭的季节里所看到的独特景色，写了树木、翠竹以及泉水的形状颜色。这个地方，空气是湿润的，以至于树木看起来都很润泽，翠竹上也满是水珠，颜色更加青翠。冷泉亭下的潭水，清澈透明，我坐了小船，渡过碧绿的湖水，朝对岸的冷泉亭去，景色太美了，让人心旷神怡。注意作者在这里所写的景色，山木无非松柏之类，而作者的笔下，用琅玕形容竹，就更有深意。古人有联：“一番风一番雨，摧花归尘土；几朝雪几朝霜，傲竹成琅玕。”松柏和竹皆为傲寒斗霜、有品有节之物，另处秋露、玉渊等物，也都冰清玉洁，这几句，仍是作者托物喻志的表现手法，在写物的时候没忘记突出人。“醉舞且摇鸾凤影，浩歌莫遣鱼龙泣。恨此中风物本吾家，今为客。”这句，作者以鸾凤自比，表明自己正直高尚。面对此情此景，看到这清清的泉水，我不由得想起了家乡的泉水，家乡可是享有“泉城”美誉的，家乡的泉水也是十分的清澈和醉人的，可是我的家乡，现在沦入敌手，不知道家乡的泉如今是什么样子了，想到这我的内心便十分郁闷和沉痛，只好借酒浇愁了。我醉了，只能面对水中的倒影。想唱歌，嘴里哼出的曲调那么的悲伤，水中的鱼龙听见了，千万莫要悲戚呀！伤感、孤独、愁苦、郁闷，全部的感情都在这里了。“鸾凤”一词写出了作者的孤芳自赏，同时也表达了对宵小的不满，既然我是堂堂正正的君子，那对立的就是那些行为猥琐行事卑鄙的小人。有力地表达了作者对投降派的不满和批判。“客”字语浅意深，国破家亡，有家难归，我只好漂泊江湖，流亡他地，做一个寄人篱下的人，语中辛酸，个中滋味，让人悲不自胜。

全词色调明媚，语言错落，音韵朗朗，是一首以乐景表哀情的代表词作。

声 声 慢

滁州旅次登奠枕楼作，和李清宇韵[①]。

征埃成阵，行客相逢，都道幻出层楼[②]。
指点檐牙高处，浪涌云浮。
今年太平万里，罢长淮千骑临秋[③]。
凭栏望，有东南佳气，西北神州。

千古怀嵩人去，还笑我，身在楚尾吴头[④]。
看取弓刀陌上，车马如流[⑤]。
从今赏心乐事，剩安排酒令诗筹[⑥]。
华胥梦，愿年年，人似旧游[⑦]！

注 释

① 旅次：客中居所。奠枕楼：作者在滁州时修建，供客商住宿。奠枕，安居之意。李清宇：作者的朋友，延安人，与作者相投。

② 征埃：路上行人车马所扬起的尘土。幻出：奇迹般地出现。

③ 罢：停止。长淮：淮河。千骑临秋：指金兵在秋天骚扰。

④ 怀嵩人：用的唐文宗时宰相李德裕的典故。楚尾吴头：滁州是春秋时吴国和楚国的交界之地，故称楚尾吴头。

⑤ 弓刀陌上：指辛弃疾在滁州训练军队，筹划屯田。

⑥ 酒令：古代宴会上的一种游戏，一个做令官，其余的人听他的号令，违者罚饮，叫酒令。诗筹：古代宴会上饮酒赋诗，用抽签的办法来限韵，互相唱和。

⑦ 华胥梦：用的《列子》上的典故。

题 解

这首词是作者任滁州（今安徽滁县）知州时所作，时间约在宋孝宗乾道八年（1172）。滁州当时是军事重镇，临近前线，辛弃疾在滁州任上，采取了积极的备战措施，如召集流民屯田，使生产得到恢复；还训练军队，加强战备等。在他的治理下，滁州面貌焕然一新。闲暇之际，他还修建了奠枕楼，供客商住宿，游人登临观光。这首词便是楼成之日，作者登楼所感，表达了作者居安思危，不忘祖国统一的思想感情。

赏 析

这是辛弃疾任滁州知州时所作的一首词。全词表达了作者对在滁州任上所取得成绩的欣慰，但在字里行间也流露出对国事的担忧，但主基调是亮丽而明朗的，洋溢着积极乐观的情绪。

上片重在写奠枕楼的壮丽雄伟气势不凡，表达了作者的欣喜与快慰之情。开篇一句“征埃成阵，行客相逢，都道幻出层楼”。从大处着眼，以夸张的语言描绘了奠枕楼的突兀壮观，路上人来车往，尘土遮天，往来的客人们相遇都十分地好奇，他们惊讶地谈论着这里出现的一座高楼。“指点檐牙高处，浪涌云浮。”这句从小处落笔，写奠枕楼的飞檐翘角上的鸟形雕塑，栩栩如生，仿佛在云端里上下翻飞。作者修奠枕楼不是一项形象工程或政绩工程，而是一项亲民工程，是为了满足当地百姓的精神文化需求，满足往来的客商住宿的方便而修建的公共设施，不是为个人享乐而修建的私家园邸，从这个角度上来说，作者有着“与民同乐”的理想追求，这恰是儒家所倡导的“尊民”“亲民”理念的实践，是老百姓所欢迎的，而这，恰是作者感到欣喜快慰的主要原因。后面两句也因此显得水到渠成和顺理成章：“今年太平万里，罢长淮千骑临秋。凭栏望，有东南佳气，西北神州。”今年没什么战事，金军在秋天的骚扰也停止了，站在楼上，手扶栏杆，眺首遥望，东南形势很好，西北沦陷之地尚需收复。“太平万里”既是当时的形势，也表达了作者暂时的轻松而乐观的心情。在抗战派的努力下，金人南侵的势头被阻遏，南北一时形成对峙局面，富庶的江南，暂时呈现出一派繁荣的景象，这怎不让人欣慰和欢喜呢？但作者不是一个得意忘形之人，而是一个时时刻刻都有着警醒和忧患意识之人，“西北神州”便是作者忧患意识的体现，也是作者“直捣黄龙”梦想的暗示。“东南”和“西北”对举，暗示出祖国的山河仍处于分裂的状态，南北未得统一，有“革命尚未成功，同志仍须努力”的告诫意味，告诫谁呢？告诫那些沾沾自喜者，告诫那些麻痹大意者，告诫那些缺少斗志的苟且偏安者，这样一来，主旨就得到了升华。

下片重在表达作者对国事的忧虑，对和平美好生活的期盼之情。“千古怀嵩人去，还笑我，身在楚尾吴头。”此处用的是唐文宗时宰相李德裕的典故，李德裕曾被贬为滁州刺史，他在滁州建了一座怀嵩楼，意思是对河南嵩山的怀念，因为他是河南洛阳人。作者这几句的意思是：古代的李德裕在此地建了一座怀嵩楼，他的愿望最终实现了，他回到了北方，而我在此地建了一座奠枕楼，却不能回到北方的故乡，倘若他地下有知，一定会笑话我的。表达了作者有家不能回的痛苦，表达了作者对国家分裂的痛心之情。但现状已经是既成的事实，伤心是不解决什么问题的，沉沦和自我放逐也不解决问题，正确的做法是通过奋斗去实现理想、改变现实，并且，要看到希望，积极地从现实中寻找安慰和欢乐，作者便是这样做的。因而也就引出了下句，“看取弓刀陌上，车马如流。从今赏心乐事，剩安排酒令诗筹。”看吧，那田地里的庄稼长得是那么茂盛，道路上行走着一队队荷枪实弹、训练有素的士兵，来来往往的客商，川流不息，市场繁荣，百姓安乐。这也算我取得的小小的成绩吧。人微言轻、能力有限的我能做到这样，我也感到知足，感到欣慰了。真希望和平永久，百姓能过上富贵的日子，我也能享受那种诗酒酬唱、呼朋唤友的快意生活了。“华胥梦，愿年年，人似旧游！”“华胥”是《列子·黄帝篇》中的典故，说黄帝梦游华胥六国，那里没有官长，百姓过着自由而富足的生活。后用“华胥”指美梦，引申为美好的理想愿望。

“为官一任，造福一方”。这是一个古老的口号，也是一种信念，是一个目标，甚至也可说成是一个官员是否有道德的一个标准，但是，古往今来，把这个口号挂在嘴上的多，付诸行动的少。这就是清廉正直关心民瘼的官员深受人们爱戴的主要原因。辛弃疾，一个一千多年前的封建社会的官员，他做到了这点，的确难能可贵，因为那是一个动荡的时代，更是一个人人求自保的时代。时至今日，辛弃疾身上这种人性的、道德的光芒仍在闪耀，警醒着我们，激励着我们。

木兰花慢

滁州送范倅①

老来情味减，对别酒，怯流年②。
况屈指中秋，十分好月，不照人圆③。
无情水，都不管，共西风只管送归船。
秋晚莼鲈江上，夜深儿女灯前④。

征衫便好去朝天，玉殿正思贤⑤。
想夜半承明，留教视草，却遣筹边⑥。
长安故人问我，道愁肠殢酒只依然⑦。
目断秋霄落雁，醉来时响空弦⑧。

注　释

① 范倅（cuì）：范指范昂，作者任滁州知州的时候，他为滁州通判，即知州的行政助理。
② 情味：兴致和趣味。
③ 圆：团圆。
④ 莼（chún）鲈：莼菜和鲈鱼，江南特产。
⑤ 征衫：旅途上穿的衣服。
⑥ 承明：汉代皇宫中有承明庐，是侍臣值班和起草文稿的地方。视草：供检讨审视。
⑦ 殢（tì）酒：沉湎于酒的意思。
⑧ 目断：目极处。响空弦：用的是惊弓之鸟的典故。见《沁园春·带湖新居将成》词后注⑤。

题 解

这首词约作于宋孝宗乾道九年（1173）的秋天，作者当时为滁州知州，作者的好友，也是作者的助手范昂被调往临安。作者送别好友，作了这首词。词中，作者表达了对好友依依难舍之情，也对好友此去临安寄予厚望，希望他能受朝廷的重用，发挥自己的才干，做出一番事业来。同时，也对自己滞留滁州，受到排挤打击，不能亲临前线、杀敌报国、实现自己的壮志理想感到无奈和愤懑，表达了自己的惆怅落寞与伤感之情。

赏 析

一个有抱负而理想无法实现的人，对时光流逝、年华不再的变化最为敏感。这种状况下，季节的轮回，人事的变动，一点点风吹草动都会引发内心深处的悸动和不安。有着补天抱负的辛弃疾，却英雄无用武之地，大好年华都耗费在无聊的人事变动中，这也就难怪辛弃疾在他众多的词作中表现得那么的愤世嫉俗，那么的委屈和伤感。造化弄人，英雄末路，奈何！

这首送别词，作者情真意切地表达了对友情的珍重，对好友的关怀以及对自己蹉跎光阴无所作为的感慨和郁闷。上片感慨时光流逝，突出依依惜别的深情。“老来情味减，对别酒，怯流年。”以一句强烈的抒情语开篇，感慨自己年龄陡长，而功名一事无成。这句中“老”“怯”两个字值得品味，“老”在这里显然不是指因为生理年龄而造成的老年阶段，而是对作者心态的一种表达，对作者精神状态的一种写照。那么此时的作者是怎样的心态和精神状态呢？对于一个有雄心壮志的人来说，六七十岁也不算老，世传姜子牙拜相时已七十岁了，对于一个屡受打击和挫折的人来说，三十岁也可能显得精神很疲惫了。作者在此用一“老”字，虽不能完全理解为作者的心灰意冷，斗志和进取心的瓦解，但至少表达了作者对自己遭遇的不满和愤懑。“怯”和“老”字照应，是一个心态一种精神状态的两种不同表现。时光流逝，本是自然之理，为什么会害怕呢？就是因为自己的抱负理想尚未实现，所以有一种迫在眉睫的感觉。这一个“怯”字也就解释了作者并没有心灰意冷，仍然对国家民族充满希望。“况屈指

无情水，都不管，共西风只管送归船

中秋，十分好月，不照人圆。无情水，都不管，共西风只管送归船。”抒发对不能和好友共享美妙时光、即将分别的残酷现实的怅惘心情。国事日靡，自己的知心朋友又要去远方，再过几天就是中秋佳节了，那么一轮圆月，我们却不能共赏，那不懂人情的江水，全然不顾我们离别的痛苦，只管和西风一起把载着朋友的船送走。这几句借景抒情之语，把作者无奈伤感之情，渲染得淋漓尽致。“秋晚莼鲈江上，夜深儿女灯前。”这句表达了作者对朋友的良好祝愿，希望朋友能早日和家人团聚，享受天伦之乐。虽然依依难舍，但作者还是能站在朋友的角度上替朋友考虑，显示出作者的通情达理。

下片，对朋友寄予厚望，并婉曲地表达了自己的苦楚。“征衫便好去朝天，玉殿正思贤。”眼下正是多事之秋，也正是用人之际，依你的才能，很可能得到朝廷重用。“想夜半承明，留教视草，却遣筹边。”作者想象范昂被重用的情景，如果我的愿望成真，你真被朝廷重用，想必那时候你深夜还留在宫中，检视翰林院起草的诏书，说不定又会派遣你去前方筹划军事。辛弃疾在许多首词中都表达了希望自己的朋友能得到朝廷的重用、去完成抗金大业的心愿，这显示出作者对于国家的耿耿忠心以及自己的良苦用心。写完对朋友的寄语与厚望，笔锋一转，写自己，引出下面一句，“长安故人问我，道愁肠殢酒只依然。目断秋霄落雁，醉来时响空弦”。长安，借指临安，范昂此去的目的地，也是当时南宋的都城。你回去后，如果京都的老朋友问起我来，你就告诉他们，我还像过去一样常常借酒浇愁。遥望着从天空尽头消失的大雁，我就想到自己的处境，禁不住一阵阵发怵，我都有点像惊弓之鸟了。“何以解忧，唯有杜康”，沉湎于酒，只因为愁苦无解。这愁苦，不止是自己的理想抱负无法实现，更有来自宵小对自己的中伤、排挤、打击，所以作者说自己像惊弓之鸟，看似夸张，但也是实情的写照。在下片里，写对朋友的寄语与写自己形成了对比，一明朗一暗淡，一扬一抑，一轻快一滞重，而作者内心的双重感情也形成了对比，对国事的操劳、对国家的忠贞和自己的惆怅苦闷，悲情满怀构成了对比，多重对比，不但突出地表达了作者的胸臆主旨，也塑造了鲜明的人物形象。

菩　萨　蛮

金陵赏心亭为叶丞相赋①

青山欲共高人语，联翩万马来无数②。
烟雨却低回，望来终不来③。

人言头上发，总向愁中白。
拍手笑沙鸥，一身都是愁④。

注　释

① 金陵赏心亭：见前《念奴娇·我来吊古》注。叶丞相：名叶衡，当时任建康安抚使，不久升右丞相枢密使，是抗战派的重要人物之一。

② 高人：有着高尚品节之人，作者自指。联翩：接连不断的样子。

③ 低回：徘徊。

④ 沙鸥：白色的水鸟。

题　解

这首词写于宋孝宗淳熙元年（1174）的春季，当时，辛弃疾任江东安抚司参议官，是江东留守叶衡的部属。叶衡对辛弃疾颇为器重，后来他升任右丞相兼枢密使，立即推荐稼轩为“仓部郎官”。写此词时，叶衡尚未作“丞相”，题目里“为叶丞相赋”是后来追加的。全词表达了作者对建功立业的渴望以及壮志难酬的苦恼。

赏　析

上片通过丰富而生动的想象，表达了作者怀念驰骋缰场、铁马金戈的往昔生活，渴望在战场上英勇杀敌、建功立业的壮志情怀。开篇一句“青山欲共高人语，联翩万马来无数”。有势有情有味，造语不凡，表意独特。作者用“青山”“高人”两词为造势之语，“青山欲共高人语”，从表现手法上来说，则是拟人，是王国维所说的“有我之境”，按王氏说即是“以我观物，故物皆着我之色彩”。作者的主观情绪太强烈了，看到勃勃的青山，错落的山头，便移主观之情于客观之物，移情于山水间，山水便活了，它们好像一下子成了我的知音，我的朋友，想和我交流，和我拉着家常。作者在这里暗示出自己的孤独，知音难觅，正是因为人世间缺少知音，所以作者以“青山”为知音。“联翩万马来无数”，是说“青山”心情迫切，错落的山头像千军万马一样接连不断地向人跑来。稼轩造句，堪称奇绝。这句突出了作者对金戈铁马生活的向往，向往那种战斗生活，主要是为了杀敌报国，建功立业。“烟雨却低回，望来终不来。”这两句有承上启下的过渡作用，承上，写出作者希望的落空；启下，引出下片因为理想抱负不得实现而愁苦满怀。青山被云雾所遮盖，若隐若现，似万马在迷茫的烟雨中徘徊，人们（我）多么盼望它来，可它始终没有来。这里描写山间烟雾滚滚，山雨欲来的情景，但雨没有盼到，他不免失望。这里显然是借“青山”“烟雨”来表达自己的思想。词人壮志未酬，盼望能与志同道合的知己共赴国难，建功立业，可这一切都只是一厢情愿的理想而已，诗人不免伤感惆怅，情绪基调一下暗淡下来。

下片紧承上片，重点写“愁”。于愁绪中透露出了乐观主义精神。

“人言头上发，总向愁中白。”用极通俗的语言解释了人们对头发变白的认识。可以想见，作者忧国忧民，劳累伤心，头上绝不会是青丝满头的。所以，这句作者借用人们对头发变白原因的解释，委婉而有深意地写出了自己因为愁绪而年华老去，头发变白。但如果一味地咏叹、自伤不免显得太过消极，所以作者苦中作乐，以谐笑和调侃的方式写出了结句：“拍手笑沙鸥，一身都是愁。”如果说头白是愁所造成的，那么沙鸥一身都是愁了，因为它浑身都是白！言下之意，自己也不会在意自己的头发变白，自己仍然要从愁绪中解脱出来，投入到抗金的事业中。这表现了作者的积极进取精神。在那样的环境中，承受那么大的压力，遭受了那么多的挫折，而作者仍能含笑面对生活，乐观向上，这正是作者身上难能可贵的地方之一。

全词设喻巧妙，想象奇特，写“青山”“烟雨”有雄奇的色彩和奔腾的气势。作者深沉的思想、胸中的抱负和情感的愤懑，都在写景中委婉含蓄地表达出来。

太常引

建康中秋夜为吕叔潜赋[①]

一轮秋影转金波，飞镜又重磨[②]。
把酒问姮娥，被白发欺人奈何[③]！

乘风好去，长空万里，直下看山河。
斫去桂婆娑，人道是清光更多[④]。

注　释

① 吕叔潜：作者的朋友，当时的文士，生平不详。
② 飞镜：指月亮。
③ 姮（héng）娥：嫦娥，传说是月宫中的仙子。
④ 桂：传说月宫中有桂树。婆娑：树叶摇动的样子。

把酒问姮娥

题　解

这首词约为宋孝宗淳熙元年（1174）作者在建康任安抚使参议官时，于中秋之夜，写给好友吕叔潜。上片抒写了自己年华虚度、理想抱负难以实现的苦闷；下片表现了他对祖国大好河山的热爱，并用隐喻的手法表达了自己对苟且偷安者的深恶痛绝。

赏　析

皎皎明月夜，总会引发人的万千情思。面对一碧万顷的碧空，皎洁的明月，人总会思绪联翩，想入非非。作者以月起兴，通过描写月夜月色，来抒情言志。词的上片，诗人通过引用嫦娥奔月等神话传说营造出一种超现实的艺术境界，并以此来寄托自己的思想情怀。“一轮秋影转金波，飞镜又重磨。把酒问姮娥，被白发欺人奈何？”作者在中秋之夜，面对一轮皓月，思绪万千，很自然地想到与月有关的神话传说，一是嫦娥奔月，二是吴刚伐桂。神话传说嫦娥偷吃了丈夫后羿从西王母那儿讨来的不死之药后，飞到月宫。但琼楼玉宇，高处不胜寒，嫦娥向丈夫倾诉懊悔后，又说：“明天乃月圆之候，你用面粉作丸，团团如圆月形状，放在屋子的西北方向，然后再连续呼唤我的名字。三更时分，我就可以回家来了。”翌日，照妻子的吩咐去做，届时嫦娥果由月中飞来，夫妻重圆。中秋节做月饼供嫦娥的风俗，便是由此形成。表现世人渴望美好团圆，渴望幸福生活的美好情感。吴刚伐桂，传说月亮里有一棵高五百丈的月桂树。汉朝时有个叫吴刚的人，醉心于仙道而不专心学习，被贬到月亮里砍月桂，但月亮中的月桂随砍随合，砍伐不尽。作者借用这两个神话各有用意，借嫦娥的神话表达了作者对和平的期盼，渴望分散的人能够团圆，这正是渴望分裂的国家能早日统一，离散的人民能阖家团圆的思想感情的表达。吴刚伐桂的传说，表达了诗人对自己的满腹心事无人能知，满腔报国热情无人能解，而自己却被别人中伤、猜忌、打击、排挤，使自己的努力白白付诸东流深感愤懑和失望的思想感情。想到功业无成、岁月蹉跎、白发渐多，作者只好叹一句“被白发欺人奈何！”强烈地表达了英雄怀才不遇的内心伤痛和怨愤。

下片重在写作者对祖国大好河山的热爱，寄语朋友有所作为，并含蓄地表达了对投降派的深恶痛绝。过片一句“乘风好去，长空万里，直下看山河”。气势雄浑，豪气干云，与上片的伤感落寞情绪低落形成鲜明对照，有李白“长风破浪会有时，直挂云帆济沧海”（《行路难》其一）之势。此句有三意：一是赞美祖国大好河山，我要乘风直上云霄，再好好领略一下祖国万里山河的壮美；二为勉励朋友要有所作为，历史这么悠久，文化如此灿烂，山河如此壮美的国家，你一定要有所作为，干出一番事业来，因为“楚虽三户能亡秦，岂有堂堂中国空无人”（宋陆游《金错刀行》）；三是自勉，我是不会沉沦的，我是不会泄气的，我将精忠报国，鞠躬尽瘁，死而后已。“斫去桂婆娑，人道是清光更多。”砍掉月宫中的桂树，人间将会更多地享受到月亮的光明。暗含的意思是：如果扫除掉社会上的邪恶反动黑暗的势力，朝廷的政治就会更好了。诗人表达了对黑暗势力的深恶痛绝，而作者心目中的黑暗势力，主要是指以秦桧为首的投降派对朝廷的把持，但作者此处又不仅指秦桧一人，周济《宋四家词选》眉批谓此词“所指甚多，不止秦桧一人而已”。可见，作者批判的对象是广泛的。从技法上来看，这句是对杜甫诗句“斫却月中桂，清光应更多”(《一百五日夜对月》)的化用。把月亮中的桂树伐掉，月亮会更加明亮地照见家人，诗人以此表达对家人的思念之情。稼轩襟怀高洁，他斫却婆娑摇曳的桂枝，是为了使洁白、清纯的月光，更多地洒向大地人间！

全词造语新奇，气势充沛，借景抒情，托物言志，意境奇妙。虽是小令，却隽永含蓄，韵味悠长。

水　龙　吟

登建康赏心亭①

楚天千里清秋，水随天去秋无际②。
遥岑远目，献愁供恨，玉簪螺髻③。
落日楼头，断鸿声里，江南游子④。
把吴钩看了，栏干拍遍，无人会，登临意⑤！

休说鲈鱼堪脍，尽西风，季鹰归未⑥？
求田问舍，怕应羞见，刘郎才气⑦。
可惜流年，忧愁风雨，树犹如此⑧！
倩何人，唤取红巾翠袖，揾英雄泪⑨？

注　释

① 建康：今南京。
② 楚天：泛指江南天空。
③ 遥岑（cén）：远山。这里指长江以北金统治区的山。玉簪：碧玉簪。螺髻：螺旋盘结的发髻。这里用玉簪螺髻来形容远山秀美。
④ 断鸿：失群的孤雁。江南游子：作者自称。
⑤ 吴钩：古代吴地制造的一种著名的宝刀。这里指佩刀。
⑥ 脍（kuài）：把鲈鱼切成片做菜。季鹰：用的是西晋人张翰的典故。
⑦ 求田问舍：用的是三国时许汜的典故。刘郎：刘备。
⑧ 树犹如此：用的是晋朝桓温的典故。
⑨ 倩：请求。红巾翠袖：歌女的装扮。这里指歌女。揾（wèn）：擦。

题 解

这首词约作于宋孝宗淳熙元年（1174）。这时作者南归已 11 年了，他对金人南侵的暴行怀着深仇大恨，无时无刻不想着收复国土，报效祖国。然而却被南宋当局闲置起来，作一建康通判，不得一遂报国之愿。作者的内心十分的郁闷和悲愤。这首词便是作者登上建康的赏心亭后，观胜景、忆往事、思将来，对愁绪百结的一种释放，满腔悲愤的一种宣泄。

赏 析

这首词是辛弃疾的代表作之一，充分体现了他作为豪放词人的艺术特征。词之上片重在写景，然后在写景的基础上抒情，体现了“景为情设”这一特点。开篇一句“楚天千里清秋，水随天去秋无际”。站在赏心亭上，茫茫天底下一派秋色，高远辽阔，无边无际，大江从天边流来，又向天边流去，视线消失在无穷远的天边。“楚天”点出了秋的地点，“千里”极言秋之范围的阔大，“清秋”则写出了江南秋天的特点，南方常年多雨雾，只有秋季，天高气爽，才可能极目远望。“无际”写出了秋带给人的震撼的感受。起笔气韵十足，笔力遒劲有力。这么美妙的景色，这么壮观的气象，人应该高兴快乐才是。然而山河破碎，生灵涂炭，北面还被敌人占据，谁能高兴得起来，引出下面一句“遥岑远目，献愁供恨，玉簪螺髻”。这里用了倒装，正常语序应该是“遥岑远目，玉簪螺髻，献愁供恨”。开篇一句写景是放开视线，是环视，从大处着手，是整体的写，是渲染。而这句则是视线收回，是平视，是局部的写，是重描。举目远眺，那绵绵叠叠的远山，有的像美人头上插戴的玉簪，有的像美人头上螺旋形的发髻，景色真是美得不能再美了。“献愁供恨”，可是这样的美景只会增加诗人心头的悲伤和郁闷，只能引起词人的忧愁和愤恨，因为，那些美丽的山河现在仍为敌人所占。“落日楼头，断鸿声里，江南游子。”这句看似写景，实则抒情。辛弃疾用“落日”二字，比喻南宋国势衰颓。“断鸿”，是失群的孤雁，比喻作为“江南游子”自己飘零的身世和孤寂的心境。辛弃疾南渡，原是以宋朝为自己的故国，以江南为自己的家乡的。可是南宋当局苟且偷生，无意北伐收复失

无人会，登临意

地，而一些宵小则对他采取猜忌排挤的态度，致使辛弃疾觉得在江南真的成了“游子”了。“把吴钩看了，栏杆拍遍，无人会，登临意”三句，是汹涌澎湃的情感的抒发。看到那如画的美景，想到糜烂的国事，谁还能静坐得下来，沉默得下来。我把自己的佩刀抽出看了又看，冲动地拍着栏杆踱来踱去，可是谁能理解我此时此刻郁闷而悲愤的心情呢。“吴钩”是吴地所制造的钩形宝刀。杜甫《后出塞五首》其一中就有“少年别有赠，含笑看吴钩”的句子。把“栏干拍遍”也是一个有典型意义的动作，栏杆拍遍是胸中有说不出来抑郁苦闷之气，借拍打栏杆来发泄。作者雄心壮志无处施展的急切悲愤的情态宛然显现在读者面前。上片触景生情，写景由高而低，由远而近。抒情由浅而深，由淡而浓，终至如骤雨狂潮，有撼人心魄之效果。

词之下片，连用典故，重在言志。“休说鲈鱼堪脍，尽西风，季鹰归未？”不要再津津乐道家乡的鲈鱼味道有多美了，眼下正吹着西风，就是回去也没有鲈鱼了。表现了作者不愿为了家乡的美味而思归隐。这里运用的西晋张翰的典故。晋朝人张翰（字季鹰）是吴地人，在洛阳做官，见秋风起，想到家乡苏州味美的鲈鱼，便弃官回乡。（见《晋书·张翰传》）“求田问舍，怕应羞见，刘郎才气”，求田问舍就是买地置屋。我也不像许汜那样一门心思地买地置屋，添置家产，那样的话就会让天下英雄豪杰看不起，被他们所耻笑。这里用的是三国时许汜的典故。三国时许汜去看望陈登。陈登对他很冷淡，独自睡在大床上，叫他睡下床。许汜去询问刘备，刘备说：天下大乱，你忘怀国事，求田问舍，陈登当然瞧不起你。如果是我，我将睡在百尺高楼，叫你睡在地下，岂止相差上下床呢？（《三国志·陈登传》）这两句连起来看，表达了作者很怀念家乡但却绝不是像张翰、许汜一样目光短浅，贪图享乐。不回则罢，回去之日就是光复河山之时。作者志向远大，但语中含蓄，更深层次的意思是表明作者决不会为任何诱惑而动心，无论怎样也不会放弃自己的抗金思想。“可惜流年，忧愁风雨，树犹如此！”可惜大好时光白白流逝，人已老了，还要为风雨飘摇的国势而无限忧愁。“树犹如此”用的是晋朝桓温的典故，“桓公北征，经金城，见前为琅邪时种柳皆已十围，慨然曰：‘木犹如此，人何以堪。’”（《世说新语·言语》）这三句，是全首词的核心。到这里，作者的感情经过层层推进已经发展到最高潮。下面就自然地收束，引出最后一句“倩何人，唤取红巾翠袖，揾英雄泪”。这三句是写辛弃疾自伤抱负不能实现，无人理解和同情，心灵得不到慰藉。与上片“无人会，登临意”义近而相呼应。“红巾翠袖”是歌女的装束。在宋代，一般游宴娱乐的场合，都有歌妓在旁唱歌侑酒。唉，有谁来为英雄擦掉忧国伤时的泪呢！国势风雨飘摇，理想化为泡影，抱负不能实现，年华渐渐老去，难怪英雄气短，泪珠潸然了。

全词即景生情，借景抒情，寓情于景，情景交融，写景生动，抒情真切，手法圆熟精到，语言一气呵成，极具现实主义精神和强烈的感染力量。

青　玉　案

元　夕①

东风夜放花千树，更吹落，星如雨②。
宝马雕车香满路③。
凤箫声动，玉壶光转，一夜鱼龙舞④。

蛾儿雪柳黄金缕，笑语盈盈暗香去⑤。
众里寻他千百度，
蓦然回首，那人却在，灯火阑珊处⑥。

注　释

① 元夕：农历正月十五元宵节。这天晚上叫元夕，或元宵，元夜。

② 花千树：花灯多得如千树花开。更：又。星：烟火。

③ 宝马雕车：有钱人家出来看灯所乘坐的装饰华美的车马。

④ 凤箫：排箫。玉壶：月亮。鱼龙舞：指舞鱼形灯和耍龙灯之类的游戏。

⑤ 蛾儿、雪柳、黄金缕：均指古时妇女元夕戴在头上的装饰品。暗香：妇女身上佩戴有香囊、香饼之类。

⑥ 阑珊：稀落，暗淡。

题 解

这首词约是宋孝宗乾道七年（1171）前后或孝宗淳熙二年（1175）作者任职临安时所作。词中着力渲染了元夕夜的盛况空前和热闹非凡景象。行文中笔锋一转：“众里寻他千百度，蓦然回首，那人却在，灯火阑珊处。”以前面的热烈盛况衬托、突出了“他”的超然卓异、不入俗流的形象，并以此来暗喻自己，表明了自己高洁的操守和决不与投降派同流合污的思想品质。

赏 析

元宵节，是一个让人心仪的节日。元宵夜，是一个充满浪漫温馨、婉约气息的夜晚，可以说就是古代的“情人节”——一个让人充满期待，渴望有着艳遇和邂逅的夜晚。正如朱淑真的《生查子》里所描写的那样“月上柳梢头，人约黄昏后”。正是因为这样的诱惑，古往今来无数的文人墨客以元宵夜为题材写下了不计其数的诗文，然而提到写元宵夜的诗词，恐怕人们最先想起的就是辛弃疾的这首了。

词之上片重在渲染和造势，作者极尽笔墨之能事，巧妙且连用比喻夸张，描绘了元宵夜的热闹非凡、盛况空前的景象。这种热闹非凡的盛况是通过景和人的完美交融表现出来的。“东风夜放花千树，更吹落，星如雨。”元夕夜晚无数的彩灯，仿佛是东风吹动的千树万树的花开，而燃放的烟火则如同满天下起了一场流星雨。想象奇特生动，比喻极其巧妙传神，诗意盎然。就一句，元宵晚上的溢光流彩、灯火辉煌的景象就极其传神地表现了出来。接着，作者视线收回，写人流，“宝马雕车香满路”这一句突出了元宵夜的珠光宝气，也暗示出了游人的众多。元夕的游客，不光有普通百姓，更有达官贵人、名绅显宦、公子王孙、名媛闺秀皆纷至沓来。“凤箫声动，玉壶光转，一夜鱼龙舞。”香车辚辚、马铃叮当、排箫悠扬、明月皎皎，而此时的人们则载歌载舞、玩着鱼龙漫衍的社火，繁华热闹至极，让人目不暇接，恍若人间天上，让人神思恍惚，迷离沉醉。纵观上片，先写景再写人，有景有人，则情景交融，一幅热闹且充满人气的元夕图便跃然眼前。

词之下片，作者重点写人，目的是通过对众人的描绘来突出不同凡响的“他”来。“蛾儿雪柳黄金缕，笑语盈盈暗香去。”俗话说，哪里有女人，哪里就有风景。看来古人也持如此的观点，作者这句全力描写元宵夜观灯的女性，这些女性，有大家闺秀，也有小家碧玉，有名门贵媛，也有农家姑娘，她们一个个雾鬓云鬟，戴满了元宵特有的首饰如蛾儿、雪柳等。她们一个个都盛装如新，身上佩带着香囊，因为在她们有说有笑地走过之后，空气中弥漫着阵阵幽香。然而这一切都不能让人动心，不能吸引人的眼球，作者的神往自在他处，引出后面一句“众里寻他千百度，蓦然回首，那人却在，灯火阑珊处”。读完这一句，这才明白，那如画的美景，那喧闹的场面，那簇簇妖艳的佳丽在今晚都成了陪衬，都是为“他”而设的背景。他姗姗来迟，凌波微步，罗袜生尘，宛然冰清玉洁的世外仙子。试想，如果少了这个人，那一切又有什么意义与趣味呢！就是这样的一个人，让我有过“寻他千百度”而不得的苦恼，因而也就有了蓦然回首后发现他喜不自禁。这一句最妙处是“阑珊”二字的使用，阑珊和前面的非凡盛况、热闹景象、富丽堂皇构成了强烈的对比，一明一暗，一热一冷，一动一静，一扬一抑，通过对比，“他”刹那间便高大无比。王国维也非常喜欢这句，在《人间词话》中，把它比喻为古今成就大事业者要经历的第三重境界。连互联网的著名搜索引擎“百度”的拟名，恐怕也是从这首词里借用的吧。

全词乐而不淫，哀而不伤。遣词生动、想象丰富、比喻巧妙、设色亮丽、布局合理。通过烘托、渲染、强烈的对比塑造了个性鲜明的人物形象，有力地表达了主旨。而最后三句，戛然而止，言已尽而意无穷，韵味悠长，让人回味不已。

摸 鱼 儿

观潮上叶丞相[1]

望飞来半空鸥鹭，须臾动地鼙鼓[2]。
截江组练驱山去，鏖战未收貔虎[3]。
朝又暮，诮惯得吴儿不怕蛟龙怒。
风波平步，看红旆惊飞，
跳鱼直上，蹙踏浪花舞[4]。

凭谁问，万里长鲸吞吐，人间儿戏千弩[5]。
滔天力倦知何事，白马素车东去。
堪恨处，人道是属镂怨愤终千古[6]。
功名自误。
谩教得陶朱，五湖西子，一舸弄烟雨[7]。

注 释

① 观潮：观钱塘潮。上：奉赠。叶丞相：叶衡，当时他在建康任江东安抚使，不久升右丞相枢密使。

② 鸥鹭：比喻翻腾的白色浪花。须臾：片刻。鼙（pí）鼓：战鼓。比喻潮水奔腾的声音。

③ 组练：是古代军士所穿的两种衣甲，引申以指精壮的军队。貔（pí）：似熊的猛兽，比喻勇敢的兵士。

④ 悄惯得：直练得。吴儿：江浙一带弄潮的青少年。红旆（pèi）：镶边的红旗。蹙（cù）：踢。

⑤ 千弩：五代时吴越国王钱镠（liú），曾在杭州的候潮门外布置士兵用强弩射潮，想阻挡潮水。

⑥ 属镂：此处用的是春秋伍子胥的典故。

⑦ 谩：同漫，徒然。陶朱：春秋时越国的谋臣范蠡，他在越国灭掉吴国以后弃官而去。传说他带着西施，泛舟太湖，后改名陶朱公。五湖：太湖的别名。西子：西施。舸（gě）：大船。

题 解

这是宋孝宗淳熙二年(1175)的秋天，辛弃疾在钱塘江观潮时，有感而发，奉赠给叶丞相的一首词。这首词，作者以许多巧妙的比喻，生动形象地描绘了钱塘潮水的壮观景象，通过对搏击风浪、不畏艰险的弄潮儿的歌颂，表达了自己坚定不移的抗金决心。同时，也暗示了当时宋金对峙的形势，指出金军就像是汹汹的潮水，其实只是外强中干，只要认真对付，是可以战胜对方，获得最终胜利的。

赏 析

文人墨客，每临山河胜景，自然奇观，总是禁不住为之手舞足蹈，而形诸笔墨，或惊奇自然之造化感叹其神工鬼斧，或借对自然奇观之表现和赞美而抒情言志，托物析理。文学史上的许多经典作品，就是因为这个原因而产生并流传至今的，如苏轼的《念奴娇·赤壁怀古》《前赤壁赋》，欧阳修的《醉翁亭记》，李白的《蜀道难》等。辛弃疾的这一首词，也属此类作品。

词之上片，作者连用许多生动形象且巧妙的比喻，突出地表现了钱塘江潮水气势恢宏、壮观无比的景象。前半部分写境，“望飞来半空鸥鹭，须臾动地鼙鼓。”这一句横空出世，把钱塘江潮水的颜色、排山倒海的气势以及给人迅雷不及掩耳的感受都传神地表现了出来，让读者仿佛有身临其境之感。尤其“鼙鼓”一词的选用，不但暗示出作者熟谙军旅生活，更突出表现了潮来时的骇人气势，恰如白居易《长恨歌》里的“渔阳鼙鼓动地来，惊破霓裳羽衣曲”一句的表意。作者觉得还不足，于是接着一句继续用比喻来形容潮来的气势，“截江组练驱山去，鏖战未收貔虎”。潮水来时，后浪推前浪，浪花赶着大浪冲去，像无数身穿白色铠甲的战士横断江面，驱赶着一座座大山；波涛汹涌翻滚，又像是貔虎一般的勇士在那里鏖战正酣。这两句和前两句在着眼点上不同：前两句从整体上写潮水的气势，这两句由面到点，突出地描写了潮水来时潮头的汹涌翻滚，变幻多端。于是自然引出后面几句写人的句子来，“朝又暮，悄惯得吴儿不怕蛟龙怒。风波平步，看红旆惊飞，跳鱼直上，蹙踏浪花舞”。朝朝暮暮戏水的吴儿，练就了一身弄潮的好本领，他们不怕险恶的风浪，如同平地散步。看他们像鱼儿一样地跃出水面，挥动着红旗，踢打着浪花而翻舞。这几句，把本领高超的弄潮吴儿的形象塑造得栩栩如生，仿佛就在我们眼前，让我们不得不为他们的高超本领、不惧险恶的精神而倾倒叹服。而吴儿这种精神不正是我们抗击敌人的精神财富么，如果有千千万万吴儿这样的战士，何愁伟业不成，敌寇不灭。可见作者赞美吴儿的用意深刻。

下片，由眼前景而引出心中事，由客观写景而过渡到主观抒情。“凭谁问，万里长鲸吞吐，人间儿戏千弩。”现在还有谁在意吴越国王钱鏐那样荒唐的游戏行为，千弩怎能射退万里长鲸吞吐般的潮水呢？用典故再次写出了钱塘潮水的气势。“滔天力倦知何事，白马素车东去。堪恨处，人道是属镂怨愤终千古。”终于，连天的潮水到了力倦之时而支持不住了，像乘着白马素车向东退去。人们都说伍子胥的怨恨千古不灭，这件事确实可恨呀！钱塘潮确实不凡，来得壮观，去也壮观，看到这退去的潮，作者不由想起了含冤而去的伍子胥。春秋时，吴王夫差不听伍子胥的劝告，与越王勾践讲和，并信太宰嚭的谗言，赐给伍子胥一把属镂剑，令他自杀，并用皮口袋包裹尸体投入江中。后人传说是伍子胥驱水作潮，所以作者由潮水想到了伍子胥，而且伍子胥的含冤与自己被猜忌被闲置不用而引起的满腹冤屈和不满又十分类似，作者以此表达了对南宋当局苟且偏安的不满和愤怒。“功名自误”，留恋功名，误了自身，这是作者的自嘲自况，是无可奈何的喟叹。作者的功名也无非是建立在杀敌报国，收复故土这一理想上，并非追求自己的荣华富贵，封妻荫子。结果到头来冤无法雪、仇不能报、力无处使、志无处伸，一事无成，虚度年华，那么究竟是谁误了自己，也就勿需多说，不言自明了。最后一句“谩教得陶朱，五湖西子，一舸弄烟雨”。唉，既然如此，我也只能像范蠡一样，带上自己喜爱的女人，驾着船在烟雨迷蒙的太湖上飘荡。归隐之心，跃然纸上。这是作者不满情绪的流露，更是无奈的伤感喟叹。中国的知识分子有仕途失意而淡出官场，归隐江湖的传统。有不少言必行行必果者，这些人为了心理的平衡和精神的自由而选择了出世之路，个人行为勿需褒贬。然而更多的人只是以此来表达不满，发发牢骚而已。如果所有人都因为挫折和打击，因为目标理想不得实现而逃遁避匿，逍遥世外，那么这个社会就会失去前进的动力，社会也就不会发展和进步了。所以，相较于前者，后一种行为更为可取。

菩　萨　蛮

书江西造口壁①

郁孤台下清江水，中间多少行人泪②。
西北望长安，可怜无数山③。

青山遮不住，毕竟东流去。
江晚正愁余，山深闻鹧鸪④。

注　释

① 造口：即今江西省万安县西南的皂口镇。宋高宗建炎三年（1129），由于宋高宗的腐败无能，金军大规模南下，一支金兵追赶隆祐太后（宋高宗赵构的伯母），太后到皂口弃舟登岸，逃往虔州（今江西省赣州市）。

② 郁孤台：唐宋时的名胜之地，在今江西省赣州市西南，也称望阙台。唐人李勉曾登台北望长安。清江：指赣江。这条江流经赣州市，过郁孤台下，到皂口，朝东北方向流入鄱阳湖。行人：指当年被金兵追赶而逃难的人。

③ 长安：今陕西省西安市，汉唐时在此建都。这里借指北宋首都汴（biàn）京（今河南省开封市），当时被金人占领。

④ 正愁余：倒装，正常语序是余正愁。鹧鸪：鸟名。古人说它的叫声像“行不得也哥哥”。

题 解

这首词作于宋孝宗淳熙三年（1176），当时作者任江西提点刑狱（主管司法及监察，兼管农桑）。他路过造口，回想起四十多年前金兵侵扰，攻至赣西，烧杀抢掠人民的情景，再看看眼前的现实，广大中原地区仍然控制在金人手中，内心十分的郁闷和伤感，于是写下了这首词。

赏 析

关于这首词的来历，南宋罗大经在《鹤林玉露·辛幼安词》中有这样的说项："其题江西造口壁词云：'……'。盖南渡之初，虏人追隆祐太后（哲宗孟后，高宗伯母）御舟至造口，不及而还，幼安自此起兴。"此一记载对体会此词意蕴，实有重要意义。此词并非诗人一时兴起的即景之作，而是心中伤痛郁积已久的一个迸发。

"郁孤台下清江水。"起笔不凡，一个"下"点出了郁孤台的高耸突兀，这既是一种客观的叙写，更有一种造势的作用，并且和后面的"西北望长安"形成呼应之势。唐人李勉曾登此台北望，词人暗用此一典，为后面的抒情作了铺垫。"清江水"三字看似平淡，其实是一个重要的意象。深谙历史的作者，对几十年来的社会动荡，对金人铁蹄蹂躏下的祖国所发生的一幕幕伤心往事，每每回忆起来就撕心裂肺般疼痛，而眼前的清江水，却是斑斑伤心往事的见证者之一，因此一看到它，就让人不由自主地痛上心头、愁上心头。正是这个原因，接下来的一句"中间多少行人泪"就顺理成章了。"行人泪"三字，直点造口当年事。词人身临隆祐太后被追之地，痛感建炎国脉如缕之危，愤金兵之猖狂，羞国耻之未雪，乃将满怀之悲愤，化为此悲凉之句。此时此刻、此情此景，这一江流水，就算全是行人之泪也洗不去耻辱，流不尽伤悲。"西北望长安，可怜无数山。"这里"长安"借指北宋首都汴京，当时已被金兵占领。我思念中原故土，登上郁孤台向北眺望，只可惜被无数的山峰挡住了。写作讲究尺水兴波。本来抬眼遥望长安，境界顿时无限高远。然而，有无数青山重重遮拦，望之不见，境界遂一变而成为具有封闭之意味，顿挫有力。只一句，抑扬顿挫都有了。

西北望长安，可怜无数山

过片“青山遮不住，毕竟东流去”。一句承上启下。青山毕竟遮不住东流的江水，它毕竟会冲破重重山峰的阻碍，奔腾向前。这一句表面上是写实景，实是作者胸怀抱负的一种表达，一种社会发展规律的暗示。任它绵绵群山阻碍，东流之水滔滔，奔海而去莫能阻遏。“江晚正愁余，山深闻鹧鸪。”行文至此，又是一转折。江晚山深，此一暮色苍茫之景象，实为词人沉郁苦闷之孤怀写照。“正愁余”，此时此刻我愁绪满怀。语本《楚辞·九歌·湘夫人》:“目眇眇兮愁予。”正在惆怅满怀的时候，听到叫声凄厉撩人情绪的鹧鸪声，让人情何以堪。在中国古典诗文中，“鹧鸪”是一个表惆怅的意象。如白居易词《山鹧鸪》:“啼到晓，唯能愁北人，南人惯闻如不闻。”鹧鸪声声，是呼唤词人莫忘南归之怀抱？是勾起其志业未就之忠愤？还是向山那边中原父老同胞之哀告？这几种表意可能都有。以满腹愁绪作结，正是诗人忧国忧民思想情怀的表达，也即诗人对每况愈下形势的忧虑。

此词抒发了作者对建炎年间国事艰危的沉痛追怀，对靖康以来失去国土的深情萦念。抒发了抱负襟怀，揭示了事物发展的规律，主旨深刻。为了表达这个主旨，词人通过独特的构思，顿挫有致的表意，巧妙的比兴手法，以眼前景道心上事，达到比兴传统意内言外的极高境界。

满　江　红

汉水东流，都洗尽髭胡膏血[①]。
人尽说，君家飞将，旧时英烈[②]。
破敌金城雷过耳，谈兵玉帐冰生颊[③]。
想王郎结发赋从戎，传遗业[④]。

腰间剑，聊弹铗[⑤]。
尊中酒，堪为别。
况故人新拥，汉坛旌节[⑥]。
马革裹尸当自誓，蛾眉伐性休重说[⑦]。
但从今记取楚楼风，庾台月[⑧]。

注　释

① 髭（zī）胡：长在嘴上边的胡子。这是借指统治者的军队。

② 飞将：用的是汉代飞将军李广的典故。

③ 金城：汉代的郡名，在今兰州、西宁一带。李广曾任陇西太守。玉帐：军中主帅的营帐。冰生颊：形容李广谈兵论战，见解精辟，使人听了十分痛快。

④ 王郎：指三国时的王粲，他十七岁避难到荆州，后随曹操西征汉中，写《从军行》五首。宋代江陵府即荆州故地，所以作者用王粲来比喻友人。结发：古时，男子满二十岁时举行冠礼，开始束发，表示成年。

⑤ 弹铗（tán jiá）：用的是战国时冯谖弹铗的典故。

⑥ 汉坛旌节：指刘邦筑坛拜韩信为大将的故事。

⑦ 马革裹尸：用的是马革裹尸的典故。峨眉：美女。

⑧ 楚楼：在今湖北省沙市。楚楼风或泛指江陵风物。庾台：南北朝时庾信在江陵遗址。

题　解

这此词作于宋孝宗淳熙四年（1177），当时辛弃疾任江陵知府兼湖北安抚使（荆湖北路的军政长官）。一位姓李的朋友被调到汉中地区，那里在当时靠近前线，作者写了这首词为他送行。在这首词中，作者以慷慨激昂的语言表达了对侵略者的仇恨和收复失地的强烈愿望，同时，也表现了作者关心友人，重视友人间情谊的思想情感。

赏　析

在儒家文化传统氛围中成长起来的中国人，主要是汉族知识分子，当国家遭遇外侮，民族处于存亡之际，他们便会迸发出一股强烈的英雄豪气，呈现出为了报国可以牺牲自己的身家性命，为了国家民族的利益可以粉身碎骨的爱国热情，如苏武、岳飞、文天祥等。究其原因，是因为儒家的忠孝仁义的思想观念浸入到了他们的骨子里，进而外化为一种强大的精神力量。

辛弃疾的这首《满江红》表达的便是一个典型的汉族知识分子面对国家破碎、民族危亡时的强烈的爱国思想感情。这首词，和岳飞那首脍炙人口的《满江红》虽叙写的内容不同，但表达的思想感情有异曲同工之妙。

词之上片，主要是赞美对方，而在赞美对方的字里行间，又充斥着对敌人的强烈痛恨和报国的思想感情。开篇一句“汉水东流，都洗尽髭胡膏血”。既写出了山河破碎的现实，又表达了自己对敌人强烈的痛恨之情。那滚滚东流的汉水呀，把那些万恶的掠夺者的尸体所污染的土地冲洗干净吧。“汉水”和“髭胡”对举，有很深的表意。这不仅突出了作者强烈的民族主义意识，也暗示在这场战争中，南宋处在正义一方，金国处在不义一方。南宋对金国的抵抗是正义之战，金国对南宋的侵略是不义之战。“髭胡”是嘴边上的胡子，北方少数民族的成年男子以蓄胡为美，胡须便成为他们一个明显的标志。作者以此指代对方，包含着强烈的痛恨之情。接着三句，“人尽说，君家飞将，旧时英烈。破敌金城雷过耳，谈兵玉帐冰生颊。想王郎结发赋从戎，传遗业”。用了李广和王粲的故事，表达了对李姓朋友的赞美。人们都说，你家前辈李广是当时的英雄豪杰。

遥想当年，李将军曾转战西北，击破强敌，其势如迅雷急雨，猛不可挡。他经常在军帐中研究战略战术，谈锋犀利，头头是道，让人佩服。你有王粲的文采，年少从军，一定会写出战斗诗篇，把祖先的英雄事业发扬光大！李广，陇西成纪（今甘肃省泰安县）人。他箭术高超，胆略过人，用兵神速，屡次打败匈奴，人称之为“飞将军”。（《史记·李将军列传》）作者对李姓朋友的赞美固然有礼节方面的因素，但更重要的是勉励这位李姓军人在这国破家亡的非常时期勿忘国耻，效法先贤，精忠报国。

过片两句一转，有承上启下的作用，“腰间剑，聊弹铗。尊中酒，堪为别”。先用战国时冯谖弹铗的典故，抒发了自己不被重用的怨愤。战国时，齐人冯谖为孟尝君的食客，因不受重视，弹铗而歌，表示不满。我腰间宝剑不能用来杀敌，只能弹弹而已，唯有用杯中的酒，为你祝贺送行。“况故人新拥，汉坛旌节。”用刘邦筑坛拜韩信为大将军的故事，对李姓朋友被任命为汉中地区的军事首领表示祝贺。你现在既然成为军事长官，而国家目前又面临如此严峻的形势，不知道你有什么打算，不知道你是怎么想的，但是我有话要对你说，于是自然而然地引出下面对李姓朋友的期望：“马革裹尸当自誓，蛾眉伐性休重说。”我希望你以国事为重，奋不顾身，英勇战斗，不要溺于儿女情长中消磨了自己的志气。用“马革裹尸”的典故告诫对方努力报国。“蛾眉伐性”，意思是美色能消磨掉人的志气。“但从今记取楚楼风，庾台月。”作者用对楚地风物的描绘表达了和对方的依依惜别之情。分别以后，你不要忘记我们在此相聚时以抗战互勉的深情厚谊。言词谆谆，情深意长，感人肺腑。

纵观全词，作者遣词传神，用典巧妙，无论是叙事、还是抒情，无论是发怨气、还是寄期望，都能紧紧围绕时局国事，因而中心突出，主旨鲜明，读来极富感人力量。

鹧　鸪　天

离豫章，别司马汉章大监①

聚散匆匆不偶然，二年历遍楚山川②。
但将痛饮酬风月，莫放离歌入管弦③。

萦绿带，点青钱，东湖春水碧连天④。
明朝放我东归去，后夜相思月满船⑤。

注　释

① 豫章：今江西省南昌市。司马汉章：名倬（zhuō），宋孝宗乾道年间作江西、京西、湖北总领，淳熙中官至江南东路提点刑狱。监：因司马汉章担任监察性质的官，作者尊称他为大监。

② 聚：聚会。散：分离。历遍楚山川：走遍楚地。

③ 但将：只将。酬：报答，酬谢。风月：美丽的风光。莫放：莫教。离歌：离别时演奏的歌曲。

④ 萦：环绕。萦绿带：绿水像带子一样环绕。青钱：当时使用的铜钱。点青钱：意思是水面上点缀着青钱大小的荷叶。东湖：在今南昌市南。

⑤ 东归：指作者被召赴杭。

题 解

宋孝宗淳熙五年(1178)春天，辛弃疾在江西安抚使的任上，被召赴临安(今杭州)任大理少卿(大理寺是管理司法的机关，设卿和少卿)，启程前夕写下了这首词。在这首词中，作者用明白如话的语言，倾诉了对不作为的南宋统治集团的不满，抒发了自己忧国忧民的思想情怀。

赏 析

辛弃疾作词好用典，有“掉书袋”之称。但辛弃疾也写过一些清新活泼、明白如话的小词，这首《鹧鸪天》便是其中之一。

这首小词，作者以明白如话的语言，表达了对南宋统治集团不能有效地组织抗金，反而对他的抗金行为处处掣肘、阻挠限制的不满和愤慨。“聚散匆匆不偶然，二年历遍楚山川”两句叙事，开门见山地指明了自己的行踪无定，和家人朋友间的聚散匆匆，不是平白无故的，是有原因的。“不偶然”表意含蓄，语浅意深，作者没有正面解释“聚散匆匆”的原因，而是宕开一笔，卖一个关子，不说。虽不说但读者却能意会出来，其实作者面对的是不能说也不想说，说了也白说的一种尴尬，如其这样，那就不说好了。这就深层次地表达了对当局消极的抗金政策的不满，以曲笔表深意，简单文字的背后透出的是无奈和愤慨。“二年历遍楚山川”，宋孝宗淳熙三年(1176)，辛弃疾由江西提点刑狱调任京西转运判官。次年又调任江陵知府兼湖北安抚使，秋冬间，又被调任隆兴知府兼江西安抚使。两年之内，频繁调动，所到之处，没有离开古时的楚地。照应了上句的“聚散匆匆”，前后联系，意思跃然纸上：自己之所以和家人朋友聚散匆匆，是因为朝廷把自己调来调去，在频繁的调动中，耗费了自己的精力和热情，老去了自己的青春年华，而抗金的雄心壮志、光复中兴的大业也在这无效的人事调动中化为梦幻泡影了。一个“但”一转，引出后面两句“但将痛饮酬风月，莫放离歌入管弦”。从前面的惆怅郁闷中，翻出一种豪迈洒脱的气息来。唉，让人不快、让人伤心的事先不去想了，不去管了，现在且对着这眼前的美景开怀痛饮，不要辜负了这清风明月、良辰美景，不要演奏那让人伤感的离别歌曲了，让我们一醉方休吧！一个“痛”写出的是一种痛快淋漓的释放感，没有压抑和积郁就谈不上释放，这恰点出了作者内心此前的忧思郁闷之深。这两句表面上显得色彩亮丽，基调昂扬，其实这几句是以乐境写哀境，掩盖不住作者内心深处的伤感和哀愁。所以，这两句抒情是前面两个叙事句的深化，由客观的事上升到主观的情，突出了南宋政府的绥靖政策给自己造成的伤害。

如果说上片作者还沉浸在国事不宁给自己所带来的痛苦中，那么下片作者就从这种痛苦中暂时解脱了出来。过片三句“萦绿带，点青钱，东湖春水碧连天”。重在写景，是后面抒怀的伏笔。豫章真是好地方呀，这里有明澈似玉的河流，有连天的碧水，水上新荷点点，多么迷人的景色，真是让人流连忘返了！看到眼前的美景，想到自己坎坷的经历，想到恨铁不成钢的朝廷，想到自己的努力都化作了梦幻泡影，真让人禁不住想寄情山水，做一个不问世事，再也不为世事烦恼的隐者！正是在对这美如画的景色的欣赏中，让作者有了感悟，有了对人生新的认识。于是，自然地引出最后一句“明朝放我东归去，后夜相思月满船”。明天我就要乘船东归了，未来的日子里，我将保重自己，看重朋友间的友谊，把其他事都忘到脑后。在明月的夜里，我会对你们深深地思念，人生苦短，希望我们彼此珍重！

纵观全词，作者不用典，不雕琢，以明白如话的语言叙事抒情，把自己的愁和恨用很浅显的文字与轻快的语句表达了出来，创造出了一种蕴藉含蓄的效果。

念 奴 娇

书东流村壁[1]

野棠花落，又匆匆过了，清明时节[2]。
刬地东风欺客梦，一夜云屏寒怯[3]。
曲岸持觞，垂杨系马，此地曾轻别[4]。
楼空人去，旧游飞燕能说[5]。

闻道绮陌东头，行人曾见，帘底纤纤月[6]。
旧恨春江流不断，新恨云山千叠。
料得明朝，尊前重见，镜里花难折[7]。
也应惊问：近来多少华发！

注　释

① 东流：旧县名，在今安徽省贵池（旧称池州），靠近长江边。村：指东流县境内的某村镇。

② 野棠：棠梨，一种开白花的植物。长江流域野生极多。

③ 刬（chǎn）地：宋时方言，相当于“无端地”“只是”。云屏：云母石镶制的屏风，是当时比较名贵的家具，这里借用李商隐诗意：“为有云屏无限娇，凤城寒尽怕春宵。无端嫁得金龟婿，辜负香衾事早朝。”（李商隐《为有》）

④ 觞（shāng）：喝酒用的器物。

⑤ “楼空”句：苏轼《永遇乐》：“燕子楼空，佳人何在？空锁楼中燕。”

⑥ 绮（qǐ）陌：繁华的大道。宋人多以此指代烟花巷。帘底：帘里。李清照《永遇乐》词：“不如向帘儿底下，听人笑语。”纤纤月：本指新月，这里形容眉毛，指代美女。刘过《沁园春》（咏美人足）：“知何似，似一钩新月，浅碧笼云。”

⑦ 尊前：筵席前。尊，同樽，酒杯。

题 解

这首词是宋孝宗淳熙五年（1178）春天，作者从豫章（今南昌）调往杭州去就任大理少卿，途中经过东流县，有感而作，即兴题于某处的墙壁上。词中写诗人旧地重游，回想（可能是假托）曾和一个女子在这里分别，来表达内心满腹的惆怅和伤感，恰如词中所写的“旧恨春江流不断，新恨云山千叠”。同时也表达了作者对时事的感慨和无奈之情。

赏 析

这是一首写离恨闺情的词，很可能是借儿女情事的忧伤惆怅来暗寓对于国事的感慨和忧虑。因为“善言词者，假闺房儿女子之言，通之于《离骚》、变雅之义”。（朱彝尊《陈纬云红盐词序》）“野棠花落，又匆匆过了，清明时节，刬地东风欺客梦，一夜云屏寒怯。”点明了时令、节气、天气。野棠花已落，可时光过得如此之快，在不经意间，已到了清明时节，可是天仍然很冷。“匆匆”二字，言时光过得飞快，为后面的言愁埋下伏笔。“又”字点出前曾来此，也是这个季节，也是这个地点，只是今非昔比，物是人非了。据邓广铭《稼轩词编年笺注》，淳熙五年（1178），作者自豫章召为大理少卿，览其词意，当是作者年轻时路过池州东流县，结识一位女子，这回经过此地，重访不遇，感发而作此词。就本词来说，邓说或可信。“梦”语意双关，即指旧游之梦，更指作者多年功名无着，蹉跎岁月，一事无成，宛如春梦一场。“寒”既是指春寒料峭的客观环境，也暗示了作者内心的惆怅伤感。“刬”用得好，本以为春暖花开，风和日丽，可以尽情地享受这美好的春光，却不曾料想天气还这样地让人不适，让人不快。在这样的天气里，情绪不佳便很正常了，为后面的情绪失落和伤感作了很好的铺垫。前几句写境，但景中有情，通过情景交融，渲染出一幅萧瑟冷落，忧凄愁苦的画面和情绪，营造出了全词的抒情主基调。“曲岸持觞，垂杨系马，此地曾轻别。楼空人去，旧游飞燕能说。”这五句是作者对往昔生活的回忆，曲岸、垂杨、高楼依如旧日，可是往昔的人已不知何处，只留下那些飞来飞去的燕子，它们曾见证了我往昔的欢乐呵！“曲岸”“垂杨”两句写离愁，“楼空”两句写别恨，化用苏东坡《永遇乐》“燕子楼空，佳人何在，空锁楼中燕”词意，却能翻出新意，颇有信手拈来之感。

过片“闻道”句紧承“飞燕能说”，揭示“空楼”中佳人当时处境。“闻道绮陌东头，行人曾见，帘底纤纤月。”这句翻译过来就是：我听见人们说，他们曾在烟花柳巷里见到我心仪的那个女子。一个曾经为之倾心的女子误入风尘，是多么的让人惋惜和浩叹呢。这样，自然引出下面两句“旧恨春江流不断，新恨云山千叠”。这两句极言愁恨之深。这愁恨，既是来自寻佳人不遇的愁恨，也是为佳人误入风尘之愁恨，更是因糜烂的国事而愁恨。为写恨愁之深，作者化虚为实、化抽象为具体，化用李煜“问君能有几多愁，恰似一江春水向东流”诗意，用“流不断”“山千叠”来写愁恨之深。陈廷焯在其《白雨斋词话》中评价曰“矫首高歌，淋漓悲壮”。意思本来到此已完，谁料词人又借助想象，生出新一层意思来：“料得明朝，尊前重见，镜里花难折。”就是还有重逢的机会，只恐已属他人，终成镜中花水中月，不复可得了。一个“镜”字写出了往事成空，今生今世，再难欢会。辛酸无奈、悲不自胜之情溢于言表，感人至深。然而作者并不就此打住，再造波澜，“也应惊问：近来多少华发？”意思是：那时，想来她也该会吃惊地、关切地问我：“你怎么添了这多的白发啊！”只能如此罢了！以想象中的应酬话，写出双方的深挚之情与身世之感叹，造成一种言有尽而意无穷之韵味。

此词作于宋孝宗淳熙五年（1178），当时辛弃疾三十九岁，按照邓广铭的说法，这是辛弃疾故地重游，寻访年轻时曾邂逅的一位女子不遇有感而作的一首遣怀词。从词的内容来看，邓说或可信。当时的辛弃疾，或者二十出头，或者三十左右，总之是风华正茂，英雄当年。如此，把这首词的主旨解为纯粹的爱情词也无不可。

但是，对于男女之情，作者所表现的不是花间词人那种缠绵缱绻和无法摆脱，而是把其一往情深归寓于感慨无限的喟叹之中。其音调也是低回中有昂扬，凄婉中有劲健。这样的爱情词，也只有辛弃疾这样把自己的幸福建立在国家统一的基础上，把自己的功名和百姓的安乐相联系的铮铮硬骨的词人才能写出来的。

水调歌头

舟次扬州，和杨济翁、周显先韵[①]

落日塞尘起，胡骑猎清秋[②]。
汉家组练十万，列舰耸层楼[③]。
谁道投鞭飞渡，忆昔鸣髇血污，风雨佛狸愁[④]。
季子正年少，匹马黑貂裘[⑤]。

今老矣，搔白首，过扬州[⑥]。
倦游欲去江上，手种橘千头[⑦]。
二客东南名胜，万卷诗书事业，尝试与君谋[⑧]。
莫射南山虎，直觅富民侯[⑨]。

注　释

① 次：停留。扬州：地名，即今江苏省扬州市。和韵：依照别人作品所用的韵填词。杨济翁、周显先：作者的朋友，见后《满江红》（过眼溪山）注。

② 猎：打猎，词中指发动战争。古时北方游牧部族常趁秋天粮足马肥之际，借行猎为名南向骚扰。

③ 组练：指军队。耸层楼：形容战舰的高大雄壮。

④ 投鞭飞渡：用前秦苻坚投鞭断流典故。鸣髇（xāo）血污：被响箭射死。鸣髇：即鸣镝，响箭。用的是匈奴君臣的典故。风雨佛狸愁：风雨凄愁，佛狸死于非命。佛（bì）狸：北魏太武帝拓跋焘的小字。他曾南侵刘宋王朝，受挫北撤后，死于宦官之手。

⑤ 季子：苏秦字季子。用的是战国时纵横家苏秦的典故。

⑥ 搔白首：暗用杜甫《梦李白》诗意："出门搔白首，若负平生志。"

⑦ 橘千头：用的是三国时丹阳太守李衡的典故。

⑧ 二客：指杨济翁和周显先。名胜：名流。万卷诗书事业：化用杜甫诗意："读书破万卷，下笔如有神。……致君尧舜上，再使风俗淳。"（《奉赠韦左丞丈二十二韵》）

⑨ 莫射南山虎：用的是汉将李广射虎的典故。富民侯：《汉书·食货志》："武帝末年，悔征伐之事，乃封丞相为富民侯。"

题　解

扬州是长江北岸的军事重镇。宋高宗绍兴三十一年(1161)金主完颜亮南犯，曾占领扬州，妄图以它为渡江基地，大举南下。不料采石一战，全军覆没，完颜亮自己也被部将所杀。当时，年仅二十二岁的辛弃疾投入耿京领导的农民起义军，开始了他的抗金事业，活跃在扬州以北地区，打击敌人。十七年后，辛弃疾于宋孝宗淳熙五年(1178)路过扬州，抚今追昔，感慨万端，写下了这首词。词的上片回忆了昔日抗金时威武雄壮的场面，下片抒写了对时光流逝，事业无成的伤感，表达了作者对朝廷放弃北伐、苟且偷安的不满。

赏　析

词的上片重在“追昔”，以回忆的手法描写了昔日抗金时所经历过的峥嵘岁月。开篇一句“落日塞尘起，胡骑猎清秋”是造势之笔。从意象看：骑尘漫天，本来暗淡的落日，便显得更其惨淡，形象地渲染出敌寇甚嚣尘上的气焰和战事的紧急。正是因为军情紧急，所以有了第二句宋军的军事总动员。“组练(组甲练袍，指军队)十万”“列舰”“层楼”，均形容宋军阵容严整盛大，这既是客观描写，更是一种心理暗示，作者，或者说以作者为代表的宋军充满了必胜的信念和敢死的决心。在军事力量处于劣势的情势下，这种信念和决心更其重要。以“汉家”与“胡骑”对举，自然造成两军对峙、一触即发的战争气氛。写对方行动以“起”“猎”等字，是属于动态的；写宋方部署以“列”“耸”等字，偏于静态的。相形之下，益见前者嚣张，后者镇定。开篇四句造势生动、烘托有力、对比强烈，把两军对垒的紧张气氛，敌方的磨刀霍霍、狂妄嚣张，我方的同仇敌忾、严阵以待等内容表现得淋漓尽致。“谁道投鞭飞渡”三句即书其事。句中隐含三个典故：《晋书·苻坚载记》载前秦苻坚率大军南侵东晋，曾不可一世地说“以吾之众，投鞭于江，足断其流”，结果一败涂地，丧师北还。《史记·匈奴传》载匈奴头曼单于之太子冒顿作鸣镝(即“鸣髇”，响箭)，命令部下说：“鸣镝所射而不悉射者斩之”，后在一次出猎时，冒顿以鸣镝射头曼，他的部下也跟着发箭，头曼遂被射杀。“佛狸”，为北魏太武帝拓跋焘的小名，他南侵中原受挫，被宦官所杀。作者用这三个典故写金主完颜亮发动不义之战，结果众叛亲离丧于内乱，事与愿违，不仅贴切，而且生动形象。也暗示金国对宋的不义之战是不得人心的，是失道寡助，只要南宋军民同仇敌忾、众志成城，是能取得战争胜利的。“季子正年少，匹马黑貂裘”，苏秦字“季子”，乃战国时著名策士，以合纵游说诸侯而后佩六国相印。他年轻时西入秦，当其未得志时，赵国李兑曾资助他黑貂裘。（事见《战国策·赵策》）作者以“季子”自比，突出自己以天下为己任的少年锐进之气，也是作者当年年仅二十二岁时英姿飒爽的写照。

词的下片与上片相对，重在“伤今”。以“今老矣”领起余文，抒发了对时光流逝，年华老去，壮志难酬所产生的无奈与感慨之情，也暗示出对当权者消极抗金的不满。上片结句才说到“年少”，这里却继以“今老矣”一声长叹，其间掠过了近二十年的时间跨度。过片短短三句，是积淀了二十多年的沉郁表达。国事至此，还有什么好说的，那就不说了吧！那就对自己无法预料的来日作以安排，这样就引出了后面的几句。先说自己，“倦游欲去江上，手种橘千头”。三国时吴丹阳太守李衡在龙阳汜洲种柑橘，临死时对儿子说：“吾州里有千头木奴，不责汝衣食，岁上一匹绢，亦可足用耳。”（见《三国志·吴书·孙休传》裴松之注引《襄阳记》）。孔子曾说“天下有道则现，无道则隐”（《论语·微子篇》），归隐的想法，正暗示了政治的腐败，也透露出作者无奈、自嘲及悲愤的复杂情绪。作者一心为国，希望能效力沙场，而朝廷无能，志不能伸，想解甲而去但终心系祖国，说“欲去”而又不忍去，正表现出作者内心的矛盾，为将来的打算。第二层是劝友人，杨济翁原词云：“忽醒然，成感慨，望神州。可怜报国无路，空白一分头。都把平生意气，只做如今憔悴，岁晚若为谋？”其彷徨无奈可谓与辛弃疾相通。作者故而劝道：“您二位乃东南名流，饱读诗书，胸怀韬略，自不应打算像我一样归隐。但有一言还想与你们商议一下：且莫效李广那样南山习射，只可取‘富民侯’谋个安逸轻闲。”《史记·李将军列传》载，李广曾“屏野居蓝田南山中，射猎”，“广所居郡闻有虎，尝自射之”。《汉书·食货志》：“武帝末年悔征伐之事，乃封丞相为富民侯。”李广生不逢高祖之世，空有一身武力，未得封侯，而“富民侯”却能不以战功而取。二句暗讽朝廷“轻武重文”的国策遗害无穷。

纵观整首词，作者欲抑先扬，上片雄壮豪迈，有气冲斗牛、豪气干云之势。

下片凄婉伤感，有落落寡合，悲不自胜之感。通过这种大幅度的跳跃，构成上下两片的强烈对比，有力表现出作者失意彷徨和对时政不满的愤慨心情。全文妙用典故，行文腾挪，双关含蓄，个中酸楚愤激，耐人寻味。愤语、反语的运用，也强化了感情色彩。

满　江　红

江行，简杨济翁、周显先[1]

过眼溪山，怪都似旧时曾识[2]。
还记得，梦中行遍，江南江北。
佳处径须携杖去，能消几緉平生屐[3]？
笑尘劳三十九年非，长为客[4]。

吴楚地，东南坼[5]。
英雄事，曹刘敌[6]。
被西风吹尽，了无尘迹。
楼观才成人已去，旌旗未卷头先白[7]。
叹人间哀乐转相寻，今犹昔[8]。

注　释

① 简：书信。这里是寄的意思。杨济翁、周显先：杨济翁，名炎正，江西吉水人，对外主张抗金，反对求和。周显先，不详。

② 过眼：从眼前掠过。怪：惊异。

③ 径须：直须。緉（liǎng）：一双，古代计算鞋、袜的单位。屐（jī）：登山用的有齿木鞋。

④ 尘劳：风尘劳碌。三十九年：作者写作此词时的年龄为三十九岁。

⑤ 坼（chè）：裂开。杜甫在《登岳阳楼》诗人有诗句“吴楚东南坼”，这里借用来形容国家分裂。

⑥ 曹刘敌：曹操和刘备才智旗鼓相当。

⑦ 楼观：楼阁。作者在滁州任知府时，曾在滁州建了一个奠枕楼，不久就离开了。旌旗未卷：出征的旗帜还未打开，指尚未进行北伐。

⑧ 寻：连续不断。

题 解

这是宋孝宗淳熙五年（1178）秋天，作者从京师到湖北的旅途中寄赠给两位远方友人的一首词。作者触景伤情，感时伤世，借寄赠两位友人之口吻，表达了对祖国分裂不能统一的痛心，同时也抒发了自己面对世局无能为力、多年劳碌奔波无果的无奈和哀叹。

赏 析

满江红是比较著名的词牌之一。该词牌代表性作品就是岳飞那首脍炙人口的作品。从字数来说，该调的字数多于小令，少于长调，属中调。从平仄、句式、字数、韵位来看，此词最适合表达铿锵有力、慷慨激昂的情感。读满江红，有如万马奔腾、怒涛卷雪之势，别有一种荡气回肠之感。

辛弃疾这首词，表达的是一种强烈的亡国之痛和对自己回天乏术的感慨，字里行间充斥着一股悲壮和豪迈，同时也流露出了一种无奈和伤感。

上片以写山河胜景入笔，突出表达了对自己时光流逝碌碌无功的感慨。开篇三句即点出作者所见到的山河胜景是那样的熟悉，这样美好的地方应该多去游历，就是拄着拐杖，穿坏多少双木屐也是值得的。“梦中行遍，江南江北”这句话在这里很重要。“江南江北”在这里对举，暗示出山河破碎，祖国分裂，南北未能统一。而看到眼前美景，怎不让人想到那沦陷了的大好河山。那些沦陷的大好河山，以前曾经游历的那些地方，竟和我现在看到的山山水水如此的相似，难怪作者如此惊讶不已，这样就照应了首句的“怪”。这几句，起笔平淡却暗藏突兀，一句句读进去，一字字剖开来，袭上心头的，是浓得挥之不去的悲痛和哀愁，让人有悲不自胜之感。接着，作者笔锋一转，带出一句“笑尘劳三十九年非，长为客”，可笑自己碌碌虚度三十九年，劳苦奔波，竟未能实现愿望收复失地，有家难归。“笑”“长”“客”是这句的几个关键字。“笑”是可笑可叹可悲的意思，这是作者的自责，包含着作者的内疚之情，更是表达了自己未能完成夙愿的憾恨之情。“长”，时间的久，自己年龄的增长。“客”，漂泊江湖，无家可归，有家也归不得。“长”“客”结合起来从小处表达了自己多年处境的艰难和受苦之深，从大处则揭露了金国的入侵，当局的无所作为给广大人民带来的深重空难。这一句，又使得整片的悲情更深一层。

下片重在写山河破碎，国事破败，对自己年华老去不能作为的痛惜和无奈。如果说作者在上片写时局用的是曲笔，那么下片作者就用了直笔直接来写时局。“吴楚地，东南坼”一句点明了祖国的一分为二。“英雄事，曹刘敌”是说刘备和曹操都是英雄，他们是势均力敌的对手。(《三国演义》第二十一回“青梅煮酒论英雄”一节里曹操有“天下英雄，唯使君与操耳”之句）刘备和曹操尚能成为对手，现在的统治者能与金国成为对手么，有一决高下的勇气么？用这句表达了对当局妥协退让政策的不满。但是“被西风吹尽，了无尘迹”。英雄豪杰，都已成了往事云烟，风流早被雨打风吹去。那么现在谁是英雄呢，谁能担负起救国的大任呢？自然引出“楼观才成人已去，旌旗未卷头先白”一句来。这一句和上片的“三十九年”“长”形成照应，贯通了全词的情感基调。我经常被调来调去，还未和金兵进行战斗，时间就在这无效的调动中耗去，头发已经白了还一事无成。这是作者对当局错误政策的不满和抱怨：我本来可以成为历史上的英雄豪杰的，我本来可以有一番作为的，我本来可以力挽狂澜的，可惜当局的错误决策一错再错，让我白白地蹉跎了岁月，斑白了头发！至此，只剩下浩叹了，顺理成章地得出最后一句来“叹人间哀乐转相寻，今犹昔”。唉，这人间，自古以来都是悲哀和欢乐互相交替，连续不断，有什么办法呢？！作者的痛心和无奈之情溢于言表，余音不绝。下片，从国家分裂入笔，以自己不能作为的无奈和痛心收笔，强烈表达自己无法作为的愤懑，表意环环相扣，内容衔接紧密。

纵观全词，基调沉郁，抒怀真切，极富感染力和现实主义精神。

破　阵　子

为范南伯寿。时南伯为张南轩辟宰卢溪，南伯迟迟未行，因作此词勉之①。

掷地刘郎玉斗，挂帆西子扁舟②。
千古风流今在此，万里功名莫放休！
君王三百州③。

燕雀岂知鸿鹄，貂蝉元出兜鍪④。
却笑卢溪如斗大，肯把牛刀试手不？
寿君双玉瓯⑤。

注　释

① 范南伯：范如山，字南伯，是作者的妻兄。张南轩：张栻（shì），字南轩，南宋著名将领张浚之子，当时任湖北路转运使。因范南伯是北方人，对北方的情况较熟悉，很有才能，就召他作卢溪（今湖南泸溪）县令。辟：召。宰：县令。

② 刘郎玉斗：用的是鸿门宴上范增的典故。挂帆西子：用的是范蠡和西施的典故。见前《摸鱼儿》（望飞来半空鸥鹭）注。

③ 休：吧，语尾助词。三百州：泛指宋朝全部领土。

④ 鸿鹄：天鹅。司马迁《史记·陈涉世家》里有“陈涉太息曰：‘嗟乎，燕雀安知鸿鹄之志哉！’”句。貂蝉：高级官员帽子上的装饰品，这里指代大官。元：通原。兜鍪（móu）：士兵所戴的头盔。这里指低级的官员。这里用了南齐周盘龙的典故。

⑤ 如斗大：形容地方很小。用的是宗悫的典故。牛刀试手：孔子曾说：“割鸡焉用牛刀？”意思是大材犯不着小用。（《论语·阳货篇》）寿：祝寿。玉瓯：玉碗。

题 解

这首词作于宋孝宗淳熙五年（1178）。词中作者借为范如山祝寿的机会，劝说他不要仿效范增和范蠡，遇到挫折便归隐江湖。鼓励他应该去卢溪，一展自己的抱负理想，锻炼自己的能力，准备为收复祖国失地建功立业。

赏 析

一个真正的爱国者，时时处处都想的是爱国报国，在国家遭受危难的时候更是如此。辛弃疾就是这样的一个爱国者，在为朋友祝寿的时候还心系国事，忧忧爱国情怀尽现于祝寿词的字里行间，别有一种感人力量。

范南伯，是辛弃疾的妻兄。范氏举家都是很有民族气节的人。范南伯的父亲，也就是辛弃疾的岳父范邦彦曾仕金为蔡州新息县令，后献城归宋。他很欣赏辛弃疾的才干和对国家的忠心而把女儿嫁给了辛。范如山是个有远见卓识的政治家，刘宰《故公安范大夫行述》说他“治官如家，抚民若子”，极受百姓拥护。但是，他也如古往今来的许多文人政客一样，遇到挫折、仕途失意便有归隐之心。当是，他虽有恢复北土，光复失地的雄心壮志。但感于政治腐败，当局的无所作为，便心生归隐之心。淳熙五年（1178）六月，南宋主战派名相张浚的儿子张栻（自号南轩），任荆湖北路安抚使，颇想干一番事业，便请范南伯担任卢溪县令。范如山并不相信朝廷真能有所作为，故“迟迟未行”。辛弃疾当时正任湖北漕运副使，他看到这种情况，便作此词劝勉范南伯，希望他接受委派，竭力报国。

词之上片，开篇一句“掷地刘郎玉斗，挂帆西子扁舟”。连用两个典故，告诫范不要效法范增和范蠡有归隐江湖、逍遥世外的打算和想法，而应该趁着年轻力壮，干一番事业。这里用了两个典故：一是楚汉战争中范增的典故。秦末战争中，刘邦先入咸阳，引起项羽的不快。于是项邀请刘邦到鸿门赴宴。项羽的谋臣范增看出刘邦有雄心壮志，是项羽未来的对手，便力主把刘邦杀掉。可是项羽不听，放走了刘邦。范增痛感项羽不听劝告放走刘邦，贻下后患，便将刘邦送给他的玉斗扔在地上，拔剑剁碎，后离开项羽而归隐乡下。另一个是范蠡和西施的典故，春秋吴越战争时，范蠡献美女西施给吴王，以瓦解吴王斗志；吴王果受西施蛊惑，懈于国事，后被灭。范蠡因灭吴有功，越王欲赏赐他，范蠡不受，只愿得西施。越王满足了他的要求。范蠡遂携西施隐于太湖之中。那么，这一句和后面的内容是怎样联系起来的呢？我们把这两个典故放在一起进行分析就会发现，这两个典故有这样几点意思：一是这两个典故的主人公都曾归隐江湖；二是这两个典故的主人公都姓范；三是这两个典故的主人公都是历史上的英雄豪杰。通过这样一分析我们就清楚了，作者除了表达希望范不要有归隐之心外，也暗示了范是当朝的英雄豪杰，是有胆有识的谋士，有了这个意思的暗示，自然引出作者对范的另一点希望：希望范能发扬范家先人们的光辉业绩，努力报效祖国，干出一番轰轰烈烈的事业来。这就是“千古风流今在此，万里功名莫放休！君王三百州”几句的表意。

下片，作者一口气用了四个典故来对范进行劝勉。“燕雀岂知鸿鹄”用的是司马迁《史记》中，陈涉辍耕垄上，慨叹“燕雀安知鸿鹄之志哉”的故事，表明自己对范的处境心理以及抱负理想有深深的理解。“貂蝉元出兜鍪”用的是南齐将军周盘龙的故事。周年老不能守边，还朝为散骑常侍（皇帝侍从，能预闻要政），世祖戏问他：“你戴貂蝉（近侍贵臣冠饰）冠比起戴兜鍪（战盔）来如何？”周答：“此貂蝉从兜鍪中出耳。”意思是说我成为近臣是在战场上拼杀得来的，不是靠了恩宠。这里表示自己理解还有更大的才能，想得到更能发挥作用的位置，但是想得到显赫的位置更大的尊荣，必须付之行动，靠着自己的行动去积累“战功”，而不应该只空有理想。“卢溪如斗大”用的是南朝宋大将军宗悫的故事。宗晚年为豫州刺史，典签多所违执，宗怒叹“得一州如斗大”，竟还遭到典签的慢待！辛借此表示自己体会到范的心情——以大才而屈居小小卢溪，且行动不能自主，难有作为。但也劝他：宗悫都难免屈居下位，受小人之气，何况你我。“牛刀试手”用的是孔子至武城，闻弦歌之声，认为割鸡无需用牛刀的故事。孔子的意思是大材小用。作者反其意而用之，鼓励范南伯不妨以牛刀杀鸡，一试身手，把卢溪治理好，以显示自己的才能。整个下片，连用典故，一方面称赞和肯定了范南伯的雄才大志，预言他定能有所成就，另一方面劝告他不要好高骛远，不要嫌弃卢溪职位低小难以发挥作用，而应该把它当作大事业的起点，通过积累，最终成就大业，实现宏图。

纵观整首词，在短小精悍的篇幅中，融入了众多典故，但丝毫不显生硬和造作，且表意贴切、生动，前后衔接紧密，行文错落有致。音韵和谐，用词铿锵，读之一股洒脱豪迈之气扑面而来。

水调歌头

和马叔度游月波楼①

客子久不到，好景为君留②。
西楼着意吟赏，何必问更筹③。
唤起一天明月，照我满怀冰雪，浩荡百川流④。
鲸饮未吞海，剑气已横秋⑤。

野光浮，天宇迥，物华幽⑥。
中州遗恨，不知今夜几人愁⑦？
谁念英雄老矣，不道功名蕞尔，决策尚悠悠⑧！
此事费分说，来日且扶头⑨。

注　释

① 马叔度：估计为作者的好友，生平不详。月波楼：在今湖北黄冈县西北。
② 客子：旅居外地的人。
③ 更筹：计算时间的器具，这里指时间。
④ 满怀冰雪：比喻心地光明磊落，像冰雪一样洁白。
⑤ 鲸饮、吞海：指酒量大。
⑥ 迥：远。
⑦ 中州：指中原被金人占领的地区。
⑧ 蕞（zuì）尔：小的意思。
⑨ 扶头：古人卯时（清晨 5 点到 6 点）喝酒，称卯时酒，又称扶头酒。《增广贤文》上有“莫饮卯时酒，昏昏醉到酉”句。意思是不要清晨喝酒，一天都是昏昏沉沉的。

题 解

这首词是宋孝宗淳熙五年（1178）秋天，作者在湖北转运副使（掌管湖北路的财赋和粮饷）任上，同好友马叔度游月波楼，和马词原韵而写的。皓月当空，江水皎洁，景色如画，作者触景生情，诗意勃发，浮想联翩。全词抒发了作者光明磊落的胸怀和对统治者苟且偷生、偏安一隅无心北伐的愤恨，同时也流露出诗人对自己功名无法实现的伤感惆怅。

赏 析

文人墨客，每临花前月下，触景生情，多有佳作，因此古往今来以月夜月景为题材的诗词不计其数。一些名家，杜甫、李白、苏轼、辛弃疾等等皆有咏月或以月色月夜为由头或言志或说理的诗文传世。唐诗人张若虚以一首《春江花月夜》赢得了“孤篇压全唐”的美誉，成为文坛佳话。然而，能从月夜美景下的感性陶醉上升到清醒的理性认识，由月夜的美景过渡到对国事时局的忧虑牵心，表达一种政治主题的作品却不多。辛弃疾的这首词便是其中之一。

词之上片，重在写景，在写景中言情抒怀，情和景很好地做到了统一。起首四句“客子久不到，好景为君留。西楼着意吟赏，何必问更筹”。为情造文，登上高楼，眼前水波浩渺，空中月光皎洁，整个世界氤氲在一种迷蒙的氛围中，如诗如画，美轮美奂。这如画的美景，这难得的美景，让我们忘了尘世的一切，着意欣赏吧，尽情陶醉吧，谁还管那更深夜久呢？但此处的景还属于有我之景，所以作者在感性的陶醉中，还保持着清醒，保持着理性，还没有彻底地把自己忘怀，如此，便自然引出下一句“唤起一天明月，照我满怀冰雪，浩荡百川流”。这皎皎的明月，不正像我的光明磊落么。那一天的皓月，可能照见我辈冰雪般纯洁的肝胆，和百川奔涌似的浩荡胸怀。至此，自然一转，引出上片的最后一句“鲸饮未吞海，剑气已横秋”。喝酒还未尽兴，宝剑的光芒已冲向秋夜的长空。这句突出地表现了作者渴望建功立业的雄心壮志。“鲸饮吞海”，如巨鲸吞海似的狂饮，极具夸张力度，有豪迈精神和阳刚之气。这句是化用杜甫诗里“饮如长鲸吸百川”（《饮中八仙歌》)，化用巧妙，而且更有表现力。

词之下片，作者由眼前景想到了心头事，重在抒怀言志。过片“野光浮，天宇迥，物华幽”，大地上的月光在浮动，天空更加旷远，美丽的景物显得更加清幽。上承前面的写景，下启后面叙事抒情。在这清幽的月夜中，人不可能真的陶醉，即使有酒。陶醉只是暂时的，李白诗云“举杯消愁愁更愁”，所以，如画的美景更能勾起伤心的往事，短暂的陶醉只能引起清醒后更深的愁绪。果然，诗人想起了恨事，引发了愁绪：“中州遗恨，不知今夜几人愁？”这一句，是全词的主旨，一想到大好河山还在金人的手中，广大的中原百姓还在水深火热中煎熬，不由得我愁思满怀了。至此，全词的基调也有了变化，由前面的雄壮豪迈而变为后半部分的哀凉悲伤了。作者愁思深重恰是作者忧心国事，雄心壮志不得实现的表现，可是我的心事有谁知，我的苦处有谁怜，自然引出下文“谁念英雄老矣，不道功名蕞尔，决策尚悠悠！”现在，朝廷中有谁还能想起抗战的英雄渐渐老了，还没有实现自己的雄心壮志，而收复中原的决策，仍然遥遥无期！那么，我也只能借酒浇愁了。“此事费分说，来日且扶头。”此事一时难以说清，唯有继续饮酒消愁吧。这一句和前面的“不知今夜几人愁”形成呼应。扶头酒是最厉害的酒，是最伤人的酒，也是最误事的酒。但是酒，却能麻醉自己，让自己暂时忘却现实的残酷和烦恼。作者明知故说，突出地表达了自己的痛苦之重，愁思之深。

纵观全词，作者欲抑先扬，行文一波三折，写景形象生动，议论切中肯綮，抒情真实感人。以一种低诉哀迴的语气结尾，别有一种感人的韵味。

摸　鱼　儿

淳熙己亥，自湖北漕移湖南，同官王正之置酒小山亭，为赋[①]。

更能消几番风雨？
匆匆春又归去[②]。
惜春长怕花开早，何况落红无数。
春且住。
见说道天涯芳草无归路[③]。
怨春不语。
算只有殷勤画檐蛛网，尽日惹飞絮[④]。

长门事，准拟佳期又误[⑤]。
蛾眉曾有人妒[⑥]。
千金纵买相如赋，脉脉此情谁诉[⑦]？
君莫舞。
君不见玉环飞燕皆尘土[⑧]！
闲愁最苦。
休去倚危栏，斜阳正在，烟柳断肠处。

注 释

① 己亥：干支纪年法的己亥年。淳熙己亥是宋孝宗淳熙六年（1179）。漕：本指水路运输，这里指漕司，即转运使，负责粮饷的官员。移：调任。同官：同僚。王正之：名正己，辛弃疾的朋友。

② 消：经得起。

③ 且：姑且。见说道：听说。

④ 算：看来。惹：粘住。

⑤ 长门事：用的是汉朝陈皇后阿娇的典故。准拟：约定好了的意思。

⑥ 蛾眉：弯而长的眉毛，这里指代美女。

⑦ 相如赋：西汉司马相如是作赋高手，曾以作赋获得富贵。

⑧ 玉环：唐玄宗宠妃杨玉环。安史之乱后，玄宗幸蜀，行至陕西兴平的马嵬坡，禁卫军后变，要求惩办杨氏。玄宗不得已，命高力士缢死杨氏。飞燕：赵飞燕，汉成帝的宠妃，和其妹赵合德秽乱宫廷，时人鄙之。后被废为平民，自戕而死。

题 解

宋孝宗淳熙六年（1179）春天，辛弃疾由湖北转运副使调任湖南转运副使，他的好友王正之设宴为他饯行。面对朋友的劝慰，看到明媚的春光，作者不由得想到自己的处境，想到自己长期被朝廷闲置，频繁地调来调去，自己光复河山的雄心壮志无法实现，因而万分感慨地写下了这首词，表达了自己对于国事的忧虑和不得志的沉重而烦闷心情。

赏 析

四季之中，春秋最易撩动人的情思，所以多愁善感的文人墨客，多有伤春怀秋之作。辛弃疾的这首词，时值暮春之际，朋友置酒相送，看到风雨阵阵，落红满地，想到国事飘摇，自己前途渺茫，不由感怀万端，于是由春景触动春情，有感而发，把词人的忧愤、伤感、哀愁、焦虑、苦闷等心情表现得淋漓尽致。

词之上片，以"春景"入笔，表达了诗人惜春、留春、怨春的动态心理变化，委婉而含蓄地表达了诗人惆怅伤感和哀愁失落的心绪。开篇一句"更能消几番风雨？匆匆春又归去"。以简洁的语言绘出一幅哀景。风雨催春归，春景不胜风雨，而接连的风雨就更让春不堪承受，所以春便早早地归去了。这一句表面上是写春景的破败，实际上则是对风雨飘摇的南宋政权的形象写照，表达了诗人对国事的忧虑和担心。"匆匆"二字，表面上是写春的脚步匆匆，更是含蓄地表达了自己的岁月流逝，年龄徒长而功业无成的愤懑之情，一语双关，表意深刻，为后文的进一步抒情打下了基础。"惜春长怕花开早，何况落红无数。"如果说前面的惜春之情的表达还是含蓄的，那么这一句就是直抒胸臆了。表达惜春之情更上层楼，那么作者为什么惜春呢？春夏秋冬，自然规律，显然作者不是惜的季节的春，而是借惜春来表达自己的某种情怀。"一年之计在于春"，于人而言，人生的春天是人生的青壮年，一个人要成就功名、建功立业，也必须在自己人生的春天设法达成。否则，年华老去，就只会留下遗憾和伤感了。作者的惜春之情是作者希望在自己的青春年华的岁月里大有作为，建功立业。

可是现实呢，“何况落红无数”。自己虚度了光阴，理想抱负都成了泡影，所以作者只有怅惘和伤心了。“春且住，见说道，天涯芳草无归路！”写留春，作者用“天涯芳草”阻住归路的想象，来表达留春的感情。作者是希望上苍能多给自己一些时间，能赋予自己更大的能力，好让自己去完成夙愿。但是春是不可留的，春终究要归去，所以作者不免要怨春了：“怨春不语。算只有殷勤，画檐蛛网，尽日惹飞絮。”春天你怎么不回答我的请求呢！看来只有屋檐下蜘蛛网能粘住纷飞的柳絮，殷勤地挽留住春天。“画檐蛛网”在这里是暗指议和派秦桧之流，“惹飞絮”指的是他们对金的妥协献媚的无耻行为。这几句委婉地表达了作者对南宋君臣的怨恨以及对国事危急的忧虑。上片，构思巧妙，托物寄兴，写景言情抒怀，浑然一体。惜春、留春、怨春的情感表达逐层深入，环环相扣，合乎逻辑。

词之下片，通过几个典故的运用，表现了作者被压抑的苦闷，和对统治者消极抗金的不满。“长门事，准拟佳期又误。蛾眉曾有人妒。”“长门事”是用汉代陈阿娇的典故。陈阿娇是汉武帝刘彻的皇后，最初夫妻的感情很好，后来汉武帝不喜欢她，迁她别居于长门宫。陈阿娇听说司马相如善于写赋，就送他百两黄金，请他作赋。司马相如为她写了篇《长门赋》。汉武帝读了这篇赋后，非常感动，便和陈皇后和好如初。“蛾眉曾有人妒”，屈原《离骚》中有“众女嫉余之蛾眉兮，谣诼谓余以善淫”。这句是说自己无望再被朝廷重用，而不被重用的原因是因为有人嫉妒自己。“千金纵买相如赋，脉脉此情谁诉？”即使我用千金买到司马相如的文章也不起什么作用的，我的满怀愁苦又向谁去倾诉呢？抒发了作者对不被理解和重用的抱怨。“君莫舞，君不见玉环、飞燕皆尘土！”一句“君莫舞”在此处一顿，“君”的所指比较丰富，主要是指以献媚取宠、擅权朝廷、投降卖国的秦桧之流，又暗指被架空、不了解实情、懦弱无能的宋孝宗，和那些不问国事苟且偷生的平庸之辈，还指霸占了南宋国土，气焰甚嚣尘上的金军将士。你们不要嚣张，你们不要得意忘形，你们不要窃喜，像历史上的红极一时，炙手可热的赵飞燕、杨玉环也早已化为尘埃了，你们有什么可张狂的呢。你们也不过是历史长河中的浪花，是匆忙世界中的过客，最终也会化为尘土，烟消云散的。作者对宵小的警告和蔑视，对国事糜烂的心痛之情溢于言表。“闲愁最苦。休去倚危栏，斜阳正在，烟柳断肠处！”这几句写出了作者无可奈何的忧国之情。以斜阳烟柳，一片惨淡迷离，暗示国家前途的危险，但仍以劝慰之语作结，既是对朋友的赠语，又是对自己的暗示和提醒，同时，也照应了送别的场景。

和辛弃疾同时代的另一个词人王观也写过一首著名的惜春词，《卜算子·送鲍浩然之浙东》：“水是眼波横，山是眉峰聚。欲问行人去那边？眉眼盈盈处。才始送春归，又送君归去。若到江南赶上春，千万和春住。”这首词也写得情致绵绵，读者朋友不妨把这两首词对比着来欣赏，对古人惜春恋春之情怀的认识可能会更深一层。

阮郎归

耒阳道中为张处父推官赋①

山前灯火欲黄昏，山头来去云。
鹧鸪声里数家村，潇湘逢故人②。

挥羽扇，整纶巾，少年鞍马尘③。
如今憔悴赋《招魂》，儒冠多误身④。

注 释

① 耒(lěi)阳：县名，今湖南省耒阳县。张处父：生平不详。推官：州郡所属的助理官员。

② 潇湘：潇水和湘水，在湖南零陵合流以后称潇湘，这里指耒阳一带地方。故人：老朋友。指张处父。

③ 羽扇：羽毛做成的扇子。纶巾：青布做成的头巾。这是三国时诸葛亮的装束。

④ 招魂：《楚辞》中篇名。儒冠：儒生的冠帽。这里指代书生。

题　解

阮郎归，词牌名。又名醉桃源，醉桃园，碧桃春。这是宋孝宗淳熙六年（1179）左右，作者在湖南做官时所写的一首词。上片写他在凄凉的旅途中遇到老朋友。下片写作者向老朋友回忆自己年轻时金戈铁马的抗金生活，抒发了对往昔生活的怀念和对如今羁留后方，不能亲临前线杀敌，无法一展宏图的郁闷和伤感。

赏　析

好的写景诗，总是诗中有画，画中有诗的。辛弃疾的这首小词，以写景入笔，然后带出人物，抒发感情，恰到好处地处理了景、情、人的关系，表达了主旨，突出了主题。

词之上片，重在写景，通过渲染，造景，引出人物，为后文的回忆往事、言情抒怀作一铺垫。开篇“山前灯火欲黄昏，山头来去云”。入笔自然，直截了当，把一幅黄昏来临，暮霭沉沉，云彩飘动的黄昏晚景图勾勒了出来，基调沉郁而暗淡。“来去”两字，虽是写云的流动，又何尝不是动荡不定、波谲云诡的时局写照呢。写景是为写人服务的，自然引出后面两句“鹧鸪声里数家村，潇湘逢故人”。“鹧鸪”是一个表惆怅哀愁的意象，置身于黄昏暮霭沉郁的景色中，又听到了“行不得也哥哥”的鹧鸪声声，无论谁也禁不住愁上心头。这几句作者虽然没明写愁，可我们能体味出字里行间满是哀愁。而一句“潇湘逢故人”，词之基调为之一扬，有暗夜一下子变亮，寒冷一下子变热的效果。“逢”在这里用得很好，很恰当，它有出人意料的意思，又表达了见面者的喜悦心情。

见着老友了，自然有说不完的话。推心置腹，倾诉衷肠，欢乐可说，痛苦和委屈可诉。可以回忆，可以展望，可以发牢骚，可以谈感想。整个下片，就是作者面对自己的朋友，回忆了自己的过去和倾诉了自己的怨愤和委屈。“挥羽扇，整纶巾，少年鞍马尘。”一句写出了作者对自己光辉岁月的怀念。那些年，我风华正茂的时候，英姿飒爽，率领着军队驰骋疆场，虽未建立下不朽的功业，可是活出了生命的价值。作者对过去的怀念恰恰表达的是对现在的不满，自然而然引出下一句“如今憔悴赋《招魂》，儒冠多误身”。“如今”一词，既是一转，也是引领这一句和上句构成强烈的对比。谁说愁不伤人呢，你看我因为太多的忧愁而憔悴不堪、精神疲惫，我只有写点像《楚辞》中“招魂”那样的诗篇来安慰自己，不然怎么坚持下去呢？哎，人常说百无一用是书生，我现在是真正体会到这点了！作者无奈、失望、伤感、落寞之感情通过这两句淋漓尽致地表现了出来。

纵观全词，作者情感波澜起伏，张弛有度，运用对比手法，突出主旨，富于感人力量。

木兰花慢

席上送张仲固帅兴元①

汉中开汉业，问此地，是耶非②？
想剑指三秦，君王得意，一战东归③。
追亡事，今不见，但山川满目泪沾衣④。
落日胡尘未断，西风塞马空肥⑤。

一编书是帝王师，小试去征西⑥。
更草草离筵，匆匆去路，愁满旌旗。
君思我，回首处，正江涵秋影雁初飞⑦。
安得车轮四角？不堪带减腰围⑧。

注　释

① 张仲固：名坚，曾任江南西路转运判官，兴元府知府等。帅：宋朝地方府级军政长官称帅。这里意思是做地方上的军政长官。
② 汉中开汉业：用的是刘邦汉中创业的典故。
③ 三秦：秦朝灭亡后，项羽把关中分别封给三个秦朝降将，目的是阻止刘邦打出汉中，所以后人把关中称为三秦。一战东归：指刘邦用韩信的计谋，一战就收复关中的故事。
④ 追亡事：用的是萧何月下追韩信的典故。
⑤ 胡尘：金骑兵扬起的尘土。空：白白地。
⑥ 一编书是帝王师：用的是张良受书于圯（yí）上老人的典故。
⑦ 君：张仲固。
⑧ 车轮四角：车轮像长了四只脚一样动不了。表达了对朋友的挽留之情。

更草草离筵，匆匆去路

题 解

辛弃疾的好友张仲固于宋孝宗淳熙七年（1180）赴兴元（今陕西省汉中市）任知府，在送别的酒席上，辛弃疾写了这首词。全词通过汉高祖刘邦以汉中为基地开辟汉朝帝业的气魄，对比南宋朝廷的苟且偷安，表达了作者对国家命运的深切忧虑和对偏安江南朝廷的不满。同时，也表现了自己功名理想不得实现的苦恼和劝勉朋友奋发有为、努力报国的思想感情。

赏 析

汉中，是一个土地辽阔，水草丰美的地方。汉中，是关中通往四川的咽喉重地，是古往今来的军事重镇，历来为兵家必争之地。因而，汉中的历史上，留下了许多传奇故事。熟谙历史的辛弃疾，在送别朋友去汉中赴任的酒席上，缅怀历史，感慨时局，写下了这首壮怀激烈、情感汪洋恣肆的词。

词之上片，重在怀古伤今。开篇一句“汉中开汉业，问此地，是耶非？”汉高祖刘邦据以创业的汉中，不就是你今天要去的兴元府这儿吗？直叙往事，有突如其来的效果，但并不唐突，反而自然、生动。这里用的是刘邦汉中创业的典故。秦朝灭亡以后，项羽分封诸侯，封刘邦为汉王，封地在汉中一带。刘邦在张良等人的辅佐下，以汉中为根据地，经过四年楚汉战争，打败了项羽，建立了汉王朝。“想剑指三秦，君王得意，一战东归。”紧承上句，还是说刘邦创下的伟业。想当年，汉高祖和三秦作战，一举收复了关中，他踌躇满志、兴高采烈、凯旋班师，是何等的英雄气概呀！这两句是因果的关系，正是因为刘邦拥有了在汉中的天时地利人和，才赢得了后面楚汉战争的胜利。这几句联系起来，作者主要是强调汉中的“地利”。是一个不错的地方，是个有着英雄传统的地方，是可以大有作为的。言下之意是劝勉朋友不要有什么顾虑，去汉中后放手大干，力争有所成就。“汉中”“汉业”两个“汉”字，既是实指，也暗示出作者对金人南下、山河破碎、国之不国的残酷现实的痛心。作者在这里极力赞美刘邦所开创的伟业，恰是对南宋当局妥协投降不作为的不满，和自己强烈的光复河山的雄心壮志。“追亡事，今不见，但山川满目泪沾衣。”这一句，有承前启后的作用。“追”有二意，既承前指对往事的回忆，又引出萧何月下追韩信的典故。像萧何月下追韩信那样的重用人才、完成统一大业的事情，现在是看不见了。“但山川满目泪沾衣。”“但”在此一转，引出作者的感慨来，现在我们所能看到的只是山河破碎，真让人伤心落泪了。“落日胡尘未断，西风塞马空肥。”作者用这一对偶句来作上片的结尾，是自己伤心落泪情绪的延伸，地处前线的汉中，整天看到胡骑扬尘，气焰嚣张，而宋朝边塞的战马白白地养得肥壮，却不用来抵抗金兵的侵略。两相对照，何等的触目惊心！让人愤怒不满！这两句看似写景，却重在抒情，情景交融，表意强烈。

词之下片，主要表达了对朋友的鼓励和期望之情，同时也表达了和朋友分别的依依之情。“一编书是帝王师，小试去征西。”一句借用张良受书于圯上老人的典故表达对朋友的鼓励和期望。《史记·留侯世家》记载，张良行刺秦始皇失败后，逃至下邳，在闲游下邳桥时，见一老人，老人故意将鞋掉到桥下，命张良说：“孺子下取履”。张良十分惊愕，强忍着下桥取来。老人又命给他穿上，张良又跪下给他穿上，老人说：“孺子可教矣。”五日后，授予张良一部《太公兵法》。这里作者把张仲固比做张良，对他寄托着很大的希望。后几句表达了对即将到来的分别的伤感和对朋友之情的看重。在这个乱世中，我们总是别多聚少，你匆匆地来，又匆匆地去，我的愁就像那吹动旌旗的风，绵绵无竭。“君思我，回首处，正江涵秋影雁初飞。”当你想念我的时候，回头看见的只是凄凉的秋天江景，却见不到我了。言辞中充满无奈和伤感。作者的伤感愁绪主要是时局因素所造成，其次的因素才是个人命运的坎坷和朋友的分别。“安得车轮四角？不堪带减腰围。”我多么希望车轮能长出四只脚来，挽留你匆匆离去的脚步，你我今天分别以后，我可能会相思而形销骨瘦的。挽留朋友的心意、不忍分别的情感，言词切切，感人肺腑。需要指出的是，作者对朋友的期望和鼓励，以及所表达的对朋友之谊的看重等情感都是建立在对动荡时局的关切上，而不是出自自我的小情感或者庸俗的江湖侠义和哥们义气。从这点来说，全词的主旨仍然得到了深化和突出。

沁园春

带湖新居将成[1]

三径初成，鹤怨猿惊，稼轩未来[2]。
甚云山自许，平生意气；
衣冠人笑，抵死尘埃[3]。
意倦须还，身闲贵早，岂为莼羹鲈脍哉[4]？
秋江上，看惊弦雁避，骇浪船回[5]。

东冈更葺茅斋。
好都把轩窗临水开[6]。
要小舟行钓，先应种柳；
疏篱护竹，莫碍观梅。
秋菊堪餐，春兰可佩，留待先生手自栽[7]。
沉吟久，怕君恩未许，此意徘徊。

注　释

① 带湖：今江西省上饶市北郊。

② 三径：用的是汉代蒋诩的典故。

③ 云山：指隐士离开闹市而居住的山林深处。意气：气概。抵死：总是。

④ 莼羹鲈脍：见前《木兰花慢·滁州送范倅》中注。

⑤ 惊弦雁避：用的是战国时惊弓之鸟的典故。

⑥ 轩窗：长廊或小室的窗户。苏轼《江城子》有“小轩窗，下梳妆”句。

⑦ 秋菊堪餐：屈原《离骚》：“朝饮木兰之坠露兮，夕餐秋菊之落英。”春兰可佩：屈原《九歌·礼魂》：“春兰兮秋菊，长无绝兮终古。”

题　解

宋孝宗淳熙八年（1181）秋天，作者担任江西的安抚使。他深为自己受排挤和掣肘而苦恼，就在带湖修建新居为退隐之所，取名“稼轩”，并以为自己的号。新居落成，作者有感而发，写下了这首词，表达了对自己遭受打击的不满和愤懑，暗示自己的退隐是被迫无奈的。同时，以菊竹梅兰表现了自己品行的高洁和不愿与投降派同流合污的高贵品质。

赏　析

现实社会中的辛弃疾是失意彷徨的，但辛弃疾并非一个生来就走向超脱世界的人。他也曾积极进取，也想建功立业，也想扬名立世，活出一个儒家传统社会中真正的士大夫的精彩来。然而，一个懦弱的时代，一个没有脊梁的政府只会让他的雄心壮志化为梦幻泡影，让他倾心于另一个世界的另一种生活，于是，辛弃疾给我们留下了这首描写隐居生活的诗篇。

上片，作者以简洁的语言，含蓄的笔法表达了自己的隐居是迫不得已的，是无可奈何的举措，共分四层意思。“三径初成，鹤怨猿惊，稼轩未来。”入题直截了当。我的新居落成了，但是我还未回去，引起了猿鹤的怨恨和惊怪。“三径”用的是汉代蒋诩隐居的典故。汉代蒋诩隐居时，在门前开了三条路。古人因此用“三径”代指隐士居住的地方。这一句，既点出了自己选择了一种归隐生活，又点出了自己的不甘心。毕竟，作者的归隐实在不是发自内心深处的诉求表现，而是逃避现实的一种消极做法，是不得已而为之的事。一个忧国忧民的形象便跃然纸上。为什么不能甘心归隐呢？自然而然地引出第二层意思来，“甚云山自许，平生意气；衣冠人笑，抵死尘埃”。这句紧承上句，解释了作者不忍归去、内心纠结的原因。为什么平生有高卧云山、豪气干云的气概，而这些年来，却总是奔波于官场，无所作为，空惹那些跳梁小丑们耻笑？言下之意是自己的理想抱负尚未实现，这就解释了自己不甘心归隐的原因。“衣冠人”化用“沐猴而冠”成语，是作者对投降派的蔑称。世道成了这个样子，自己还能有什么作为呢？这样，就引出了第三层的意思，“意倦须还，身闲贵早，岂为莼羹鲈脍哉”。这官场，我已彻底厌倦了，那么还是让我去过那让人向往的隐居生活吧，归去，应该是越早越好，这是无可奈何的，难道是为了莼羹和鲈鱼的美味吗？“莼羹鲈脍”用的是西晋张翰的典故。第四层，补充说明自己的归隐是被迫无奈之举，“秋江上，看惊弦雁避，骇浪船回”。你看那高高的天空，飞雁听到弦响就急忙躲闪；波涛滚滚的江上，出现巨浪船就急忙回避。作者突出地表达了自己引退是因为遭到了朝廷的排挤和打击的无奈之举。“雁”“船”喻指作者自己。“惊弦雁避”用的是“惊弓之鸟”的典故。

下片，作者描写了理想中隐居生活的美好，突出了自己的心性高洁和品格的高尚。“东冈更葺茅斋，好都把轩窗临水开。”我要在东面的山冈上再修一所书房，在书房朝水塘的地方再开上小窗。这句是总体对隐居场所进行勾勒。“要小舟行钓，先应种柳，疏篱护竹，莫碍观梅。”在池塘的周围栽满柳树，在春风吹拂、杨柳依依的春天，将划着小船在池塘钓鱼。我还要在住所的周围栽满翠竹，周围圈起篱笆墙把竹林护起来，还要栽种一些梅树，在寒冬腊月我也能欣赏梅花的开放。这句是对隐居场所美景的细描。“秋菊堪餐，春兰可佩，留待先生手自栽。”我在隐居的田园中，将效仿先贤屈原，餐菊饮露，纫兰为佩。这句突出表现了作者不甘没落，追求崇高与冰清玉洁的精神和品格。可见作者隐居生活只是一个逃避现实的借口，他是一个真正的爱国者。一个真正的爱国者，不管身在何处，牵肠挂肚的都是国家和人民。这样就自然引出全词最重要的一句，也是最后一句压轴语来：“沉吟久，怕君恩未许，此意徘徊。”考虑再三，可能皇帝仍会挽留，因此，是继续留任，还是隐居田园，思想上犹豫不决。不管隐居的生活是如何美好，如何诱人，只要作者还有东山再起的机会，还有实现抱负的可能，他都会毅然决然地把那一切都抛弃而投身于自己的事业中，去光复山河，去中兴再造。至此，一个精忠报国的英雄形象立刻便矗立在我们的面前，高大而清晰。

这首词，作者在选材造句上，表现出了极强的画面感和表意的象征性。“茅斋”“轩窗临水”“小舟行钓”“绿柳成行”“疏篱”“竹林”“梅海”“菊园”“兰苑”，不需什么技巧，把这些对象放在一起，本身就是一个天然的花园，一幅曼妙的图画。辛弃疾在这首词中叠加使用这些意象，突出了自己品格节操的高尚（兰、竹），追求的崇高和意志的坚定（菊、梅）。这些意象的使用，起到了渲染气氛、营造意境、突出主题的作用。

水调歌头

盟　鸥[1]

带湖吾甚爱，千丈翠奁开[2]。
先生杖屦无事，一日走千回[3]。
凡我同盟鸥鹭，今日既盟之后，来往莫相猜[4]。
白鹤在何处？尝试与偕来[5]。

破青萍，排翠藻，立苍苔。
窥鱼笑汝痴计，不解举吾杯[6]。
废沼荒丘畴昔，明月清风此夜，人世几欢哀[7]。
东岸绿阴少，杨柳更须栽。

注　释

① 盟鸥：和鸥鸟结盟，相约为友。
② 带湖：作者在江西上饶新居旁的小湖。奁：镜匣。
③ 杖屦：手杖和麻鞋。
④ 鹭：鹭鸶，水鸟名。
⑤ 偕：一起。
⑥ 汝：指鹭鸶。
⑦ 废沼荒丘：荒废的池沼和土山。畴昔：往日。

题 解

宋孝宗淳熙八年（1181），辛弃疾被弹劾去职，随后便在江西上饶带湖过起了闲居的生活，游山玩水，吟诗作赋，但他的心情始终不能释怀，感觉苦闷和惆怅。这首词便是作者在这个时候写成的，表示自己要与鸥鹭为友，寄情于山水。但词中隐隐地表达了作者的抑郁和悲愤。

赏 析

在现实生活中饱受别人猜忌、排挤、打击甚至报复，以至于最终去职，过上了田园生活。现实生活中的辛弃疾是失意的，惆怅的，既然现实生活中没有自己的位置，那就选择另一种生活，既然现实生活中没有知音，没有人理解自己的苦衷，那就以山水鸥鹭为自己的朋友，去和它们交流友好，和它们一块生活。以"盟鸥"一词为题，有揭示主旨的作用，暗示了时代的黑暗，黄钟毁弃，瓦釜雷鸣。正道直行的作者，对现实社会不满，不得不选择一种侣鱼虾而友麋鹿的生活方式。

上片主要表达了作者喜爱带湖生活，要与鸥鸟为朋友，和谐友好生活的思想感情。"带湖吾甚爱，千丈翠奁开。"直抒胸臆，表达了自己对带湖的喜爱，一个"甚"写出了作者对带湖喜爱的程度。如在平日，辛弃疾未被免职的情况下他写出这样的词一定会引起抗金派的批评，为人们所诟病。但现在作者被解职，成了一个"闲人"，他这样的寄情山水风物，就没有人能说什么了。试想，作者那么忠心耿耿，勤于国事，到头来落了个被人陷害被解职的结局，他能没有怨言和委屈么？所以，作者在这里大张旗鼓地宣扬自己对带湖的喜爱，恰是一种反击，一种抗争，一种不满情绪的表达和宣泄。"千丈翠奁开"，带湖像打开的镜匣，现出一碧千顷的翠绿湖水，这句解释了作者喜爱带湖的原因。"先生杖屦无事，一日走千回。"这句写了自己喜爱带湖的表现。"无事"暗示了自己被罢官，"千"字夸张地写出了自己对带湖的喜爱程度，为后面的"盟鸥鹭"埋下伏笔。因为太爱带湖了，来来往往中，和那些鸥鹭都很熟悉了，这是"盟"的前提条件。"凡我同盟鸥鹭，今日既盟之后，来往莫相猜。"这三句故意模仿古代订立盟约的词句。《左传·鲁僖公九年》："齐侯盟诸侯于葵丘，曰：'凡我同盟之人，既盟之后，言归于好。'"这里用了拟人的修辞手法，虚笔，"与鸥鹭结盟"恰是现实生活中作者对那些投降派，造谣中伤自己的宵小的唾弃与蔑视。"莫相猜"是现实生活中的"猜忌与诋毁"，表达了作者对投降派猜忌自己、排挤自己的愤慨与伤心。在这里，现实社会与作者描写的田园生活暗中构成对比：现实社会是黑暗的、缺少朋友知音的，自己被猜忌，受排挤打击；作者的理想生活是明净的，有鸥鹭为伴，作者和伙伴们友好相处，没有猜忌利用打击报复。作者意犹未尽，又补充了一句"白鹤在何处？尝试与偕来"。白鹤很悠闲在那水边上散步，是不是请它一起来玩呢？作者选用"白鹤"这种动物是有用意的，白鹤是一种吉祥鸟，有富贵吉祥圣洁之意，作者以白鹤喻指自己，表明自己的清白，自己被解职很冤枉，自己是正道直行，清白正直，品行端正的，自己不应该受到这种待遇，委婉地表达了自己对被解职的不满。

词的下片，重在抒情，表达了对被人中伤的愤慨和世事变幻不可把握的无奈与伤感。"破青萍，排翠藻，立苍苔。"过片三句，用了三个动词"破""排""立"，形象生动地把鹭鸶对鱼的觊觎、费尽心机捕鱼的丑态刻画出来。鹭鸶是强大的，在明处，鱼是弱小的，在暗处。现实生活中，自己是光明正大的，在明处，宵小是卑鄙无耻的，在暗处。写鹭鸶对鱼的伤害，暗示现实生活中宵小对自己的中伤和陷害。"窥鱼笑汝痴计，不解举吾杯。"可笑鹭鸶痴心，只在那里窥伺游鱼，不懂得和我一块来欣赏湖光山色，一起来饮酒作乐。"废沼荒丘畴昔，明月清风此夜，人世几欢哀。"过去这里只是一片废沼荒丘，今晚却是清风明月，一番好景。人世间经历了多少悲欢离合的变迁呀。作者被解职的时候，已经是人到中年，想起青年时的金戈铁马，气吞万里如虎的岁月；想起后来官场上尔虞我诈，钩心斗角；想起大好河山沦入敌手；想起抗战派被排挤，投降派占上风；想起有限的人生，怎禁得住思绪万千，不免要对世事无常，悲欢离合大发感慨了！基调太压抑了，作者可能也有所觉悟，于是宕开一笔，用了一句轻快平常的、王顾左右而言他的闲笔作为结尾，"东岸绿阴少，杨柳更须栽"。这园中，还缺点什么呢？哦，东岸的绿荫太少了，还要多栽柳树，造出更多的绿荫才是。

全词构思巧妙，立意独特，虚实交错，表意含蕴，基调沉郁蕴藉。

水调歌头

汤朝美司谏见和，用韵为谢①。

白日射金阙，虎豹九关开②。
见君谏疏频上，谈笑挽天回③。
千古忠肝义胆，万里蛮烟瘴雨，往事莫惊猜④。
政恐不免耳，消息日边来⑤。

笑吾庐，门掩草，径封苔。
未应两手无用，要把蟹螯杯⑥。
说剑论诗余事，醉舞狂歌欲倒，老子颇堪哀⑦。
白发宁有种，一一醒时栽。

注　释

① 汤朝美：名邦彦。南宋孝宗时曾任左司谏，敢于指责朝政得失。他曾和过辛弃疾的词《水调歌头·盟鸥》，辛弃疾又用原韵写此词作为答谢。

② 金阙：指皇帝的宫门。虎豹九关开：《楚辞·招魂》里说，天上有九道门，用虎豹把守，不让人进。

③ 谏疏：臣子向皇帝提出批评和劝告的奏文。

④ 蛮烟瘴雨：指汤朝美被谪地新州（今广东省新兴县）。当时那里被认为是荒僻之地。

⑤ 日边：皇帝的身边。

⑥ 蟹螯：用的是晋人毕卓的典故。

⑦ 老子：作者自指。

题　解

作者被免官后，赋闲在带湖。宋孝宗淳熙九年（1182），作者的好友汤朝美从新州（今广东省新兴县）被调往信州（今江西省上饶市信州区），汤曾和过辛弃疾的词《水调歌头·盟鸥》，作为答谢，辛弃疾作了这首词。这首词中，作者勉励好友积极进取，勇于斗争，同时也表达了对自己赋闲在家，理想抱负难以实现的愤懑和不满之情。

赏　析

这首词，上片重在勉励友人积极进取，有所作为。开篇一句“白日射金阙，虎豹九关开”。指汤朝美在被贬谪之地新州被朝廷起用，调往信州任新职一事。但从作者的笔法和表现角度来看，有出人意料之效果。“金阙”指皇帝的宫门，“九关”是天宫的大门，白日金阙，虎豹九关，何等威武气象。“见君谏疏频上，谈笑挽天回。”我似乎看见你屡次进出皇宫，向皇帝进谏，你气度从容，侃侃而谈，真希望皇帝能采纳你的抗战建议。“挽天回”指作者寄希望皇帝能重用汤朝美，采纳汤朝美的建议，力挽狂澜，扭转乾坤。“千古忠肝义胆，万里蛮烟瘴雨，往事莫惊猜。”你对皇帝那么的忠心耿耿，却被放逐到万里之外，但这已成往事，今天就不要再担心和猜忌了。据《稼轩词编年笺注》引《京口耆旧传·汤邦彦传》及《宋会要辑稿·职官》记载，早年的宋孝宗还锐意进取，有一雪国耻，光复河山之志，汤朝美的抗金策略很受赏识。淳熙二年八月派汤朝美使金，向金讨还河南北宋诸帝陵寝所在之地。不料汤朝美未能完成任务，回来后宋孝宗龙颜大怒，把他流贬到新州，当时的新州人烟稀少，经济落后，所以作者说汤尝尽了“蛮烟瘴雨”滋味，并劝朋友“往事莫惊猜”，此一时彼一时，莫要再耿耿于怀往事了。“千古”“万里”引领的两句成对，有强化思想感情表达的作用，既是指汤朝美的昔日被谪，也暗指自己今天的被贬，如此忠心耿耿的忠臣，倒头来却落得个被贬的下场，个中酸楚愤屈，岂是言语所能完全表达。但识时务者为俊杰，机会来了，就不要放弃，一个真正的爱国者，一个真正的忠臣，就应该时时刻刻以国家民族的利益为重，这也是作者做汤朝美思想工作的主要原因。“政恐不免耳，消息日边来。”你现在已经被起用，恐怕还会有好消息从皇帝身边传来，恐怕你会成为庙堂之器呢，暗寓着作者对汤会有所作为的期望。

下片重在抒发作者悲愤幽怨的心情，基调忧郁伤感。过片三句“笑吾庐，门掩草，径封苔”。以一幅冷清幽凄的意象暗示出自己酸楚惆怅的情怀。“未应两手无用，要把蟹螯杯。”蟹螯杯，用的是晋人毕卓典故，据《世说新说·任诞篇》记载，晋人毕卓说：“一手持蟹螯，一手持酒杯，拍浮酒池中，便足了一生。”这句是什么意思呢，显然作者不是毕卓意思的重复，作者也曾写过《美芹十论》痛陈国事，也曾有“醉里挑灯看剑”的壮志豪情，可是现在，真让人无语呀，作者只剩下激愤和痛心了。“说剑论诗余事，醉舞狂歌欲倒，老子颇堪哀。”这句紧承上句，继续议论抒情。现在，我成了闲人，成了“废人”，壮志凌云，胸罗珠玑，腹藏韬略，任你再大的本事也是没有什么用，没人赏识，是“余事”。剩下的，只有终日痛饮长醉，摇摇欲倒。作者不免发出最为激愤的狂肆之语“老子颇堪哀”。“堪哀”是值得怜念之意，意思是说，自己如此狂歌醉舞，虚置年华，这心情应该是故人所理解、怜恤的。结句“白发宁有种，一一醒时栽”，将满腔幽怨愤激推向一个高潮。以“白发”写愁，前人窠臼，但稼轩用一“栽”字，翻出了新意。这两句有这样几层意思。写此词时，作者四十来岁，虽谈不上风华正茂，可也是年富力强，正是人生事业的巅峰阶段，可作者却被罢官，赋闲在家，有力无处使，有志无处伸，忧心忡忡，让他满头斑白，这是一层。个人遭际事小，可国事日渐糜烂，醉中尚可暂忘，醒来则不胜烦忧，此白发乃“一一醒时栽”也，这是第二层意思。总之，是忧国忧民忧己而让自己生出了满头白发。下片句句造势，至最后于感慨深沉处戛然而止，怨愤不平之气似有破纸而出之势。

全词突出运用对比的艺术手法，上片鼓励友人，基调昂扬，与下片抒发悲愤，基调抑郁形成鲜明的对比；上片的白日金阙，虎豹九关的辉煌庄严与下片门掩荒草，径被绿苔的荒凉寂寞构成对比。上片赞美汤朝美，誉其“谈笑挽天回”与下片写自己两手把蟹持杯形成对比。上片写对方，终得“日边消息”重上朝堂，下片说自己，则满头白发，终日醉舞狂歌为消磨，又是一对比。全词通过这种强烈对比，有力地表达了作者激愤满怀幽独愁苦这个思想主题。

踏　莎　行

赋稼轩，集经句[①]

进退存亡，行藏用舍，小人请学樊须稼[②]。
衡门之下可栖迟，日之夕矣牛羊下[③]。

去卫灵公，遭桓司马[④]，
东西南北之人也[⑤]。
长沮桀溺耦而耕，丘何为是栖栖者[⑥]。

注　释

① 赋稼轩：写首词咏自己，稼轩是辛弃疾的号。集经句：摘取儒家“经书”中的句子作词。

② 进：入世，指做官。退：出世，指退隐。小人请学樊须稼：用的是《论语》中的典故。

③ 衡门：衡通横，衡门，衡木做门，指简陋的房子。日之夕矣牛羊下：用的是《诗经》中典故。

④ 去：离开。去卫灵公，用的是《论语》中的典故。遭桓司马：用的是《孟子》中的典故。

⑤ 东西南北之人也：用的是《礼记》中典故。

⑥ 长沮桀溺：用的是《论语》中的典故。

题 解

诗人都很浪漫，辛弃疾给他隐居的带湖新居取名为“稼轩”，并以此作为自己的号，还写词说明了它的用意。稼指庄稼、农事，轩指小屋、小房子。“稼轩”合在一块有寄情田园、归隐江湖的意思。此词就是诗人去职后，在带湖赋闲写成的。本词借儒家经典中的名句，对自己进行了描写刻画，表达了诗人受到打击后的愤懑和卓尔不群的个性追求。

赏 析

摘录儒家经典中的名句给自己写首词，用儒家经典里的话来形容自己，刻画自己，就是赋稼轩、集经句的意思。辛弃疾词素有“掉书袋”之称，这固然有作者表意的需要，但似乎也有炫耀学问之嫌。这首小令，完全是典故的堆砌，句句用典，让不少喜欢宋词的读者望而却步。

词之上片主要表达了词人对躬耕无忧、悠然自得的田园生活的喜爱之情。开篇三句“进退存亡，行藏用舍，小人请学樊须稼”。分别运用的是《易经》《论语》中的典故。“进退存亡”取自《周易·乾卦·文言》：“知进退存亡而不失其正者，其惟圣人乎。”知道该进就进该退就退，该留就留该走就去，知道保全而不迷失自己，并且在这个过程中不丧失良知本性，只有圣人才能做到呀。“行藏用舍”，典出《论语 · 述而》，孔子对其弟子颜渊说 ：“用之则行，舍之则藏。”用我，我就去干，不用我，我就退隐。“小人请学樊须稼”，出自《论语 · 子路》，孔子的弟子樊迟（名须），请教孔子怎样种庄稼，孔子不满意地说 ：“小人哉，樊须也。”樊须真是没出息的小人呀！作者在这里连用经典，集中地表达了自己被罢官以后闲居带湖所持的一种生活态度 ：一个明白人应当明白为人处世的法则，知进退并且不迷失本性，不丢弃良知，本分做人，虽然这些只有圣人才能做到，但我要努力向圣人学习，向圣贤看齐。这表示了作者决不与苟且偷生者，与投降乞和者同流合污的高尚节操和不屈服的精神。“衡门之下可栖迟，日之夕矣牛羊下。”二句均出自《诗经》。前句出自《诗经 · 陈风 · 衡门》：“衡门之下，可以栖迟。”衡通横，衡门，简陋的房子里，也可以作为自己遮风避雨的地方。后句出自《诗经·王风·君子于役》:“日之夕矣，牛羊下来。”太阳落山了，牛羊回来了。作者借用《诗经》中这两句现成诗句，进一步表达自己对安闲恬静、怡然自得的村居生活的满足和热爱，居住在用衡（横）木做门的简陋的房屋里，傍晚看牛羊成群地归来，虽然物质上比较欠缺贫乏，可是，精神上是多么的自由和放松。这里，没有官场上的尔虞我诈，没有人和人之间的中伤和利益冲突，也没有被频繁地、毫无效率地调来调去。作者在这里写自己安于乡村的清淡生活，对与世无争的乡居生活充满欢喜和欣慰之情的用意就是为了揭露官场上的倾轧和陷害，是对当时政治黑暗的抨击。

词之下片，表达了作者对自己坎坷遭遇的愤懑，同时也旗帜鲜明地表明自己豁达的处世态度。“去卫灵公，遭桓司马。东西南北之人也。”三句分别来自《论语》《孟子》《礼记》。“去卫灵公”据《论语·卫灵公》一篇载，卫灵公问孔子如何打仗，孔子回答说:“军旅之事，我没学过。”第二天便匆匆离开卫国。“遭桓司马”据《孟子·万章上》载，孔子离开卫国后，“遭宋桓司马”。桓司马即桓魋（tuí），春秋时宋国的司马，主管当时的军事。孔子在宋国的大树下，同弟子们演习周礼，司马桓魋闻讯赶来，砍倒大树，要杀孔子，他慌忙逃走。“东西南北之人也”也出自《礼记·檀弓上》，孔子说:“……丘也，东西南北之人也。”我孔丘是个到处乱跑的人。作者在此连用三个典故，写出了自己大半生来坎坷不幸的遭遇。金人南侵，使自己沦为流民，南渡以后，满以为南宋当局能从国家和民族利益出发，挥师北伐，收复失地，哪知这一切竟如南柯一梦，自己满怀报国热情，到头来落个被贬职的下场。“东南西北”写出了自己的坎坷，也写出了自己多年的努力，多年的辗转奔波化为梦幻泡影，自己一事无成的悲哀结局。如此顺理成章地引出最后一句“长沮桀溺耦而耕，丘何为是栖栖者”。二句均典出《论语》。前句出自《论语·微子》:“长沮、桀溺耦而耕，孔子过之，使子路问津焉。”长沮、桀溺讽刺子路跟着孔子到处奔走，迷不知返，并嘲笑孔子徒劳无益。这里，作者以长沮、桀溺自比。后句出自《论语·宪问》，微生亩问孔子:“丘何为是栖栖者与？无乃为佞乎？”（你为什么到处奔走，岂不就是个好谄媚的人吗？）对他进行指责。栖栖，不安定的样子。在这里，作者用自我解嘲的口吻，结束了全词。我决不学孔子那样到处徒劳无益地奔波，我还是学习长沮、桀溺那样好好地种地。言下之意是自己要安下心来过一种与人无争，与世无争的田园生活。面对自己的坎坷遭遇，面对黑暗的官场和混乱的世道，面对没有知音赏，自己不被人理解，不受重用反而被去职的残酷现实，作者只能用这种耽于田园生活的态度，做出一副无言的抗争的姿态。

从选材上来看，作者多用儒家经典语录，也是有用意的。既说明作者受儒家经典浸润之深，影响之深，同时也透露出自己虽身在乡野但并没有丧失儒家所倡导的积极进取、积极入世的精神。自己的形体过着隐居生活但自己的精神追求和思想并没有隐居，仍然牵挂着国事和时局。这，是辛弃疾作为一个封建知识分子身上散发出来的不朽的人性光辉。

晋代人有集儒家经典中的句子成诗文的文字游戏，辛弃疾把这一形式运用到了词中。这首词，共十句，句句用典，而且全部都明用，用得十分熨帖。全词运笔从容，挥洒自如。词中的句子全用四书五经中的现成句，直抒胸臆，同时又贴合词的格律。整首词，形式小巧玲珑，表意干净利落，风趣而不滞涩。充分体现了作者在语言上的高度技巧和大胆创新精神。

水龙吟

甲辰岁寿韩南涧尚书[1]

渡江天马南来，几人真是经纶手[2]？
长安父老，新亭风景，可怜依旧[3]！
夷甫诸人，神州沉陆，几曾回首[4]。
算平戎万里，功名本是，真儒事，公知否[5]？

况有文章山斗，对桐阴，满庭清昼[6]。
当年堕地，而今试看，风云奔走[7]。
绿野风烟，平泉草木，东山歌酒[8]。
待他年，整顿乾坤事了，为先生寿。

注 释

① 韩南涧：韩元吉（1118—1189）字无咎，曾任吏部尚书。他在上饶居住时，自号南山翁。

② 渡江天马：指宋朝南渡，用的是晋朝南渡的典故。经纶手：经国安邦的能手。

③ 新亭：在今南京市南。新亭风景：用的是《世说新语》中的典故。

④ 夷甫：用的是晋人王衍的典故。沉陆：即陆沉，国土沦亡。

⑤ 平戎万里：指打败金兵，统一祖国。

⑥ 文章山斗：唐朝有人说韩愈的文章成就很大，如“泰山北斗”，这里用来比喻韩元吉的文章写得好，名气大。

⑦ 堕地：诞生。风云奔走：指韩元吉在政治上的大有作为。

⑧ 绿野风烟：用的是唐朝宰相裴度的典故。平泉草木：用的是唐朝宰相李德裕的典故。东山歌酒：用的是晋朝谢安的典故。

题 解

这首词是宋孝宗淳熙十一年（1184）辛弃疾给韩元吉写的一首祝寿词。韩曾担任过吏部尚书，且在上饶居住时自号为南山翁，所以作者在词题目中有寿韩南涧尚书的字样。词之上片痛陈国事，借用诸多典故批判了苟且偷安和清谈误国的庸碌之辈，表达了抗金主张和收复失地的理想壮志。下片重在对韩元吉进行颂扬，勉励韩元吉把自己的才能本领用在抗敌报国的大业上，重整乾坤。字里行间流露出作者对抗金胜利的信心和乐观的精神。

赏 析

这首词表意上酣畅淋漓，气势上大气磅礴。

词之上片，作者以慷慨激昂的态度，深刻而沉郁的笔点出了宋室南迁五六十年来屈辱而惨痛的历史。开篇一句“渡江天马南来，几人真是经纶手”。造势之语，面对千古江山，没落气象，作者禁不住发问：宋室南迁五六十年了，有几个是有志气的热血男儿，有理想和抱负的治理国家的能手呢？有谁实现了中原地区人民盼望北伐的愿望呢？有谁能一雪国耻，改变南北分裂的局面呢？“渡江天马”用的是晋朝南渡的典故，当年，晋王室把长江以北的大好河山拱手相送给匈奴的贵族统治者，逃到江南，重建东晋。因为封建皇帝自诩代表上天，是天子，而晋朝的皇帝姓司马，所以称为“天马”。“长安父老，新亭风景，可怜依旧！”《世说新语·言语篇》载：东晋初，渡江南迁的士大夫们，经常相邀在新亭饮宴，他们常常触景生情，其中一个叫周顗（yǐ）的感慨道：“风景不殊，正自有山河之异。”意思是风景和北方一样，但山河却不是北方了。这句借用《世说新语》中的典故，痛陈几十年来的南北分裂的局面依旧，北方人民生灵涂炭，南迁之人触景生情，怀念故土。“夷甫诸人，神州沉陆，几曾回首。”这几句紧承上文，是作者点出的批判对象。这句用晋人王衍的典故，对南宋如东晋王衍那样的清谈误国者进行批判。王衍字夷甫，任宰相时，正值匈奴贵族起兵侵扰。他没有什么好的御敌之策，却喜欢高谈阔论，搞得政事一塌糊涂，国家衰败不堪。《晋书·桓温传》记载桓温的话说：“遂使神州陆沉，百年丘墟，王夷甫诸人不得不任其责！”宋朝当局采用的是“偃武修文”的国策，军备废弛，理学发达，作者对南宋从上到下弥漫着的空谈理学、对统一事业漠不关心的社会风气进行了抨击和批判。如此，自然而然引出上片的末句：“算平戎万里，功名本是，真儒事，公知否?”那些空谈家是指望不住的，消灭敌人，统一祖国，看来应该是读书人的真本事了，现在是读书人一展身手的时刻了，言下之意是勉励韩元吉以身许国，建功立业。

词之下片，重在对韩元吉的颂扬，告诫对方不要耽于享乐，勉励对方志存高远，抗敌报国，重整乾坤。“况有文章山斗，对桐阴，满庭清昼。”这句赞扬韩的文章写得好和门第出身。唐人说韩愈的文章写得好，如泰山北斗，我看你的文章也是功夫了得，和他写得一样好。“对桐阴，满庭清昼”，韩元吉著有《桐阴清话》，记载他的家世，并说家中种有梧桐树。这句是借韩的文章，赞韩的门第出身。“当年堕地，而今试看，风云奔走。”这一生真的很庆幸能结识你，谁能想到当年诞生的一个普通婴孩，今天在政治上取得了这么大的成就，成为国家的栋梁之材呢？因为韩元吉曾担任过吏部尚书，掌管官吏任免之权，所以作者这么说。“绿野风烟，平泉草木，东山歌酒。”这句作者连用三个典故，把韩元吉比作历史上有作为的名相，赞美韩具备力挽狂澜的能力和本领，潜台词是要韩在抗击外侮方面有所作为。“绿野风烟”，指唐朝宰相裴度晚年退居“绿野堂”（今河南省洛阳市附近），在那风景如画的地方闲居。“平泉草木”，指唐朝宰相李德裕退隐后，筑“平泉堂”（今河南省洛阳市郊）居住，并在庭院种植许多奇花异草。“东山歌酒”，东晋名相谢安曾在东山（今浙江省上虞县西南）寓居，经常游山玩水，听歌饮酒。作者用这三个典故，意思是你韩元吉既然有能力，有本事，更应仿效历史上的这些名人，做出一番事业来。同时，也含蓄地暗示韩还没有建立大的功名，而且在这国难当头的时候，不要太留恋享乐。也许在辛弃疾的眼中，国难当头的时候还办寿宴，就是一种奢侈的享乐行为，是不和谐的行为，所以有了最后一句的一顿挫，“待他年，整顿乾坤事了，为先生寿”。也不知你怎么认为，反正敌寇不灭，失地未收复，我是干什么都没心情的。等到治理天下的事业完成，祖国统一了，会一定好好地为你祝寿的。作者对朋友充满期望，对前途充满希望，表明作者积极乐观，对抗金胜利充满信心的态度。明明是人家现在过寿，却不写时下过寿的事情，也不表恭贺对方的贺词，而是宕开一笔，以一个条件关系的句子作为结句，使得全词的现实主义精神得到突出，抗击敌人，收复故土这个主旨得到深化。

纵观全词，作者的感情强烈，几有破纸而出之势。但作者在抒怀中显得理性、冷静和克制，叙事明晰，抒情真切，因事析理、抒情，关联密切。且在行文中注重了顿挫，用典虽多但贴切恰当，虽增加了索解的难度，但由于上片的振聋发聩、下片的言词谆谆之表意，全词颇收凝练含蓄、寄意深长之效。

满 江 红

送李正之提刑入蜀①

蜀道登天，一杯送绣衣行客②。
还自叹中年多病，不堪离别。
东北看惊诸葛表，西南更草相如檄③。
把功名收拾付君侯，如椽笔④。

儿女泪，君休滴。
荆楚路，吾能说。
要新诗准备，庐山山色。
赤壁矶头千古浪，铜鞮陌上三更月⑤。
正梅花万里雪深时，须相忆。

赤壁矶头千古浪

注　释

① 李正之：字大正。他是张孝祥的幕僚，淳熙年间曾作过江西的坑冶提点（主管江西采铜铸钱的长官），常驻信州。作者写这首词时他被调往利州路（今川北、陕南一带）任提点刑狱使。

② 蜀道登天：意思是去蜀的道路十分艰险，这里化用的是李白《蜀道难》里诗句。绣衣：汉武帝时，设绣衣直指官，派往各地审理重大案件，他们都身穿绣衣，以表示尊贵。李大正赴蜀任提点刑狱使，与汉代绣衣直指官任务相似，所以作者这样称呼他。

③ 诸葛表：诸葛亮为北伐曹魏曾向后主刘禅上《出师表》以明心志。相如檄：汉赋作家司马相如曾奉武帝之命作《喻巴蜀檄》安抚蜀地百姓。

④ 君侯：古代对达官显贵的尊称，这里指李大正。如椽笔：擅长写作。

⑤ 赤壁矶：指黄州的赤壁，在今湖北黄冈县。铜鞮：今湖北省襄阳市。

题 解

宋孝宗淳熙十一年（1184），稼轩以“凭陵上司，缔结同类”的罪名，罢居上饶已经将近三年了。这年冬天，为送友人李大正入蜀，特意写了这首词。这年稼轩四十五岁，身体状况每况愈下，所以词中有“中年多病，不堪离别”之语。全词表达了作者和朋友依依不舍的友情，肯定了朋友的才能并勉励朋友以国事为重，建功立业。同时，以回忆的笔触，写出了作者曾游历的山河美景，表现了作者对祖国大好河山的热爱之情。

赏 析

词之上片，即事抒情，歌颂友情，赞颂朋友，暗寓对朋友的期望之情。开篇一句，入题十分直截了当，“蜀道登天，一杯送绣衣行客”。“蜀道登天”化用李白的诗句“蜀道之难，难于上青天”。表达了对朋友此去险恶之地的担忧与操心。之所以险恶，有地理环境方面的因素，更有不可知的，无法预料的人事方面的因素。因为辛弃疾此时被罢官，对官场的险恶有切肤的感受，替还在官场上的朋友担惊受怕也是人之常情。“一杯”极其简练之语，朋友相送，没有山珍海味，没有美女侑酒，只一杯清酒相送，既暗示出辛弃疾生活的清贫，物质的贫乏，更突出了“君子之交淡如水”这个意思。虽然只有“一杯”，但一杯清酒的背后，朋友的肝胆相照，友情的深厚，彼此的相知等意思尽在其中。“绣衣”，是对“提刑”的美称。汉武帝时，派使者衣绣衣巡视天下，操有生杀之大权，称为绣衣直指。李大正提点刑狱公事，也负有司法和监察的任务，所以稼轩借以称他为“绣衣使者”。“还自叹中年多病，不堪离别。”如果前句是间接抒情，那么这句就是直接抒情了。一个“叹”字包含的意思多多，既是对朋友离别的伤感，也是对送别朋友仪式的不够隆重的遗憾，更是对自己年华老去，功名成空，身体健康的每况愈下的自伤。当时的稼轩只四十五岁，正是年富力强、大有作为的时候。可造化弄人，不仅被罢了官，而且身体也不好，这病，既指身体生理方面的病，也是心理方面的病。医治自己精神创伤的良药不过是斗争的胜利，国土的光复。而这，现在只有指望少数朋友了，你就是其中之一。此去，你能有大的作为吗？能带来让我高兴的好消息吗？所以朋友此行格外地让人看重，分手格外地让人珍惜，也格外地让人不忍分别，这才是“不堪离别”的真正原因。朋友此去肩负着怎样的责任呢，引出下面两句“东北看惊诸葛表，西南更草相如檄”。在这里，作者用诸葛亮的《出师表》和司马相如的《喻巴蜀檄》，都是关于蜀的故事，切题非常准确，而在表意上也有独到之处。有学者言，读诸葛亮《出师表》而不落泪者，是谓不忠；读李密《陈情表》不落泪者，是谓不孝。这句连起来的意思是：我希望你也能像诸葛亮、司马相如那样，作一个忠良，对外坚持抗金，为统一祖国做出贡献；对内安抚治理好巴蜀，造福当地百姓。如此的期望对李大正而言是否压力有些大，所以作者要给他打气，鼓励他，赞扬他。“把功名收拾付君侯，如椽笔。”你是有才华的，也是有能力的，我相信你的能力才华，定能做出一番事业来，建立很大的功名。

下片，勉励朋友弃儿女小情感而以江山社稷为重，同时也表达了作者对祖国大好河山的热爱之情。过片四句，“儿女泪，君休滴。荆楚路，吾能说”。“儿女泪”是化用王勃《送杜少府之任蜀州》诗末二句“无为在歧路，儿女共沾巾”之意。朋友分别固然让人伤感，但对于破碎的山河，涂炭的生灵来说算得了什么。在这民族存亡的关键时刻，让我们都不要挂怀于自我的小情感。“荆楚路，吾能说。”不要太伤感了，我知道你即将行走的路线，这些地方我都很熟悉，让我给你介绍一下荆楚这一路的风光吧，引出下文“要新诗准备，庐山山色。赤壁矶头千古浪，铜鞮陌上三更月”。这两句里，“新诗准备”领起后面一个场景。你此去的路上，先后要经过庐山、赤壁矶、铜鞮这些景点。这些景点是闻名遐迩的，前人写了许多赞美这些景点的诗词。你到这些地方，也一定会心潮澎湃、诗兴大发的。你可要做好写诗的准备哟！这几句算似轻松，似是无关大局的风月闲笔，其实作者是有着深重的寓意：你经过的这些地方，还是没有被敌人占领的国土，你是可以好好游玩、尽情享受的。而更多的大好河山，已沦入敌手，想去游玩也是不可能的。表达了作者对祖国山河的热爱，对沦陷国土的痛心之情。最后一句点明时间，李正之是冬月入蜀的，所以作者说“正梅花万里雪深时，须相忆”。叙事抒情，“梅花”点明自己和朋友肝胆相照的友谊是经得住时间和险恶环境的考验的，也是自己不屈精神的写照。“雪深”暗示时局的艰险，更有祝福朋友勉励自己多多保重的画外音。

全词把李大正入蜀与自己的闲居，把李大正的被重用与自己的被罢官对照着一一写来，一扬一抑，一喜一忧，缠绵悱恻，寄意遥深，充满感人肺腑的力量。

千　年　调

蔗庵小阁名曰卮言，作此词以嘲之①

卮酒向人时，和气先倾倒②。
最要然然可可，万事称好③。
滑稽坐上，更对鸱夷笑④。
寒与热，总随人，甘国老⑤。

少年使酒，出口人嫌拗。
此个和合道理，近日方晓。
学人言语，未会十分巧。
看他们，得人怜，秦吉了⑥。

注　释

① 蔗庵：是辛弃疾的朋友郑舜举在信州（今江西上饶）居住的地方。郑舜举：是辛弃疾的朋友，名汝谐，主战派人物。卮（zhī）：古代圆形酒器，《史记·项羽本纪》："赐之卮酒。"卮言：随意漫谈，不带主观成见的话。《庄子·天下篇》："以卮言为曼衍。"

② 和气：指阿谀奉承。

③ 然：是。

④ 滑（gǔ）稽：古代酒席上用来斟酒的器皿。鸱（chī）夷：皮制的酒袋。

⑤ 甘国老：指甘草，一种中草药，因为它药性平和，能调和众药，不管是寒性的药还是热性的药，都用它作调和之药。

⑥ 秦吉了：指鹩（liáo）哥，一种黑色的小鸟，能学人说话。

题　解

这是一首借题发挥的讽喻之作。约作于宋孝宗淳熙十二年（1185）左右。作者以他朋友郑舜举的一座小阁的名字——“卮言”为引子，指桑骂槐，用冷嘲热讽的笔法，刻画了当时社会上一些官僚、庸俗势利小人的丑恶嘴脸，表明了作者不与他们同流合污的高贵品质。

赏　析

这是一首诙谐、辛辣的讽喻之作。其写法、选材、造语以及表意效果颇类以俚俗著称的元曲。“卮言”一语，语出《庄子·寓言》“卮言日出，和以天倪”，即随物变化，不带主观成见的话日出不穷。后人常用卮言，作为对自己著作的谦词。但词人辛弃疾是愤世嫉俗，落拓不羁的，他看到友人的住宅蔗庵有小阁题名为“卮言”，不知是主人学庄周隐世，还是自勉谦慎。不论何义，词人都大不以为然，即借题发挥，讽刺南宋官场和社会上那种不讲是非，毫无廉耻，唯唯诺诺，曲意逢迎的官僚政客和势利宵小。

上片重在刻画以趋炎附势、溜须拍马、阿谀奉迎为能事势利宵小的丑恶嘴脸。开篇一句“卮酒向人时，和气先倾倒”，是破题句。卮酒是一种装酒的容器，空时仰起，装满酒后就倾倒。借卮酒的特点，用拟人的手法，以物喻人，形象讽刺那些见风使舵、趋炎附势、巴结讨好、八面玲珑的小人的丑态。作者在这里借卮酒讽刺挖苦的是哪些人呢，既指那些极端势利，见利忘义的庸俗的市侩之流，更是指那些靠着蒙混欺骗，只会耍嘴皮子，只会装腔作势，附庸风雅，不讲操守，没有气节，唯利是图的政客。说白了，作者的最高所指就是那些投降派。这就使这首小词的主旨得到了升华。作者的创作态度是很严肃的，并非调侃、谐趣之作。“最要然然可可，万事称好”是承题句。《庄子·寓言》上有“物固有所然，物固有所可，无物不然，无物不可”。（事物原本就有正确的一面，事物原本就有被认可的一面，没有什么事物不在正确的一面，也没有什么事物不在能认可的一面。）社会上的许多人，那些官僚市侩、势利小人，似乎从庄子这句话里找到了处世待人的理论根据，于是变得世故、势利、乡愿，随风而倒，随遇而安，没有主见，逢人说好，图谋私利，而把国家的统一和民族的兴衰置之脑后，这就是他们最重要的升官发财的秘诀，词人的义愤和鄙夷之情，溢于言表。以“卮言”打头阵，然后作者又联想到生活中另外两种酒器和一味中草药。这就引出了后面两句“滑稽坐上，更对鸱夷笑。寒与热，总随人，甘国老”。滑稽，是古代酒席上用来斟酒的器皿，因为它倒完酒又灌满，整日不停地倒酒，作者用此来形容他所讽刺对象的夸夸其谈和巧言令色。鸱夷，古代皮制的酒袋，也和滑稽一样，整日有倒不完的酒，暗寓自己的讽刺对象皆是“酒囊饭袋”之意。甘国老，即甘草，药材，有镇咳、祛痰、解毒等作用，能调和众药性，使不同的药形成配伍，所以被称作“国老”，这让我们想到我们生活中那些八面玲珑的和事佬。词人引譬连类，借对以上两种酒器和一种药材的描写，形象而生动地讽刺挖苦了生活中作者所批判鄙夷的官僚政客。

下片重在写自己的情感态度。过片一句“少年使酒，出口人人嫌拗”。写得直白、简洁，自己年少气盛，使酒任性，直言快语，不懂得随机应变，看人说话，让别人听了感到别扭，感到不舒服，所以别人不喜欢听自己说话。这恰和说话讲技巧的“卮言”背道而驰。在这里，作者既表明了自己是那种坚持原则，敢说实话敢说真话之人。也对比着暗示出那些官僚政客、宵小的虚伪和欺哄蒙骗的卑劣伎俩，更暗示出社会的黑暗和腐败。“此个和合道理，近日方晓。”作者的意思是，社会阅历和见识多了，对社会风气和世态人情也增加了认识，直到近日才懂得见人说话、当和事佬的“道理”，才明白了这样做的重要性。然后顺承用讽刺的语气引出下一句“学人言语，未会十分巧”。因为明白了见人说人话，见鬼说鬼话的重要性，所以也想学那一套，让自己也做一个“世故圆滑”之人，可自己天性“笨拙”，学不来那些东西，所以“未会十分巧”，不免弄巧成拙了。作者在这里正话反说，以嘲弄调侃的口吻突出了自己不会学习那些卑劣伎俩，表明自己永远是一个堂堂正正之人，也突出了自己决不会和那些官僚政客沆瀣一气，同流合污的高贵品质。最后一句，借会学人说话的小鸟再次表达了作者对官僚政客的蔑视鄙夷的思想感情：“看他们，得人怜，秦吉了。”“他们”是作者要讽刺批判的官僚政客，“秦吉了”是能学人说话的鹩哥。看他们之所以讨得些人的喜欢，只不过和秦吉了学人说话一样，跟着人家学舌罢了！这让我们想到投降派的代表人物秦桧之流，他们之所以窃取高位，讨得皇帝欢心，翻云覆雨，祸国殃民，不就是靠着溜须拍马、巴结讨好而爬上去的吗？锋芒毕露，批判深刻，表意强烈。

俚俗化和拟人化的表现手法，加强了本词的讽刺批判效果；笔锋幽默诙谐，同时又很辛辣尖刻，表现了十分鲜明的情感态度。

清　平　乐

独宿博山王氏庵[1]

绕床饥鼠，
蝙蝠翻灯舞。
屋上松风吹急雨，破纸窗间自语[2]。

平生塞北江南[3]，
归来华发苍颜。
布被秋宵梦觉，眼前万里江山。

注　释

① 博山：在今江西省广丰县西南。庵：茅屋。
② 松风：从松树林里刮来的风。
③ 塞北：词中指金兵占据的北部地区。

题 解

作者在带湖闲居时，为了打发时光，消解郁闷，经常游山玩水。这首词即是作者游博山，夜宿王氏庵所作。作者通过“鼠”和“蝙蝠”等形象的刻画，表达了对狂妄嚣张的势利宵小的蔑视和鄙夷。通过描写王氏庵的荒凉、冷清、破败，暗示着自己有志不得伸的孤独愁苦的心情，同时，也象征着社会的黑暗腐败和国势的危急。

赏 析

与辛弃疾其他的热情奔放，豪气冲天的豪放词作不同，这首词写得萧索幽冷，孤苦哀伤。或许，这是处在凄风苦雨、国势飘摇的时代，在独特的环境中作者心态的一种真实写照。

词的上片重点描写王氏庵的破败荒凉，暗示着作者心情的郁闷孤寂，象征着社会的黑暗，政治的腐败。开篇两句“绕床饥鼠，蝙蝠翻灯舞”。以两种人们比较讨厌，善于夜间出来活动的动物“鼠”和“蝙蝠”入题，写出了世道的黑暗。屋里明明有人，可闪着一双贼眼的老鼠公然在床边跑来跑去觅食，蝙蝠也扑闲着翅膀，围着灯翩翩翻飞。由作者描写刻画的鼠和蝙蝠形象，我们不由想到了作者所痛斥的那些得势的，狂妄嚣张的投降派，他们不正像作者笔下的鼠和蝙蝠一样的见不得光明，一样的危害人类，一样的让人讨厌和憎恶么！“屋上松风吹急雨，破纸窗间自语。”这一句承上写景，有渲染冷清破败、凄楚荒凉气氛的作用。这是怎样的一种环境呢，是寒夜深沉，屋外骤雨阵阵，冷风呼啸的夜晚，一阵阵风刮得破裂的糊窗纸呼啦啦地鸣响。作者将小小一寓写得如此破败不堪，荒凉冷清，恰是为了象征当时社会环境的黑暗和国家形势的危急。

词的下片概括自己大半生坎坷经历，抒发了对祖国山河的热爱之情。“平生塞北江南，归来华发苍颜。”作者用了十二个字概括了自己大半生的奋斗经历。作者四十来岁就被罢官，赋闲在带湖，准确地说，他金戈铁马，宦海生涯只是他人生走过的一半历程，那么作者为何在此用“平生”呢？通过分析不难发现作者的衷曲，对作者来说，他的金戈铁马的抗金生活和关心民瘼、操劳国事的宦海生活才算是有意义的人生，活出价值，活出味道。罢官以后，在带湖时的闲居生活只是白白地延续生命，说成是行尸走肉也不为过，所以作者用“平生”二字，这二字也同时有作者对昔日峥嵘岁月的怀念和对现在生活的不满意之情。“塞北”指金人占据的北方领土，塞北江南对举，暗示着国家尚未统一，仍处在分裂状态之中。一生都在为祖国统一而奋斗而奔波，可到头来头发花白，容颜衰老，而自己的功名早成了梦幻泡影，怎不让人伤感，让人痛心呢？但是，尽管如此，自己对祖国的爱，并没有因为自己的个人遭际而减淡丝毫，而且更加执着，更加深沉。所以引出下两句“布被秋宵梦觉，眼前万里江山”。太牵挂国事了，太热爱祖国的大好山河，所以清醒时无法忘怀，睡着后也入梦中。“秋宵梦觉”点出了时令，同时也暗示了主人公因心事重重而难以入睡。半夜醒来，再也不关注眼前的饥鼠蝙蝠，残灯破窗，梗塞胸中念念不忘的是祖国的“万里江山”。因为有了这句，全词的基调由灰暗阴郁而顿时明朗，全词的思想境界也顿然提高。

《清平乐》是小令，全词仅有八句话四十六个字，然而作者凭借着语言的大跨度的跳跃而达到的简洁概括效果，意象的相似一致，表现手法的以小见大，都使这首小令在表意和突出主旨上有着以少胜多的效果。

丑 奴 儿

书博山道中壁①

少年不识愁滋味，爱上层楼②。
爱上层楼，
为赋新词强说愁③。

而今识尽愁滋味，欲说还休④。
欲说还休，
却道天凉好个秋。

注 释

① 书博山道中壁：道中壁，带湖博山途中的某处墙壁。
② 层楼：高楼。
③ 强：勉强。
④ 欲说还休：想说又不说。

题　解

这是一首小令。丑奴儿，词牌名，又名采桑子。这首词是作者闲居带湖时所作，作者回忆年少时意气风发、乐观自信、不知愁苦的情景，用来对比此时深受打击，志不能伸，操虑国事，而又不能公开发表抗金言论，心情苦闷，无限感慨。最后一句，道出了作者对时事的无奈，饱含着对投降派强烈的不满情绪。

赏　析

这首词是作者在无奈归隐后，闲居带湖时所作的一首抒怀词。通篇言愁，通过昔时“少年”和“而今”的对比，写出了两种截然不同的思想感情变化。

上片重在写少年之“愁”。少年时代，刚步入人生之途，对社会的险恶，人事关系的复杂，生存之不易体味甚少；天真烂漫，纯真无邪，因偶尔的小得小失，小小挫折和打击引发的愁绪相对于成人的家国之思、国仇家恨所引发的浓愁来说算是小巫见大巫，所以少年之愁是假愁，是闲愁，是无愁找愁，是无病呻吟之愁。“为赋新词强说愁”，有点像今天的小学生作文，本来没有感情，没有冲动，但为了完成作业，只好硬着头皮胡编乱造，完完全全的为文造情。作者连用两个“爱上层楼”，构成叠句。既在音韵上有朗朗上口的效果，又在表意上避免了一般的泛泛描述，把一种简单的意思用很诗意的语言表述出来，同时有力地引领出下文：“爱上层楼，为赋新词强说愁。”这句也是一个因果关系的句子，因为爱上高楼而兴致大发，“不识愁滋味”在当时虽然没有愁，虽然不解愁的情况下，也要勉强说些“愁绪”之类的话。这一叠句的运用，把两个不同的层次联系起来，使得上片“不知愁”这一思想内容表达得十分突出和完整，也显得十分真切。

下片重在写眼下惆怅伤感之情，突出了填满胸怀的、浓得化不开的深沉愁绪。一个人历尽艰辛，千回万转，才能大彻大悟，所以孔子说“四十不惑”。道理谁都明白，清醒下谁都有理性，但人毕竟是有情之物，有些情感的纠结，别说四十，就是到了七老八十也是化解不了的。那么，最让辛弃疾牵挂的，最让他耿耿于怀无法忘却的就是国仇家恨，是祖国的统一，河山的光复。但是，一切都那么渺茫，让人看不到希望，不知道彼岸在哪里，所以千钧之愁，压得作者喘不过气来。“而今识得愁滋味”这一句淡淡写出，但言浅意深，概括出作者半生的坎坷遭遇。“欲说还休”深刻地表现了作者痛苦而矛盾的心情，为什么欲言又止，欲说还休，是因为苦说不出、愁说不尽，有些委屈不能说，而自己现在成了一个乡野闲人，处在一种人微言轻，说了也白说的尴尬处境。既然说“愁”不能表达内心的情感，说出口就减轻了分量，那就只有不说了，悲愤愁苦、无奈酸辛之情溢于言表，极具感染力。“欲说还休”叠句连用，表达了作者内心“有苦无处诉”的压抑和悲哀，也渲染营造出一种强烈的哀凄气氛。不仅构成了音韵的和谐琅琅，而且加强了表意，增强了艺术效果。“却道”句，宕开一笔，举重若轻，用淡语抒深情，表达了心中的悲愤。

国愁家恨、离愁别恨是众多词家诗人常表达的思想感情，如李煜的词句“问君能有几多愁，恰似一江春水向东流”；李清照的“只恐双溪舴艋舟，载不动许多愁”；李白诗“白发三千丈，缘愁似个长”；纳兰性德词“愁似湘江日夜潮”，等等句子写愁采用了化虚为实，化抽象为具体的表达手法，从表意上来说，这种手法固然不错，但一脉相承，便显新意不足。这首小令回避了这种传统的表意手法，让人耳目一新。

纵观全词，上片虚写，下片实写，虚实交错，对比鲜明。寓强烈情感和思想内容于轻快灵动的形式之中，语浅意深，含蓄蕴藉。

生 查 子

独游雨岩[1]

溪边照影行，天在清溪底[2]。
天上有行云，人在行云里。

高歌谁和余？空谷清音起[3]。
非鬼亦非仙，一曲桃花水[4]。

注 释

① 雨岩：在今江西省广丰县西南的博山附近。
② 天在清溪底：蓝天倒映在清清的水中。
③ 空谷清音：山谷中泉水的流动声。
④ 桃花水：溪水边有桃花盛开，故称桃花水。

题 解

这是辛弃疾隐居带湖，游览博山、雨岩时所写的众多词中的一首。是一首典型的写景抒情词，通过对蓝天白云，如画青山，夭夭桃花，淙淙山泉，抒情主人公偃仰啸歌的描写，表现了作者对自然美景的热爱和恬静从容的生活态度，但词中也隐约表达了缺少知音的惆怅情怀。

赏 析

古人尚“天人合一”的世界观，也即自然和人的和谐统一。面对自然，只有抱着敬畏和感恩的态度，才能发现自然的伟大和美好。只有把自己看作自然的一分子，才能融入自然，享受自然，也才能真正做到人与自然关系的和谐。在这一点上，古人比现代人做得好，所以他们能从自然界得到启发，能从山水草木中找到精神的寄托和求得心理的平衡，当然也包括身心的愉悦，而利欲熏心的现代人，在这方面则相形见绌了。

词之上片重在写景。开篇一句“溪边照影行，天在清溪底”。用笔淡雅，却神韵不凡，画面突出。“蓝天”“清流”“倒影”“日光”，多好的天气，多好的美景，作者不事技巧，并没有刻意用形容词或副词修饰描摹对象，只把让自己感动的景色如实表现，和盘托出，但取得的效果并不逊色。“天上有行云，人在行云里。”第一句写景偏在静态画面，表现的是一种静态的美，而这句写景却偏重在动态，表现的是一种动态的美。“天上有行云”是天空的景色，“行云”写出了云朵的流动，有种灵动之美；“人在行云里”是说水中的倒影，人和水中的云融在一起，这不仅表现了潭水的清澈明净，而且充满趣味。有动有静，动静结合，表现出来的画面感极强。辛弃疾把景色写得如此明媚动人，美不胜收，恰是作者内心轻松自在，安然洒脱，暂时忘却了一切忧愁烦恼的愉快心情的一种流露。整体看，上片写景不事技巧，明白如话，但给人美不胜收之感。恰如古人所说“文章做到极处，无有他奇，只是恰好；做人做到极处，无有他异，只是本然”。

词的下片，写景兼抒情。在美景的陶醉下，再含蓄的情感都要外化，都要流露。“高歌谁和余，空谷清音起。”“高歌谁和余”一句表意层层递进。在美景的感染下，诗人禁不住引吭高歌，一吐胸怀。但陶醉过后，不免清醒。清醒之下，忧郁又涌上心头。自己坎坷半生，有谁能理解自己的衷曲呢？"谁和余"，一个"谁"是感慨自己孤独无依，缺少知音，所以诗人不免感慨和痛苦了。"空谷清音起"一句写得超凡脱俗，不染尘滓。"清音"指山里的泉水声，左思《招隐诗》里有"非必丝与竹，山水有清音"句。"非鬼亦非仙，一曲桃花水。"我放声歌唱，谁来应和呢？没有人应和，只听得从深谷中传来了和声，这声音不是鬼神发出来的，而是那淙淙的流水。作者的心灵是孤独的，是郁闷的，既然没有知音，那就让山水成为自己的知音吧，让山水美景来慰藉自己饱受创伤和忧患的心。

读辛弃疾的这首词，让我们想起王维的诗。王维以诗中有画，画中有诗，且诗中充满佛理禅意而著称。这首词，其意境画面禅意直追王维的山水诗。"溪边照影行，天在清溪底"如王维"明月松间照，清泉石上流"的写景画面。"天上有行云，人在行云里""空谷清音起"和王维的"行到水穷处，坐看云起时""木末芙蓉花，山中发红萼。涧户寂无人，纷纷开且落"等诗的韵味及禅意何其相似。

在辛弃疾的词中，如此身心放松、心无旁骛地大容量地描写山水美景给自己带来的身心愉悦是比较少见的。更难得的是这是首小令，虽然只有短短八小句，但包容量极大，原生态的美景，多彩的画面，飘逸的神韵，主人公的气定神闲，读来让人心旷神怡，极为享受。诗中有画，画中有诗，意境高华，雍容超然，气质脱俗，原以为只有陶谢王孟等田园山水大家才能做到，没想到豪放派词人辛弃疾也给我们带来如此的惊喜和快意。

蝶　恋　花

月下醉书雨岩石浪[①]

九畹芳菲兰佩好[②]。
空谷无人，自怨蛾眉巧[③]。
宝瑟泠泠千古调，朱丝弦断知音少[④]。

冉冉年华吾自老。
水满汀洲，何处寻芳草？
唤起湘累歌未了[⑤]，石龙舞罢松风晓[⑥]。

注　释

① 雨岩石浪：雨岩的一处石头景观。因石头巨大奇特，所以名为石浪。
② 九畹句：用的是屈原《离骚》里的典故。
③ 空谷无人：化用是杜甫的诗句。蛾眉：化用的是屈原《离骚》里的诗句。
④ 泠（líng）泠：本指水声，这里引申为悠扬的琴声。
⑤ 湘累：冤枉而死。湘累指屈原，因屈原投湖南汨罗江而死，故称湘累。
⑥ 石龙：指前文中的石浪。

题 解

这是作者闲居带湖，游博山雨岩，月下醉酒后写在石浪上的一首词。全词主要采用了屈原在《离骚》中首创的“香草美人”式比兴象征的表现手法，以兰佩、蛾眉、宝瑟比喻自己冰清玉洁的品节，象征着自己崇高的精神追求。同时也抒发了自己受到投降派的忌妒陷害，功名未果，缺少知音的幽独愁苦与郁闷伤感。

赏 析

细说起来，辛弃疾和屈原的遭遇倒有点相似，两人都是诗人，两人都生逢乱世、有强烈的报国理想和关心民生的思想情怀，两人都缺少知音，现实生活中充满孤独苦闷，两人都受到过排挤陷害，最后被罢官而归隐。比屈原晚一千多年的辛弃疾，现实生活中缺少知音，也许，在作者的内心深处，他是将屈原引为自己的知音的。

这首小令，里面有很多屈原的影子，也有很多《离骚》的意味。虽篇幅短小，但表意突出。词的上片，运用了屈原在《离骚》中首创的“香草美人”式比兴象征的表现手法，以兰佩、蛾眉、宝瑟比喻自己冰清玉洁的品节，象征着自己崇高的精神追求，同时也表达了对缺少知音的惆怅伤感。开篇一句“九畹芳菲兰佩好”。这里化用屈原《离骚》中的诗句“余既滋兰之九畹兮，又树蕙之百亩。”（我已栽培了九畹兰花，又种植了百亩蕙草。）畹是古时的土地面积单位，一畹为十二亩。“兰佩好”即化用《离骚》中“纫秋兰以为佩”（把秋兰联缀起来戴在身上）。这句作者借自己对秋兰的喜爱象征自己品节操守的高洁。“空谷无人，自怨蛾眉巧。”我好像是受到嫉妒的美人，深居幽谷，无人赏识，只能埋怨自己绝代风华的气度和如花似玉的美貌。“空谷无人”化用杜甫《佳人》里诗句“绝代有佳人，幽居在空谷”，且和后文“知音少”形成照应。“蛾眉”出自屈原《离骚》中诗句“众女嫉余之蛾眉兮，谣诼谓余以善淫”（那些卑鄙无耻的小人嫉妒我的才能和美貌，却造谣诋毁说我品行作风不好）。这句表达了作者对那些排挤陷害自己的投降派的愤慨和不满之情，也是对自己空有一腔报国壮志却无处施展感到无奈和伤感。“宝瑟泠泠千古调，朱丝弦断知音少。”“泠泠”是水声，这里引申为琴声的美妙动听，唐刘长卿有《弹琴》诗：“泠泠七弦琴，静听松风寒。古调虽自爱，今人多不弹。”“千古调”谓曲调的美妙少见，“知音”一词，源自音乐，典出明冯梦龙《警世通言·俞伯牙摔琴谢知音》一篇，岳飞词《小重山》中有“欲将心事付瑶琴，知音少，弦断有谁听”句。这一联在表意上构成了强烈的对比，一面是宝瑟弹出的优美曲调，另一面却是无人欣赏，相形之下，表达了作者对没有人支持自己、相信自己、理解自己的烦恼和郁闷。

下片重在抒怀，作者感慨自己年华虚度，功名未就，抒发了壮志难酬的悲愤，只好借酒消愁，慷慨悲歌了。“冉冉年华吾自老。水满汀洲，何处寻芳草。”这句叙事抒情，“冉冉”写青春年华不为人的意志为转移，自然而然地、必然地流逝，自己一天天老去，而自己的梦想、自己的事业却成为镜花水月，“水满汀洲”暗示出国势的危急和社会的黑暗。水边的高地都被水淹没，到哪里去寻找芳草呢？“芳草”喻自己品行的高洁，理想的伟大，暗合上片的“知音”。无处寻芳草的意思是在这个混乱而黑暗的世道里，没办法去证明自己的高洁，也没有人相信自己的理想伟大，自己所受的委屈和冤屈也无处表达、无处申诉，留给自己的只有愤怒和烦恼。表意极其强烈，为后面的直接抒情作好铺垫。“唤起湘累歌未了”承上直接抒情，诗人孤独苦闷，委屈烦恼，这让他不由想起和他有同样遭遇的屈原，一种同病相怜的情绪油然而生。现在，只有三闾大夫最理解我的苦衷了，且斟一杯酒，唤起地下的屈原，让我们一同饮酒，一同歌唱，且在这歌中醉中度过自己的余生好了。“石龙舞罢松风晓”，“石龙”即前文的石浪。我和地下的屈原，就在这石龙中且饮且歌且舞，暂时忘却了一切。待我歌罢舞罢，只感觉晨风从松树林里吹来，天已拂晓。

本词在看似平淡的景物勾勒中寓有深意。全词又多用比兴象征手法，抒发自己知音难觅、壮志未酬的深沉感情。意境蕴藉含蓄，意近而旨远。

鹧 鸪 天

游鹅湖，醉书酒家壁[1]

春入平原荠菜花[2]，
新耕雨后落群鸦。
多情白发春无奈，晚日青帘酒易赊[3]。

闲意态，细生涯[4]，
牛栏西畔有桑麻。
青裙缟袂谁家女，去趁蚕生看外家[5]。

注 释

① 鹅湖：指鹅湖山。在铅山（今江西省铅山县）东北。
② 荠菜：一种野菜。
③ 多情：多愁善感的意思。青帘：古时候酒店门前挂的青布酒幌。
④ 意态：神态。细生涯：生活过得很节俭。
⑤ 缟（gǎo）袂：缟，白色的生绢。袂，衣袖。缟袂合用，指白色的衣服。蚕生：收蚕前的闲暇。

题　解

这是辛弃疾赋闲带湖时，游览带湖附近的鹅湖山后，有感而发，写在农舍墙壁上的一首词。这首小令，作者通过选用独特的农村题材，生动描绘了仲春的田园风光和朴实的农家生活。但在表面的“闲适”背后，隐约表现了作者不甘闲居但又无可奈何的矛盾心情。

赏　析

作者去官以后，在带湖闲居，对农村生活有了深入了解和广泛接触，遂写下许多反映农村生活，歌颂农家生活的悠闲充实与风土人情的淳朴美好的小词，这便是其中一首。

词的上片用简洁而富于表现力的语言，勾画出了仲春时节，乡村独有的恬静而充满生机的画面。“春入平原荠菜花，新耕雨后落群鸦。”“荠菜花”“新耕”“雨后”等词语的选用，显示出作者选材时的独特视角和关注民生的情怀，因为这些选材都和农事、和百姓的生活息息相关，而不是那些无关农事的风花雪月的材料。荠菜是一种可食的野菜，在春荒的时候人们总是靠它渡过难关，在饥馑年月里，人们寻这种野菜而难觅，而现在它已开出了小小的白花，暗示出年景还是不错的。何况，新耕的土地散发出阵阵让人熟悉而颇感慰藉的泥土气息，又刚刚下了场及时雨，地里的墒情足好，不出意料，今年的丰收在望，一个农民，还有什么比丰收在望更能让人神往让人兴奋和欣慰的呢。“群鸦”一词有什么用意呢？“鸦”的特点是聒噪不休，作者这里选用“群鸦”这个词是给静景中添加了动态的元素，突出了自己所描绘出的是一幅动静结合的田园风光画面。显然，作者的这种欣慰和快意是基于农民的角度而产生的，没有遭受春荒，而风调雨顺，丰收在望，这自然让关心民生的辛弃疾高兴和欣慰。然后一想到自己，涌上心头的是挥之不去的哀愁，笔锋一转，引出后面两句，“多情白发春无奈，晚日青帘酒易赊”。“多情”，多愁的意思，因为愁思太深，头发都花白了，宛如李白的诗“白发三千丈，缘愁似个长”的感慨忧思。“春无奈”，无限而美好的春光也解除不了我心中的烦恼。我有太多的愁，但好在“晚日青帘酒易赊”，这里的酒店赊酒很方便，可以满足我借酒浇愁的愿望，苦中作乐，自我嘲解，但语句的背后之辛酸无奈，让人不忍卒读。

词的下片，情感基调又是一转，由上片尾部的哀伤惆怅转为明朗轻快，赞美了农家生活的安恬闲适充实美好，字里行间洋溢着淡淡的喜悦之情。“闲意态”指农家人会过日子，从容淡定、不慌不忙的生活态度。“细生涯”指农家人知道细水长流，有靠着勤俭渡过难关的生活传统。因为他们会生活，会算计，所以平淡的日子也让他们过得有滋有味。“牛栏西畔有桑麻”这句，通过“牛”“桑麻”两个有代表性的事物写出了农家生活的殷实。牛和桑麻等物是小农经济中最重要的东西，一个是生产的必需品，一个是生活的必需品，生产和生活的必需品都有了，农家的生活就有保障了，这也是农民心里踏实的主要原因。这样，农闲时节去探亲访友就有了物质保障和精神依托，这就引出了最后两句“青裙缟袂谁家女，去趁蚕生看外家”。你看，那乡间小道上，有个身穿白衣，下着黑裙的年轻女子，她是谁家的媳妇，手提礼品，趁着收蚕前的闲暇时节去娘家探亲。整个下片，有四个字“闲”“细”“有”“趁”很重要，值得品味，这几个字起着暗线串珠的作用，细致入微地表现了乡民生活的安然态度和殷实内容，使一幅乡风淳朴、人情厚道、农家生活殷实、人们生活态度悠闲从容且淡定的农村生活图景跃然纸上，画面感极强。

全词情感基调呈现波浪式推进，乡土气息、田园气息、生活气息十足，而这些，全是通过这首几乎是白描式的表现手法的小令所体现，不能不让人惊叹作者选材练材的高超技巧和能力。

鹧 鸪 天

鹅湖归，病起作①

枕簟溪堂冷欲秋②。
断云依水晚来收。
红莲相倚浑如醉，白鸟无言定自愁③。

书咄咄，且休休④，
一丘一壑也风流。
不知筋力衰多少，但觉新来懒上楼。

注 释

① 病起：病愈。
② 簟（diàn）：竹席。
③ 浑：全部。
④ 咄咄：表示惊怪。用的是晋朝殷浩的典故。休休：算了吧。用的是唐朝司空图的典故。

枕簟溪堂冷欲秋

题 解

这是作者在鹅湖生病痊愈后所作的一首词。上片写作者傍晚在溪堂里休息时所看到的景色，以物喻人，表明自己不会随波逐流，而是要坚定自己信念的人生态度。下片重在抒发对自己年华老去功名无就的伤感和怅愁。

赏 析

一个病人，不仅其生理上会进入低潮，其情绪、心理也会陷入低潮。其人生观、价值观和世界观也都会受到影响，一些原来内心很纠结的事可能一下子变得释然。这篇作品，就是作者在病愈后心如止水的情况下对人生的一种静静思考，对人生理性而冷静的一种观照，少了作者平日词作中那种狂热冲动成分而多了几分平和，多了几分清醒。

上片写景，并以物喻人，表明心志。“枕簟溪堂冷欲秋。断云依水晚来收。”开篇两句写夏末初秋作者傍晚所见到的景色：以清冷而有点萧索意味的秋景来暗示作者内心的平静凄凉。在近水的屋子里，夜晚已有点不胜夏枕竹席带来的寒意，才恍然觉得，哦，秋已来了，其表意和李清照“红藕香残玉簟秋”异曲同工。第一句写近景，第二句“断云依水晚来收”写放眼远望所看到的远景，远方水天相接处的片片云彩，傍晚时分慢慢地消失了。秋天是一个萧索的季节，生命开始萎缩，所以多愁善感之人于秋天特别的敏感，感时伤世，感事伤怀，悲不胜秋遂成为许多人表达的主题。大病初愈，又时值秋天，加上多舛的命运，艰难的时势，这一切，都成了作者愁上心头的原因。所以，后文写愁，就显得顺理成章了。“红莲相倚浑如醉，白鸟无言定自愁。”这两句宛然律诗中的工对，韵味十足。作者抓住初秋中所写事物的特点，用了拟人的手法表达了自己的主观感受。“红莲”在初秋马上进入凋谢期，所以蔫蔫不振。因为初秋天气的变凉，鸥鹭变得没精打采，不再欢叫。作者别出心裁地用“醉而相依”“伫立言愁”突出红莲和鸥鹭这一特点，不仅刻画准确，表达新颖别致，而且突出了作者的主观感受，写出了作者病后无力、情绪低落、愁绪似醉的状态。在这里，二者也有着以物喻人的作用，“红莲”随波逐流，经受不了严酷的环境折磨和打击，所以早早地垂下了头，选择了妥协，这不正是象征那些没有骨气，消极妥协的投降派么！“鸥鹭”在严酷的环境下虽然选择了沉默，但其仍然振羽伫立，它那洁白的羽毛在秋天风雨的洗礼下会变得更加洁白，光彩煜煜，这不正象征着作者自己的操守高洁和品行清白么！

下片重在抒发对自己年华老去功名无就的伤感和怅愁。“书咄咄，且休休。”这里用了两个典故来写抒情，“书咄咄”用的是晋朝殷浩的典故。晋朝的殷浩在被免官后，整天在家里用手指在空中划“咄咄怪事”四字，以此表示对被免官的不满之情。“且休休”用的是唐人司空图的典故。唐朝的司空图对政治不满，隐居不出，给自己建的亭取名“休休”表示他的不满和愤慨不平之气。作者在这里用这二典故表达对当权者的不满和对自己被罢官的愤慨不平之意。“一丘一壑也风流”这句承上，写自己的隐居生活，表达的是对自己远离喧嚣污浊官场以后所过的隐居生活的认可和自适之意，一条小河沟，一条小山丘，我住在这里也是感到快乐自在的。“不知筋力衰多少，但觉新来懒上楼。”这两句应该是全词的“文眼”，看似作者病后大彻大悟的大实话，而实则是表达了对壮志成空的悲愤和英雄末路的叹息，举重若轻，写得沉郁悲壮，深闳大气，所以词评家陈廷焯说此词是：“信笔写去，格调自苍劲，意味自沉厚，不必剑拔弩张，洞穿已过七札，斯为绝技。”(《白雨斋词话》）确为中的之语。

满 江 红

送信守郑舜举被召①

湖海平生，算不负苍髯如戟②。
闻道是，君王着意，太平长策。
此老自当兵十万，长安正在天西北③。
使凤凰飞诏下天来，催归急④。

车马路，儿童泣；
风雨暗，旌旗湿。
看野梅官柳，东风消息⑤。
莫向蔗庵追语笑，只今松竹无颜色⑥。
问人间谁管别离愁，杯中物。

注 释

① 信守：信州知州。郑舜举：见《千年调》（卮酒向人时）注①。
② 湖海平生：古人称有抱负而志在四方的人为湖海之士。
③ 此老：指郑舜举。长安：这里用来指代被金兵占领的北宋首都汴京（今河南开封市）。
④ 凤凰：这里指皇帝的使者。
⑤ 官柳：官府种植的柳树。东风消息：春风送来的好消息。
⑥ 蔗庵：郑舜举在信州上饶的住所。

题　解

宋孝宗淳熙十四年（1187）冬天，辛弃疾的好友郑舜举被召赴京。作者于是写了这首送别好友的词。词中盛赞郑有卓越能力和远大抱负，是将帅之才。作者殷切希望郑能肩负起收复失地的重大责任，为国家统一做出更大的贡献，同时，字里行间也流露出和朋友的惜别之情。

赏　析

这首词的上片，作者以豪放夸张的笔法突出了郑舜举的过人才干，盛赞他是国之栋梁，对他寄予了抗击敌人、收复失地的殷切希望。“湖海平生，算不负苍髯如戟。”作者抓住朋友的外形特点，以夸张的笔法写出了他有远大的抱负和理想。你胸藏韬略，抱负远大，才和这副威武雄壮的长相匹配。古时的男子以蓄须为美，所以长须飘飘的关云长被称为“美髯公”。“戟”，刺杀的兵器，形容胡须的硬，根根直立，写得形象且很有创意。古人认为一个人的内心品行性格和他的外形是对应的，一个堂堂正正的人，其外形必定端庄严肃、气定神闲。一个内心黑暗，卑劣阴险之人，其外形必定是形象猥琐，鼠首獐目之相。作者写郑舜举“苍髯如戟”就是为了突出郑是一个嫉恶如仇，堂堂正正且有血性的男人，只有这样的人才能有所作为，有所担当，才能肩负起救国报国的重任。有了前面第一句的铺垫，顺理成章地引出后面两句“闻道是，君王着意，太平长策。此老自当兵十万，长安正在天西北”。听说当今的皇帝特别看重那些好的治国御敌策略，你正是皇帝急需的人才，你的才能胜过十万雄兵，被金兵占领的广大北方领土正等待着你去收复。“兵十万”用的是名将范仲淹的典故。据传范仲淹镇守延安时，西夏军队不敢来犯，当时人说：“小范老子，胸中自有数万甲兵。”这一句里，有个轻重虚实的安排，作者对朝廷、对皇帝早不抱什么希望了，写皇帝，是为了引出郑舜举，所以写皇帝是轻，写郑舜举是重；写“太平长策”是虚，写“当兵十万”是实。这样一来，就把郑舜举放到了舞台的中央，放到了聚光灯下，郑是国之栋梁，堪当大任，能解国家于倒悬之急的卓越才能被凸显出来。顺此思路，作者写出了上片最后一句“便凤凰飞诏下天来，催归急”。这一句作者用虚笔，想象郑建功立业后的情景。我似乎看见你率领着反击的军队，把敌人杀得丢盔弃甲，收复了大片领土，把皇帝高兴得急忙派使者召你回京受赏。这一句把作者收复国土的十分迫切的心情写了出来。

下片重在写和朋友依依难舍的分别之情。“车马路，儿童泣。”你要离开信州了，儿童们听到这个消息，也都舍不得离开你。一个官员在地方上是否得人心，是否有政绩，在他离别的时候最能表现出来。这句用信州儿童在郑离开时的表现来突出郑的得民心，有政绩，和上片写郑的作为能力形成照应。“风雨暗，旌旗湿。”这句写景，目的是以景衬情，风雨让天色变得很暗，旌旗湿重得垂着头，好像在为你的离开而难过。“看野梅官柳，东风消息。”宕开一笔，算了吧，天下没有不散的筵席，何况你王命在身，虽然我不忍让你走，但一想到你此去是建功立业，是报效祖国，说不定在大地回春的时候，就能听到你传来的好消息呢？想到这点，这分别就是有价值，有意义。给沉闷而伤感的分别气氛增加了一抹亮色。“莫向蔗庵追语笑，只今松竹无颜色。”我也不想去蔗庵追念我们之间过去的友情，因为你走之后，连那里的松竹都失去了光彩。字里行间，有一种淡淡的哀愁。至此，作者虽愁绪满怀，但情感还算克制，而最后一句，作者再也克制不住自己的情感，于是用了一句情感喷薄之语，使全词在抒情的最高潮中结束：“问人间谁管别离愁，杯中物。”满怀的愁绪，只有借酒浇愁了，但杯中之物，难浇心中块垒，此时涌上作者心头的愁，岂仅是离别带来的，自己功名成灰、知音难觅、年华流逝，故国山河尚在敌手，自己的冤屈不得昭雪，等等，一股脑地涌上作者的心头。作别，请举起我们手中的酒杯，喝了这杯吧。“劝君更尽一杯酒，西出阳关无故人。”分别后，多多珍重。最后一句，表意真切，凝重，有余音绕梁，缠绵不绝之味。

八 声 甘 州

夜读《李广传》，不能寐，因念晁楚老、杨民瞻约同居山间，戏用李广事，赋以寄之①。

故将军饮罢夜归来，长亭解雕鞍②。
恨灞陵醉尉，匆匆未识，桃李无言③。
射虎山横一骑，裂石响惊弦④。
落魄封侯事，岁晚田园⑤。

谁向桑麻杜曲，更短衣匹马，移住南山⑥。
看风流慷慨，谈笑过残年。
汉开边，功名万里，甚当时健者也曾闲⑦。
纱窗外，斜风细雨，一阵轻寒。

注 释

① 《李广传》：指司马迁《史记》人物传记里的《李将军列传》。晁楚老、杨民瞻：皆辛弃疾的朋友，生平不详。
② 故将军：指李广。长亭：西汉时在乡村每十里设一亭，十亭为一长，亭有亭长，管理治安。
③ 灞陵：汉文帝刘恒墓所在地，在今陕西省西安市南。桃李无言：用的是成语典故。
④ 射虎：用的是李广射虎的典故。
⑤ 落魄：失意。
⑥ 杜曲：地名。在今陕西省西安市南。这里化用杜甫诗意。
⑦ 功名万里：在万里边境上建功立业。

题　解

这是作者闲居带湖时读史有感而作，寄赠给自己两位好友的一首词。词中，作者对英雄末路，命运多舛的李广表达了深切的同情，暗示出自己要像李广那样悲壮慷慨地度过一生，虽屡遭挫折，但仍要坚持抗金，实现祖国的统一。曲折地反映出作者对南宋朝廷的不满，申诉了自己的愤愤不平之气。

赏　析

这首词借古喻今，借李广仕途坎坷，居功至伟，不但未被封赏反而被罢官的不平遭遇，抒发了作者对李广的深切同情，更突出表达了自己被谗受屈而去职的愤慨不平心情。“飞将军”李广的故事，不仅在当时家喻户晓，就是在今天，也广为人知。词序中说“夜读《李广传》，不能寐”，可见作者当时英雄相惜、同病相怜的激动情绪。这种激动情绪形诸笔墨，遂有了这首《八声甘州》。

上片写李广南山射猎夜归一事，讽刺了有眼不识英雄的灞陵亭尉，对李广的遭遇寄予了同情，申诉了自己的不平。“故将军饮罢夜归来，长亭解雕鞍。恨灞陵醉尉，匆匆未识，桃李无言。”据《史记·李将军列传》载，李广罢官闲居时，一天射猎夜晚归来，经过灞陵亭。亭尉问是谁，李广回答说自己是原来的李将军。喝醉酒的亭尉说：“现在的将军也不能夜晚通过，更别说你是原来的什么将军。”不让李广通过。于是李广不得不解鞍宿于亭下。一个喝醉酒的亭尉并不因为李广名气大而违反制度，反而能忠于执法，本无可非议。司马迁写这件事的原意也只是为了表现李广行事的低调，遵守法度规则，不倚仗着自己的名气大而欺人。作者在这里反其意而用之，迁怒于亭尉的有眼不识英雄，怠慢了英雄，以此表明自己对李广的尊崇和爱戴。“桃李无言，下自成蹊”是司马迁对李广的赞语，也是辛弃疾此时此刻对李广发自内心的认识和评价，表示对李广高尚人品的赞赏。“射虎山横一骑，裂石响惊弦。”这句用李广射虎的典故，再现李广的英雄本色。《史记·李将军列传》：“广出猎，见草中石，以为虎而射之，中石没镞。视之，石也。”李广单人独骑横山射虎，可见英雄虎胆；弓弦惊响而矢发裂石，突出其武功高强。作者在这里极力突出李广的形象与本色，是在不断的蓄势，是“抑”前的“扬”，蓄势越足，则作者后文所要突出的主旨、表达的意图就越强烈，越突出。造势完成，自然引出上片的末句“落魄封侯事，岁晚田园”。李广如此忠勇，劳苦功高，不仅未得寸功，最终反遭罢黜，被弃置田园。世道之黑暗，政治之腐败，只有投机钻营，没有公平正义，李广焉得不怨愤，读者焉得不辛酸。唐代诗人王维在《老将行》中写出了“卫青不败由天幸，李广无功缘数奇。自从弃置便衰朽，世事蹉跎成白首”这样的诗句，表达了对李广遭遇的同情。但历史总是惊人地相似，几百年后的辛弃疾，与李将军的遭遇又是何其相似乃耳！难怪作者悲愤满腔了。

词的下片抒发了作者壮烈的情怀，表示要像李广那样悲壮慷慨地度过一生，百折不挠，坚持理想，实现祖国的统一。“谁向桑麻杜曲，更短衣匹马，移住南山。看风流慷慨，谈笑过残年。”“谁向桑麻杜曲”句化用的是杜甫诗。杜甫《曲江三章》：“自断此生休问天，杜曲幸有桑麻田，故将移住南山边。短衣匹马随李广，看射猛虎终残年。”杜甫诗的意思是，这一辈子完了，也不怪天，幸亏杜曲有田可供衣食，自己却要单身匹马去终南山追随李广。作者的意思是，谁愿意在杜曲闲居无所事事呢？我宁可要学李广到终南山去射猎，慷慨潇洒，在谈笑中度过自己的晚年。“看风流慷慨，谈笑过残年”一语和前面“落魄封侯事，岁晚田园”句形成照应，表现了作者不惧险恶，宠辱不惊、乐观自信的生活态度。“汉开边，功名万里，甚当时健者也曾闲”这句借古喻今，对南宋当局妥协退让、消极抗金、不辨忠奸、亲佞远贤的做法给予了强烈的批判和讽刺。汉朝注重开拓边疆，人们可以在万里之外建功立业，可为什么像李广那样的英雄人物也曾闲居呢？这里以李广的遭遇自比，对朝廷任用奸佞，罢免自己，让自己空怀壮志而不得实现，在无所事事中荒废大好年华，不满和愤慨之情溢于言表。结语“纱窗外，斜风细雨，一阵轻寒”。由叙事议论转入描写抒情，但所写之景和所抒之情与前文谐调一致，融合无碍。其意境是没落的，萧索的，凄凉的，暗示作者心情的糟糕，社会环境的险恶。

鹧　鸪　天

送　人

唱彻《阳关》泪未干①，
功名馀事且加餐。
浮天水送无穷树，带雨云埋一半山②。

今古恨，几千般；
只应离合是悲欢？
江头未是风波恶，别有人间行路难③！

注　释

① 阳关：即《阳关三叠》曲。
② 浮天水：水天相连的景象。
③ 未：不仅仅是。

题 解

这是一首赠别友人的词，为作者闲居带湖时所作。通篇借景抒情，以景喻事，表达了作者对当时政治腐败和世道黑暗的愤慨和不满，并告诫友人身处险恶的江湖，应小心谨慎，避免受到邪恶势力的伤害，懂得保全自己。同时，也含蓄地表达了对友情的看重和对离别的伤感之情。

赏 析

离愁别恨是古代文学作品所表现的主要题材之一，从文体上来说，诗词歌赋类韵文最适合表达这样的内容，所以古往今来，写离愁别恨的篇章多如牛毛，而佳作也比比皆是。辛弃疾这首小令，既写出了和朋友分别的伤感惆怅，但又超出常境，哀而不伤，表现出克制和理性，冷静和清醒，和前人那种缠绵悱恻，伤感让人不能自拔的抒情诗词判若两样。

词之上片写不堪离别之苦，且以景衬情，借景喻事，暗示出政治的腐败和社会的黑暗，并且把离别之愁之怨和时局形势联系起来，点出自己的愁绪不仅因分别，更是时局形势造成的，全词的立意显得积极向上，思想境界显得高远。"唱彻阳关泪未干"，开篇即以一句高度简练且暗寓典故的句子写出了对朋友离别的依依难舍之情。"阳关"即《阳关三叠》曲。唐代诗人王维和朋友离别，作七绝诗《送元二使安西》："渭城朝雨浥轻尘，客舍青青柳色新。劝君更进一杯酒，西出阳关无故人。"后来人们把这首诗配上乐府的曲调，作为送别之曲。送别之际，唱到"阳关"等句时，为了加强感情的表达，要重复好多遍，古人以"三"代表次数多，所以叫《阳关三叠》曲，又名《渭城曲》。"彻"和"泪未干"形成对比，"彻"有唱的次数之多和用心之深的意思，但尽管如此，内心的情感还不能完全地表达出来，仍然不停地流出伤感之泪。可本词的作者在这个时候却显得冷静和克制，用"向前看"的心态写出一句平平常常且很有深味的话来："功名馀事且加餐"。这一句写出了作者人生态度的一大嬗变。要知道，封建社会的读书人最大梦想便是建功立业，衣锦还乡而光宗耀祖。辛弃疾和大多数封建社会的知识分子一样，也有着极强烈的"功名"欲望，他在作品中也毫不隐讳地表示了自己的这一愿望，如在《破阵子》中有“了却君王天下事，赢得生前身后名”之类的诗句，这表明辛弃疾对功名是多么的看重。可现在“功名”却成了馀事，什么原因呢？是因为现在的社会太黑暗了，宵小当道，贤士远离。而在这黑暗的世道里，正直之士的理想抱负只会化为梦幻泡影，再谈功名对自己还有什么意义呢？既然没意义没价值，那就不想它了，不追求他了，按时吃饭，定时睡觉，别把自己身体搞垮才是第一要事。作者在这里既是劝诫朋友，也是自我勉励之语。“浮天水送无穷树，带雨云埋一半山。”这两句是前面表意的延续，既是实写（自然环境）也是虚写（暗喻社会环境），以景衬情，蕴含了作者离别时的凄凉伤感之情以及对社会环境险恶，奸邪当道的激愤不平之情。写景生动形象，表意含蓄不露，富有余韵。

过片一句“今古恨，几千般”宕开一笔，从久远的历史长河来切入，古往今来使人愤恨伤感的事情，何止千件万件，由此引出后面一句来“只应离合是悲欢”。难道只有离别使人悲哀伤感？相聚才会使人欢喜快乐吗？无论“离”还是“合”毕竟都是个人间的事，是小事，它们只是“今古恨”的一种。言外之意是国家的分裂、社会的混乱、政治的黑暗、人民的苦难，远远地在个人的悲欢离合之上，这才是大事，是更值得关注的事，更让人牵挂之事。后文结句仍扣紧送人题意：“江头未是风波恶，别有人间行路难。”江头风高浪急，十分险恶，但哪有人间行路难呢？这既是作者人生的深切体验，也是对朋友的谆谆告诫。这个社会太险恶了，处处有陷阱，暗含着因为社会险恶，我被那些奸邪所陷害，落得个被罢官的下场，你要多多小心，别中了别人的阴谋诡计的告诫之意。郭茂倩《乐府诗集》卷七十引《乐府解题》曰：“《行路难》，备言世路艰难及离别悲伤之意，多以‘君不见’为首”。辛弃疾这两句不但寄意深刻，而且极切实际，显得贴切自然。

一首写送别内容的小令，写得如此主旨深刻，内蕴丰富，绝少“黯然销魂”的缠绵悱恻情绪，所以和辛弃疾同时代的另一位词人刘辰翁评价该词时有“英雄感怆，有在长情之外”之语（《辛稼轩词序》），细细咀嚼，确为中的之见。

清 平 乐

村 居①

茅檐低小②，溪上青青草。
醉里吴音相媚好③，白发谁家翁媪。

大儿锄豆溪东④，中儿正织鸡笼。
最喜小儿无赖⑤，溪头卧剥莲蓬。

注 释

① 村居：村居，词的题目，意即农村生活。
② 茅檐：指茅屋。
③ 吴音：作者当时住在江西东部的上饶，这一带古时是吴国的领土，所以称这一带的方言为吴音。相媚好：互相说喜爱要好的话。
④ 锄豆：锄掉豆田里的草。
⑤ 无赖：这里是顽皮的意思。

题　解

这是作者壮志难酬，仕途失意后闲居带湖时所作的一首描写乡村生活的小令。全词以平实的白描语言描绘了乡村生活的安恬美好，抒发了作者对乡村生活的喜爱之情，同时，间接地表现了现实的黑暗和作者对官场黑暗的憎恶态度。

赏　析

辛弃疾以豪放词名世，但婉约小令也写得不错，这首《村居》即是其中一首。

这首小令有“三美”：画面美，人情美，生活美。先说画面美。全词以平实的语言，白描的手法突出了青草地、豆田、小溪、竹林、鸡鸭、荷塘、荷花、莲蓬，勾勒出一幅安恬、宁静、温馨、可亲，充满着浓郁的生活气息和田园气息的乡村生活画卷，宛如陶渊明笔下的世外桃源，让人心向往之。

写人情美是在画面的背景上，也即在环境中塑造人物形象的表现手法。上片从大处着笔，动静结合，写大环境的美好。先写境，起笔三句，以低矮的茅庐草舍、静静流淌的小溪、萋萋如茵的芳草描绘出一幅乡村如诗如画的静态画面。再写人，白发的老头子和老太太在微醉中互致问候，拉着家常，软语吴音，喃喃喁语，这是多么难得的充满温情和美意的生活，人情淳朴，人们善良且充满友爱，读来让人心动不已。这里面有两个字很重要，一个“醉”，一个“谁”。在贫困的时代里，酒是奢侈品，一般人是享用不起的。安史之乱后，杜甫在流亡途中，因为贫困，也不得不“潦倒新停浊酒杯”。有酒喝，且能尽情地喝醉，这是物质生活充裕的表现，有着优美的自然环境，又加上充裕的物质生活，其幸福指数自然很高的了。“谁”这个疑问代词在这里用得好，如果是互相认识的人是不需要用谁的，既然用谁就表明互不认识，熟人见面彼此招呼乃人之常情，而不认识的人能友好地打招呼、亲热地拉家常，这既写出了乡村民风的纯朴，乡民们身上充满着浓郁的人情味，又道出了没有遭受战争破坏，没有经受都市物欲生活污染的乡村仍保留着传统的人文气息，突出了人情美。

下片以三个特色鲜明的动态画面的组合，写出了自我小日子的闲适和安逸，突出的是生活美。大儿锄豆、中儿织笼、小儿嬉戏湖边，卧剥莲蓬吃着莲子。

大儿勤劳，中儿务实，小儿顽皮。一个父亲，面对此情此景，夫复何求。三个常见的生活画面，却传递出幸福生活不可或缺的这样一些信息：自己有三个儿子，恰应了中国传统多子多福这个观念，这是理想人生不可或缺的一个要素；在自己的小家庭里，有种田的，有从事手工业的，还有副业（打鱼和种植），是传统模式下一种自给自足的理想生活方式。一个农民（或以农为生）面对这种情况，还有什么不满足呢？两大因素突出了自我生活的充裕和满足，精神上和物质上的双重满足。

全词不事技巧，通过动静结合的画面串掇表达了作者对家乡田园生活的赞美和喜爱，其选材和表意与马致远的《秋思》有异曲同工之妙。深得陶渊明、孟浩然、王维等作家田园诗之韵味，但少了前人的玄意和飘逸味，而有着更加浓郁的生活和乡土气息。

贺 新 郎

陈同父自东阳来过余，留十日，与之同游鹅湖，且会朱晦庵于紫溪，不至，飘然东归。既别之明日，余意中殊恋恋，复欲追路，至鹭鹚林，则雪深泥滑，不得前矣。独饮方村，怅然久之，颇恨挽留之不遂也。夜半，投宿吴氏泉湖四望楼，闻邻笛悲甚，为赋《乳燕飞》以见意。又五日，同父书来索词，心所同然者如此，可发千里一笑①。

把酒长亭说②。
看渊明风流酷似，卧龙诸葛。
何处飞来林间鹊，蹙踏松梢残雪③。
要破帽多添华发。
剩水残山无态度，被疏梅料理成风月④。
两三雁，也萧瑟。

佳人重约还轻别⑤。
怅清江天寒不渡，水深冰合。
路断车轮生四角，此地行人销骨⑥。
问谁使君来愁绝？
铸就而今相思错，料当初费尽人间铁⑦。
长夜笛，莫吹裂！

注　释

① 陈同父：即作者的好友陈亮（1143—1194），字同甫，又作同父，浙江永康人，南宋著名的思想家，杰出的爱国词人。朱晦庵：南宋理学家朱熹。紫溪：在今江西省铅山县南，位于江西和福建交界处。

② 长亭：古人在大道上建亭供行人休息，通常十里一长亭，五里一短亭。人们送行时也总是在长亭饯别。李白词《菩萨蛮》里有"何处是归程，长亭连短亭"句。

③ 蹙（cù）：踢的意思。

④ 破帽：用的是东晋孟嘉落帽的典故。无态度：不好看，不成样子的意思。风月：这里是风景、风光的意思。

⑤ 佳人：品行高洁之人，这里指陈亮。

⑥ 车轮生四角：见前《木兰花慢》（汉中开汉业）注。销骨：这里是伤心的意思。

⑦ 错：双关语，既指错刀（古代货币名），用的是唐朝罗绍威的典故，又指错误。

题 解

《贺新郎》，词牌名。此调始见苏轼词，原名《贺新凉》，因词中有“乳燕飞华屋，悄无人，桐阴转午，晚凉新浴”句，故名。后来将“凉”字误作“郎”字。又名《金缕曲》《乳燕飞》等。这首词作于宋孝宗淳熙十五年（1188），作者的好友陈亮自浙江东阳远道来访，两人纵横捭阖，议论风生，又同游了鹅湖，后陈亮因事匆匆别去，作者因思念他而写了这首词。词的上片重在赞颂陈亮，同时对南宋小朝廷偏安江南一隅、无所作为的行为给予了讽刺和批判。下片表达了朋友分手的惆怅和对朋友的深深思念之情。

赏 析

身处动荡时代的怀才不遇之士对朋友特别看重，尤其是那些和自己志趣相投，被自己引为知己之人。如李白和孟浩然，杜甫和李白等朋友间的友情皆是。这首词，即是处在蛰居环境中的辛弃疾在见到知心朋友后有感而发的一篇作品。

词的上片，作者以欣慰和赞赏的口吻给予朋友高度的评价。“把酒长亭说。看渊明，风流酷似，卧龙诸葛。”临别之际，感慨万端，过往的英雄都成了云烟。但你是现在的英杰，你的才能、气质风采和历史上的陶渊明、诸葛亮差不多！陈亮是思想家，名噪一时的爱国词人，是当时主战派的代表人物，和作者在志趣、爱好方面甚是投契合缘，难怪作者要把他引为知己了。看到陈亮，作者不由自主想到了陶渊明和诸葛亮，类比虽不太恰当，但也不显夸张。因为陈亮长期住在家乡，没有做官，人生态度和生活方式酷似罢官后的陶渊明、未出山的诸葛亮。评价很高，倒也部分符合陈亮一生言谈、行事和学问的实际。“何处飞来林间鹊，蹙踏松梢残雪。要破帽多添华发。”这三句看似与前文联系不紧密，实是作者的有意为之。“要破帽”化用的是东晋孟嘉落帽的典故，据《世说新语》载，东晋时期，大将军桓温在重阳佳节带上手下一行到龙山游玩，并设宴畅饮。席间，才学过人的幕僚孟嘉因戴不惯军帽，帽子被风吹落。桓温让参军孙盛写一篇文章与他的帽子放在一块嘲笑他。孟嘉立即从容地写出一篇理由充分的答文。后世遂用落帽龙山描述人风度之倜傥闲雅。这里，作者用鹊踏松梢，雪落破帽来风雅地写出了作者对年事衰老的豪迈潇洒态度。当时，作者和陈亮都年近五旬了，在“人生七十古来稀”的那个时代，这样的年龄已算老年，但作者虽然有感慨惆怅，但并不悲观消极，这种豁达超脱的人生态度，难能可贵。“剩水残山无态度，被疏梅料理成风月。两三雁，也萧瑟。”这几句承上，是写景的延续和深化，且以景衬情。表面上写的是枯萎萧瑟荒凉破败的冬景：水瘦山寒，木凋草枯，四野凄凉，仅凭几枝稀疏的梅花装点风光。通过这幅凄凉的冬景暗喻的是南宋小朝廷的苟且偷安和苟延残喘，因不图北进，大好河山只剩下残山剩水，作者的愤懑痛惜之情溢于言表。

下片表达了朋友分手的惆怅和对朋友的深深思念之情。“佳人重约还轻别”过片一句，又回到了朋友身上，再叙友情。“佳人”本意指美人，这里指品行操守高洁之人，借指陈亮。仍是对陈亮的赞美。但与上片的赞美不同。上片对陈亮的赞美侧重在他的才能方面，而下片对陈亮的赞美则侧重在他的人品操守方面。“重约”是指陈亮的应约来晤，“轻别”则写出了与陈亮的晤谈未能尽兴，匆匆而别引发了作者无尽的怅惘和伤感，后文便极力铺陈和渲染这种感情。“怅清江，天寒不渡，水深冰合。”令人发愁的是：天寒地冻，江面冰封，难以渡过。一个“怅”写出了作者对与好友分别的伤感惆怅，作者之所以如此伤感惆怅，不是作者的多情，而是作者的重情。另外，也是作者因为正道直行，被排挤受打击而缺少知音，因而特别看重朋友间的情谊的表现。“路断车轮生四角，此地行人销骨。”“轮生四角”化用唐诗人陆龟蒙《古意》诗“愿得双车轮，一夜生四角”的诗句。雪深泥滑，车轮无法转动，走到这里，看到这种情形，让我感到十分伤心。“问谁使君来愁绝？”是谁使你愁得这样厉害呢，这是作者虚拟设问，含而不露地表达了自己的极度愁怨，当然也有与陈亮不忍分别的惆怅。他们的愁怨、朋友的分别只是一个引子，更主要是由国家的危亡形势和朋友彼此都仕途坎坷、怀才不遇的命运所造成。“铸就而今相思错，料当初费尽人间铁。长夜笛，莫吹裂！”是前文抒情的升华和凝结，“错”本意指货币错刀，实意指错误。用的是唐朝罗绍威的典故。据《资治通鉴》记载，唐朝罗绍威，为了免除朱全忠的威逼，向他大量行贿，并用钱粮物资供应其部队，把自己的储蓄都耗尽了，后悔说道：“合六州四十三县铁，不能为此错也。”想到自己和朋友生平遭遇，诗人不免感慨系之，哪里料到当初费尽九牛二虎的力量，竟铸成而今的“相思错”呢？这“相思错”，当然不仅限于指朋友间的思念，实际上也暗寓着为国家统一奋斗的想法，年轻时对明君贤相治下的太平盛世的憧憬等。“长夜笛”用的是《太平广记》中的典故，据载，唐代的李謩（mó）有次在宴会上遇见一人名叫独孤生，此人很会吹笛，把笛子都吹裂了。“长夜”明写冬夜，暗指黑暗的时局，在那样一个“长夜难明”的时代里，英雄豪杰式的人物如辛弃疾、陈亮、刘过、张孝祥等，焉能不“声喷霜竹”似地发出振聋发聩的呐喊呢？

全词感情强烈，基调沉郁悲壮，感人肺腑，忧思深广，景物描写鲜明，并富有象征意味，颇耐咀嚼。由此词开始，辛弃疾和陈亮用此调此韵唱和，一连唱和了五首，这又堪称文坛上的一件盛事。

贺 新 郎

同父见和，再用韵答之

老大那堪说。
似而今元龙臭味，孟公瓜葛[①]。
我病君来高歌饮，惊散楼头飞雪。
笑富贵千钧如发[②]。
硬语盘空谁来听？记当时只有西窗月[③]。
重进酒，换鸣瑟。

事无两样人心别。
问渠侬神州毕竟，几番离合[④]？
汗血盐车无人顾，千里空收骏骨[⑤]。
正目断关河路绝。
我最怜君中宵舞，道“男儿到死心如铁”[⑥]。
看试手，补天裂[⑦]！

注 释

① 元龙：东汉人陈登，字元龙。见前《水龙吟》（楚天千里清秋）注。孟公：西汉人陈遵，字孟公，当时被人们看做是豪侠。瓜葛：两种蔓生的植物，比喻彼此关系的密切。

② 钧：古时重量单位，三十斤为一钧。

③ 硬语：化用韩愈诗句，指语言刚劲有力。

④ 渠侬：江浙一带方言，称自己为我侬，称他人为渠侬。这里的渠侬指当朝权贵者。离合：偏义复词，这里强调的是离。

⑤ 汗血盐车：用的是《战国策》里的典故。空收骏骨：用的是《战国策》里千金买马骨的典故。

⑥ 怜：看重的意思。中宵舞：用的是东晋人祖逖闻鸡起舞的典故。

⑦ 补天裂：用的是女娲补天的典故。见《满江红》（鹏翼垂空）注。

题 解

这是辛弃疾所作和好友陈亮相互唱和的第二首词，写于宋孝宗淳熙十六年（1189）春天，是作者读了陈亮的和词后，又想起他们去年冬天相会的情景而写的。词的上片回顾了“鹅湖之会”的情景，突出了作者和朋友的思想一致，感情相契，不慕荣华富贵，只为国事担忧的高尚品格，也隐约地流露出他们因胸次不凡而曲高和寡的落寞。下片着重抒发彼此怀才不遇的苦闷，并表达了坚决抗金，至死不渝的共同心声。题中“同父见和”，意即陈亮和了辛弃疾的前词《贺新郎》词，复用其韵答之。

赏 析

辛弃疾和陈亮在志趣理想、追求信仰方面颇为合契，而且两人的遭遇也有类似之处，二人成为知音，自是情理中事。

这首词，主要表现的就是作者和朋友的深情厚谊和执着坚定的信念追求，写得慷慨激昂，读来感人至深。词之上片重在写二人的深情厚谊，彼此知心。“老大那堪说。似而今，元龙臭味，孟公瓜葛。”我虚度年华，老大无成，不想说什么了，也没有什么可说的，更不该再说什么了！可是，如今碰到了你这个如同陈登、陈遵般有着江湖侠气的气味相投者，便有些激动了，有点忍不住了，不得不把自己内心的想法说出来。这里用了陈登和陈遵两个人物典故。陈登，东汉人，字元龙，其为人有豪气，以天下为己任。陈遵，字孟公，汉代著名游侠。据《汉书·游侠传》载，陈遵好喝酒，每次请客，总是关上大门，把客人的车轮扔到井里，使客人走不了。这里是以陈登、陈遵喻指陈亮。开篇这几句，既点出了对陈亮赴“鹅湖之会”的谢意，又赞美了二人志同道合的同志之情，并含蓄地表达了对拥有知心朋友的满足和欣慰之情。“我病君来高歌饮，惊散楼头飞雪。笑富贵千钧如发。”回想过去，我正生着病，你来了。我高兴得忘了自己有病，和你一起高歌，畅快饮酒，兴奋和欢喜驱散了飞雪的寒意。可笑那些把功名富贵看得像自己生命一样重的人，我们明白，功名富贵只是浮云，在我们的眼中它如同毫毛一般轻。这里，作者以具体事例突出了二人的深情厚谊，抒发了二人不落流俗的高洁情怀。“硬语盘空谁来听？记当时只有西窗月。”“硬语盘空”指慷慨激昂的言辞在空中回荡。化用韩愈《荐士》诗句“横空盘硬语，妥帖力排奡”。此处指切中时弊的议论。可是我们当时所谈论的那些事关国家兴亡的真知灼见又有谁听见又有谁关心呢？只有那悬空朗照，不关世事的西窗明月了。词人于此劈空设问，写出了才智不为世用的愤懑之情。“重进酒，换鸣瑟。”这句承上，是作者内心不满和愤懑之情的延续和发泄。唉，只好借酒浇愁，以瑟抒恨了。

词之下片，着重抒发彼此怀才不遇的苦闷，并表达了坚决抗金，至死不渝的信念追求。

“事无两样人心别。问渠侬：神州毕竟，几番离合？”国家大事依然不见起色，可是人心消沉，不同于过去了。请问你们这些当权者，大好河山究竟还要被敌人割占多久呢？离合是偏义复词，此处偏用离意，指中原大地被金人侵占。这几句，叙事抒情，以反诘的句法表达了作者对收复故土无望的痛心及妥协退让的当权者愤怒斥责之情。“汗血盐车无人顾，千里空收骏骨。”“汗血盐车”和“收骏骨”用的是《战国策》上的典故。《战国策》载：马拉盐车上太行山，身负重荷，疲惫不堪，受到伤残，还得拉车。又：古时有个国王，想买千里马。有人替他花五百金，买了个死马的头。国王大怒说：“我想要买的是活马，你买死马有啥用呢？”那个人说：“这样做，人们都知道你买马的诚意了。”果然，不到一年，国王买到了三匹千里马。“汗血盐车”比喻人才被埋没。汗血：大宛（今乌兹别克斯坦）出产的名马，其汗如血，号一日千里。“千里”一句，则讥讽南宋当政者不重视人才。骏骨：指骏马的骸骨。这两句化用典故，批驳了当权者玩弄的一方面高喊着招纳人才，可另一方面真正有才能的人又被埋没，得不到重用的现状。“正目断关河路绝。”极目远眺，关塞河防道路阻塞。此两句收回议论，转而写景，流露出对山河破碎、生灵涂炭的残酷现实的无比沉痛之情。“我最怜君中宵舞，道‘男儿到死心如铁’。看试手，补天裂。”“中宵舞”化用的是祖逖北伐的典故：东晋时，抗战派代表人物祖逖与刘琨住在一起，半夜鸡鸣，祖逖闻声叫醒刘琨，共同舞剑。“补天裂”用的是“女娲补天”的典故。这几句的意思是：我最敬重你那闻鸡起舞的壮烈情怀，你曾说过：男子汉大丈夫，抗金北伐的决心至死也会像铁一般坚定。我等待着你大显身手，为恢复中原做出重大的贡献。这几句把作者决心和朋友团结一心，相互砥砺，收复河山，报效祖国的壮烈情怀淋漓尽致地表达了出来，斩钉截铁，掷地有声，发出了时代的最强音。

整首词气象雄浑，色调沉郁，抒情饱满有力，慷慨激昂，读来铿锵入耳，振聋发聩，可谓句句金石掷地，正如周济所云："稼轩不平之鸣，随处辄发，有英雄语，无学问语。"（《介存斋论词杂著》）不仅是辛弃疾忧国伤时的爱国情操的真实写照，同时也集中地体现了稼轩词豪迈精神和狂放不羁的艺术特色。

破　阵　子

为陈同甫赋壮词以寄之①

醉里挑灯看剑，梦回吹角连营②。
八百里分麾下炙，五十弦翻塞外声③。
沙场秋点兵。

马作的卢飞快，弓如霹雳弦惊④。
了却君王天下事，赢得生前身后名。
可怜白发生⑤！

注　释

① 陈同甫：陈亮。这句的意思是，为了鼓励陈亮，写一首慷慨激昂的词送给他。
② 角：号角。
③ 八百里：指牛，据《世说新语》载有一种牛叫“八百里驳”。麾下：部下。炙：烤肉。五十弦：瑟，这里泛指各种合奏的乐器。翻：演奏。
④ 的卢：烈性宝马名。
⑤ 可怜：可惜，可叹之意。

题 解

这首词是作者闲居带湖，功名无望，内心郁闷之极，寄赠给好友陈亮的一首词，是作者的一首言志词。全词突出了作者矢志不渝的抗金救国理想，抒写了壮志难酬的悲愤心情。词中通过对往昔战斗生活的怀念追忆以及雄奇意境的创设，抒发了作者渴望杀敌报国、收复失地、建功立业的追求。结句抒发壮志难酬的悲愤无奈心情。

赏 析

这是一首小令，虽小巧但金石铿锵，读来让人心潮澎湃，热血沸腾。恰如作者在小序中所言“赋壮词以寄之”，充分地体现了“壮”的特点，雄健有力，激情四射，壮怀激越。

词的上片通过对往昔金戈铁马战斗岁月的回忆以及渴望投身疆场、英勇杀敌的描写，突出了作者执着的抗击外侮、光复河山的理想追求。“醉里挑灯看剑，梦回吹角连营”既是实写，对往昔战斗岁月的回忆怀念、也是虚写，作者内心渴望出现强大的，气势昂扬的抗金部队。辛弃疾在二十多岁的时候曾有过一段光辉岁月。那时，风华正茂的他追随耿京，驰骋疆场，颇多建树。正如他在词中所写的“壮岁旌旗拥万夫，锦襜突骑渡江初”（《鹧鸪天》）那一段军旅生活，成了辛弃疾一生中的亮点，尤其在他被罢官，闲居带湖后，对往昔战斗岁月的回忆和怀念成了抚慰他受伤心灵的最好良药。因为回忆得多思念得切，所以连梦里醉里晃动的都是昨日的影子，“挑灯看剑”只能在醉中，“吹角连营”却是在梦里，这就突出了现实的残酷和无奈，也表达了主人公内心的伤感之情。“八百里分麾下炙，五十弦翻塞外声”这句极写战争场面的壮观与惨烈，军中演奏的军乐威武雄壮，震耳欲聋，让人热血沸腾。这一句虚写，突出的是作者内心强烈的抗金报国的感情。这一句对仗工整，韵律和谐，朗朗上口。“沙场秋点兵”一句简简单单的结语，却是点睛之笔，至此，读者恍然明白，作者写了半天，原来描摹的是一幅“沙场秋点兵”的壮观画面，是作者想象中秋天检阅出征的雄师的一幅画面。

下片抒写了作者渴望建功立业的理想追求，表达了壮志难酬，愤懑不平的感情。“马作的卢飞快，弓如霹雳弦惊。”这两句承上启下，有连接前后文的作用，承上继续用张扬的笔法描写作者想象中的激烈的战斗场面，我骑着的卢快马，出入敌阵如入无人之境，杀得敌人鬼哭狼嚎，我军将士的弓弦如霹雳般震响，箭如飞蝗，射向敌阵。敌人溃不成军，大败而逃。同时引出“了却君王天下事，赢得生前身后名”这两句的抒情言志，我在战场上英勇拼杀，浴血奋战，就是为了实现君王一统山河的伟业和我自己的光宗耀祖的梦想，这一句，把辛弃疾一个十足的儒家书生气表现了出来。诚然，如果一切都是真的，祖国统一了，作者的愿望梦想也就得到了实现，可是现实呢？一句“可怜白发生”强烈一顿挫，宛如当头一瓢凉水浇下，作者的梦醒了，也碎了。原来，轰轰烈烈的，并不是作者的一厢情愿的美好愿望，而是作者做的一个甜美的梦。“可怜”一词，语浅意深，作者内心种种恼人情绪，有了这两个字，便得到了极好的表现。

全词虚实结合，写“沙场秋点兵”的场面壮观，以及战斗场面的激烈和惊心动魄是虚，是作者为抒情所造的势。写功名无果的愤懑和伤感是实。对比强烈，作者抗敌之心、报国之志、雄心理想的崇高远大和虚度岁月、年华老去、功名成空形成了强烈的对比。作者理想中的兵多将广、兵士骁勇、能征善战和现实中宋朝的缺兵少将、士气低落也形成了强烈的对比。通过这种对比，加强了全词的表意和抒情。作者在全词中表现出来的对理想矢志不渝的追求，执着不屈的奋斗精神以及爱国情怀，时至今日，依然闪耀着不朽的光芒，激励着我们，感动着我们。

踏 莎 行

庚戌中秋后二夕，带湖篆冈小酌[①]。

夜月楼台，秋香院宇，
笑吟吟地人来去。
是谁秋到便凄凉？当年宋玉悲如许[②]。

随分杯盘，等闲歌舞[③]，
问他有甚堪悲处？
思量却也有悲时，重阳节近多风雨[④]！

注 释

① 庚戌：干支纪年法，这里指宋绍熙元年。篆冈：辛弃疾在上饶带湖别墅中的一处地名。
② 宋玉：楚辞作家。他的作品中多有悲秋之句。
③ 随分：随意。等闲：平常之意。
④ 重阳句：宋人潘大临有一名句："满城风雨近重阳。"

题 解

这是作者在宋光宗绍熙元年（1190）作的一首词。全词写出了词人在美好的秋夜里，为美景所陶醉，触景生情，引出对宋玉“悲秋”的诘难，并通过对宋玉式悲秋原因的否定，指出因为“风雨”引发的悲秋情绪的合情合理，含蓄地表达了作者对国事的忧虑。

赏 析

词的上片重在写秋夜景色的美好，秋夜人们的欢喜，引出对宋玉“悲秋”的诘难。开篇三句“夜月楼台，秋香院宇，笑吟吟地人来去”。作者勾勒出了一幅动静结合，有景色、有人气且妙曼无比的“月夜欢歌图”。如此美好的景色，如此曼妙的夜晚，如此让人赏心悦目的秋夜秋景，可是为什么古代的宋玉那么伤感，作者的疑问顺理成章地产生，引出后两句“是谁秋到便凄凉，当年宋玉悲如许”。这两句，作者用设问的方式点出了一般文人见秋即悲的孱弱之情。宋玉是比较早地在诗文中写“悲秋”的作家，点出宋玉具有强调性。宋玉是著名的楚辞作家，他的名作《九辩》就有很多悲秋的句子，如“悲哉秋之为气也，萧瑟兮草木摇落而变衰”等。悲秋，是文人墨客的共有情感，大凡仕途坎坷，穷困潦倒，国破家亡，怀人不遇，天涯倦客等等情状，其悲秋之情愈浓，比较有名的如杜甫的《登高》诗中的句子“万里悲秋常作客，百年多病独登台”等等。文人悲秋，自有缘由，而作者自然明晓，这里明知故问，明知故说，其用意只是为了否定宋玉式文人多愁善感的悲秋，为下片写自己所认同的悲秋原因作铺垫。因为在作者看来，宋玉式的悲秋是因自然风雨的，是不值得的，不必要的，而因社会“风雨”引发的悲秋才是正常合情的。

词的下片重在写因社会“风雨”引发的悲秋情绪的合理合情，也是让人无法逃避的。为了表达这个主旨，下片很好地运用了抑扬顿挫的方法。“随分杯盘，等闲歌舞，问他有甚堪悲处？”这句承上，继续对宋玉式的悲秋进行批驳。秋天来了，仍旧饮酒，照样吃肉，想歌且歌，想舞便舞，累了休息，困了睡觉，品茗赏花，随心所欲，和往日并没有什么两样，有什么值得悲伤的呢？更何况秋高气爽，应该比平日更高兴欢喜才是，为什么要悲伤呢？这里进行了层层铺垫，步步蓄势，扬到极高处，就在读者满以为作者会得出顺理成章的结论时，没想到作者来了句“思量却也有悲时：重阳节近多风雨！”突然地一顿挫，是抑到极处，通过这种抑扬顿挫，强调了作者所认同的合理的悲秋原因：“重阳节近多风雨。”这就使主旨得到了深化。这句化用的是北宋诗人潘大临的“满城风雨近重阳”诗句。九月，秋高气爽，菊花盛开，丹桂飘香，重阳节又是亲人团聚的日子，如果是晴天就好了，让人兴奋欢喜不已。但是，若遇上风雨如晦的天气，难保人不悲伤了。“风雨”是作者所强调的，也是双关语，既指自然的风雨，更是人事的、社会的、政治方面的风雨，这里暗喻南宋的政治形势。仅仅是因为自然风雨而悲愁那是文人墨客式的悲秋，是作者不认同的宋玉式的悲秋。只有因为社会的“风雨”引发的“悲秋”才是正常的，合情合理的，这就和上片否定宋玉式的悲秋形成了照应。作者担心金兵于秋高马肥之时前来进攻，和金兵对垒了几十年的辛弃疾对金兵的作战方式太熟悉了，他在《水调歌头》中就曾写到“落日塞尘起，胡骑猎清秋”这样的诗句，金统治者多在秋高马肥时对宋用兵，往昔这个季节，金人屡屡骚扰中原，现在中秋又过，快近重阳，南宋朝廷摇摇欲坠，又到了金人虎视眈眈磨刀霍霍的时候，如此种种，怎不让作者忧虑悲秋呢？至此，我们明白了作者的悲秋的真正原因，他既不是为季节的萧疏而悲秋，也不为个人命运的乖蹇而伤情，而是为国家的前途、民族的命运而悲秋，这样一来，全词的主旨便上升到了一个新的高度。

西　江　月

夜行黄沙道中[1]

明月别枝惊鹊，清风半夜鸣蝉。
稻花香里说丰年，
听取蛙声一片。

七八个星天外，两三点雨山前。
旧时茅店社林边[2]，
路转溪头忽见。

注　释

① 黄沙：黄沙岭，在今江西省上饶市的西边。

② 茅店：简陋的小客店。社林：社，土地神。社林，土地庙周围的树林。

题　解

辛弃疾被罢官后，闲居带湖，过着一种悠游自在，寄情风月，留恋诗酒的隐士式的生活。带湖一带的湖光山色、人情世故都成了他的创作题材。本篇即是他为黄沙岭的自然美景所感动而写的一首小令。小令以轻快灵动的笔触描绘了作者在黄沙岭所见到的夏夜景色：明月，清风，稻花香，青蛙鸣，七八个星，两三点雨。色彩美丽，画面醒目，表达了作者内心的欢快、平和和喜悦之情。

赏　析

读了辛弃疾这首小令，又想起《菜根谭》上的一句话"文章做到极处，无有他故，只是恰好；做人做到极处，无有他异，只是本然"。是的，这首小令，从写景和抒情的结合，从选材到朴质无华的表现手法，都达到了一种高度，到了"极处"，做到了恰好。老子说大象无形，大音希声，大巧无拙等等哲学概念，如果用文学作品来作注解的话，就是指这样的文学作品，不事技巧却浑然天成，品之读之，有不尽之韵味意味于脑际间缠绕飘忽。

这首小令，作者融主观之情于客观之景，因情成景，以景衬情，情景水乳交融。表意上，前后片并没有断然的分别。上片起首两句"明月别枝惊鹊，清风半夜鸣蝉"即以明月、清风、惊鹊、鸣蝉这四种事物的组合，写出了夏夜里的独特景色。这句写景，动静结合得好，明月、清风突出的是静景，惊鹊、鸣蝉突出的是动景。虽是动静结合，但因为是夜晚，所以仍然是以静为主的，作者用的是以动衬静的手法。南朝王籍《入若邪溪》里的"蝉噪林逾静，鸟鸣山更幽"即是以动衬静的名句。蝉噪、鸟鸣越发显得山谷的幽静。辛弃疾在这里用惊鹊，鸣蝉衬出了夜晚的安恬与幽静。接下来"稻花香里说丰年，听取蛙声一片"。这一句，作者的关注点从夜空转移到田野，表现了词人不仅陶醉于夜间黄沙道上的曼妙景色和柔和情趣，更在意扑面而来的漫村遍野的稻花香，又由稻花香而联想到即将到来的丰年景象，使得全词顿然有了人间烟火气息，乡土气息和生活气息，此时此地，词人与百姓同呼吸共欢乐的民生情怀，尽在言表。稻花飘香的"香"，固然是表现稻花盛开的农事景色，更是词人内心从容闲适和欢喜之感，是主观之情的客观外化。蛙专吃害虫，蛙声一片，害虫还有存活的空间么，想到丰年，自然之事。以上四句纯然是抒写彼时彼地的夏夜山道的景物和词人的感受，然而其核心却是洋溢着丰收年景的夏夜。因此，与其说这是夏夜美景，还不如说是这夏夜美景即将给人们带来的幸福。

下片仍然写景抒情，写法仍采用的是高低远近结合法，在写景的字里行间，含蓄地表达主观之情。“七八个星天外，两三点雨山前。”这句写远景，对仗得好，韵律感好。虽是写景，但与上片的清风明月不同，而是有一点风云变化的意味在里面。“七八个星天外”，天已经不再晴朗，有云了，透过云隙可以看到稀疏的星光。“两三点雨山前”，写的是阵雨将来的天气特征。既然已有雨滴洒向山前，那么紧接着便会洒向山后的，这种写法，恰突出了“天有不测风云”“夏季多阵雨”这些俗理。作者的心情也随天气的变化而有了变化，于是很自然地引起想快些赶路或寻地避雨的心情。第三、四句写的就是这一心理活动：“旧时茅店社林边，路转溪桥忽见。”作者常游黄沙道，对这个地方是再熟悉不过的，但因为是晚上，因为雨前的天黑和稍稍的着急，一时之间却找不见平日的小店。可是，谁能想到，刚过了小溪，转了个弯儿，那座旧时相识的茅店便突然出现在眼前，这该叫人多么高兴啊！一个“忽”写出了作者因雨而得避处的欢快欣喜之情。比辛弃疾早些年代的苏轼，其信仰追求和仕途遭遇和辛弃疾也有类似之处，苏轼也有因乌台诗案被贬黄州的经历。在黄州，苏轼也写了一首途中遇雨的词《定风波》（沙湖道中遇雨）：“莫听穿林打叶声，何妨吟啸且徐行。竹杖芒鞋轻胜马，谁怕？一蓑烟雨任平生。料峭春风吹酒醒，微冷，山头斜照却相迎。回首向来萧瑟处，归去，也无风雨也无晴。”虽然和辛弃疾的这首词情景各异，选材有别，但两人所表现出来的处变不惊、从容淡定、潇洒超脱的人生态度却是如出一辙的。

全词景色明丽，抒情真切，情景交融，恬静自然，语言清新活泼，灵动多姿，是宋词中以农村生活为题材的佳作。

生 查 子

独游西岩①

青山招不来，偃蹇谁怜汝②？
岁晚太寒生，
唤我溪边住③。

山头明月来，本在天高处。
夜夜入清溪，
听读《离骚》去。

注 释

① 西岩：在今江西省上饶市南。
② 偃蹇（yǎn jiǎn）：高傲的样子。
③ 生：语尾助词。

题　解

这是辛弃疾闲居带湖，游览雨岩时所作的一首词。作者运用拟人的修辞手法，把青山比作伴侣，把明月比作知音，通过和青山明月的交流对话，隐曲地表达了自己困居带湖，年华老去而一事无成的郁闷孤愤心情。

赏　析

辛弃疾闲居带湖，身在田野，心在庙堂，前尘往事，填满胸腔，梗概之气，不平之语，时见词中。作者以山水为邻，触山水而动情。与自然对话，见花草而有心，虽是充满飘逸之气，看似描写隐居生活的闲逸和脱俗，但字里行间仍然洋溢着因仕途坎坷而带给作者内心的纠结和郁愤。

词的上片借对青山形象的描写，突出表现了作者桀骜不驯的性格和卓尔不群的形象特征，表明自己决不会和那些持不同政见者同流合污。“青山招不来，偃蹇谁怜汝？”青山，你那么高傲，我招你不来，谁喜欢你呢？这句前后的表意为因果关系，因为在作者看来，因为青山高傲，所以招它不来，又因为它不来，所以没有人喜欢它！“偃蹇”，高傲的样子，这一词突出了青山的形象特征，这个词在此不是贬义而是褒义，是对青山品质的界定和认同。要知道，青山之所以能成为青山，正是因为它巍然屹立，卓尔不群，作者在这里以青山自喻，突出了自己品性节操的高洁和卓然不群的性格特征。自己不也像青山一样吗？不会趋炎附势，不想随波逐流，刚正不阿，所以招来了反对派的嫉妒和陷害。正是因为作者的行事风格和政治理想追求的与众不同，这就决定了他是现实生活中的少数派。既然是少数派，就注定是孤独的，是曲高和寡的，是知音稀少的，作者内心的忧郁惆怅也隐约可见。“岁晚太寒生，唤我溪边住。”寒冬腊月，青山也感到了孤凄，唤我住在溪边和它做伴。青山孤凄了，尚有我和它做伴，可是我呢，我孤独寂寞时，可有谁抚慰我孤独且受伤的内心，有谁来与我为伴呢？强烈抒发了作者内心的郁闷苦恼之情。

下片通过与明月的交流，表达了作者内心的忧愁和悲愤。“山头明月来，本在天高处。夜夜入清溪，听读《离骚》去。”那一轮皎洁的明月，本来在高高的

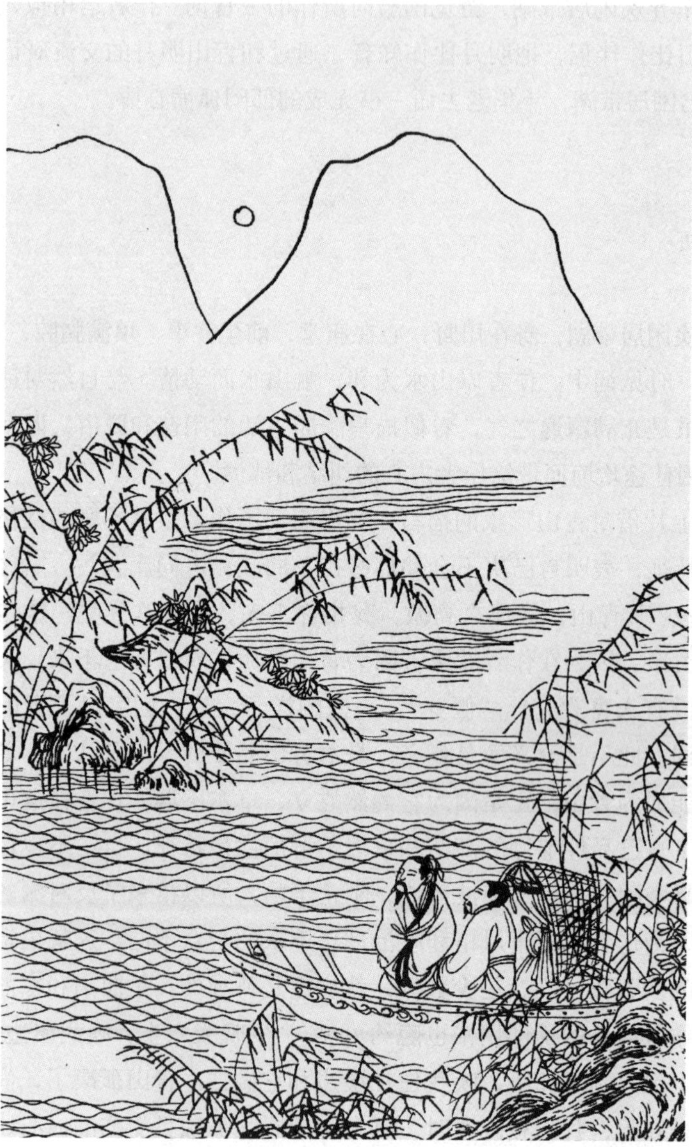

山头明月来，本在天高处

天上，为了听我朗读《离骚》，每天夜里都到清溪来。听我读完《离骚》才离去。明月映在水中，本是自然现象，可在多情而孤独的诗人看来，明月也是有情的。此时此刻，明月成了我的知音。这里，作者选用读《离骚》这一题材很有深意。《离骚》是爱国诗人屈原的一部孤愤之作，突出表达了诗人报国无门的悲怆愤懑。诗人的忧国忧民之情，对理想和真理矢志不渝的追求和执着，每每读来，总让人感慨万端，扼腕叹息，让人倍添伤感和惆怅。坚贞之士读《离骚》越发坚贞，爱国之士读《离骚》益增爱国情，伤感惆怅之人读《离骚》复添伤感愁绪，这几点，身处带湖的辛弃疾都有了。明月之夜，景色如水，可辛弃疾呢，孤独忧郁，内心深处滚滚波澜，起伏不平。

全词小巧玲珑，语句简约，写景明丽，但含蓄蕴藉，意味深长。

清 平 乐

题 上 卢 桥①

清泉奔快，
不管青山碍。
十里盘盘平世界②，
更着溪山襟带③。

古今陵谷茫茫④，
市朝往往耕桑⑤。
此地居然形胜，似曾小小兴亡⑥。

注 释

① 上卢桥：在今江西省上饶境内。
② 盘盘：形容曲折回旋的样子。
③ 着：有。襟带：衣襟和衣带，形容小溪围绕着青山，好像是青山的襟带一样。
④ 陵：大山。谷：深谷。这句意思是说大山可以变成深谷，深谷也可以变成大山。
⑤ 市朝：城市。耕桑：田野。这句和前句都是讲事物总是在不断地变化。
⑥ 形胜：指形势险要，风光优美。

题　解

这是辛弃疾闲居带湖，游览上卢桥一带后所作的一首小令。上片重在写上卢桥一带溪山环抱、回旋曲折、独特而优美的风光，赞赏清泉不惧阻挡，勇往直前的进取精神。下片虚写，宕开一笔，由上卢桥一带的现状，地理形势的重要和风光优美联想到此地的兴衰历史，含蓄地表达了事物是不断发展变化的朴素的辩证法思想。

赏　析

作者隐居带湖，以流连山水来打发寂寞的时光和遣怀，所以他对带湖一带的景点非常熟悉。这首小令即是对带湖上卢桥一带景色的刻画描写，并通过写景来说理，是一首寓理于景的词。

词的上片重在写上卢桥一带的独特景色，并借事说理。“清泉奔快，不管青山碍。”小溪的水奔流很急，巍巍高大的青山也阻挡不住它。这一句极通俗明了，也无技巧，实实在在，但它却蕴含着深刻的哲理：青山虽然巍巍高大，但是却阻挡不住流淌的小溪，小溪越过青山，不停奔流，这不正是以弱胜强，以小胜大的例子么？溪水虽然软弱，虽然力量不大，但它却从不气馁，从不妥协，总是一往无前，以柔克刚，最终取得胜利。因为水有这些特性，所以古代的哲学思想中有“上善若水”“仁者乐水”之说法。作者对泉水精神的赞美和肯定，流露出来的是作者所持的一种积极进取的人生态度，作者坚信抵御外侮，道路虽然曲折，但胜利值得期待，因为前途是光明的。“十里盘盘平世界，更着溪山襟带。”这两句紧承上文，写出了上卢桥一带的独特风光。这里有一块方圆约十里边缘曲折的平地，溪和山环绕着它。“溪山襟带”四字写出了山的连绵，溪的曲折。虽然有绵延的山，但溪凭借着依了山势的弯曲环绕，竟能冲出山的阻拦，向东流去，和前面的“不管青山碍”一句形成照应。

下片表意突转，由实写变成虚写，宕开一笔，先通过联想含蓄地表达了事物是不断发展变化的朴素的辩证法思想，接着转入现实，由上卢桥一带的现状，地理形势的重要和风光优美联想到此地兴衰无常的历史。“古今陵谷茫茫，市朝往往耕桑。”大山可以变成深谷，深谷也会变成大山，现在人们种的田地，很久以前可能是繁华的都市，今日热闹的都市很久以后可能会变成废墟。这一句写出了沧海桑田，蕴含着好事可能变成坏事，坏事也可能变成好事，事物的发展变化是绝对的，不变和静止是相对的这个朴素的辩证法思想。俗语俗谚中也有“三十年河东，三十年河西”之说。“此地居然形胜，似曾小小兴亡。”两句承上，由联想说理进入现实，突出此地兴衰无常的历史。上卢桥一带，居然形势险要，又有着如此优美的风光，按照事物变化发展的理论来推断，此地也许曾经历着一番兴衰吧。暗寓着作者兴不值得高兴，衰也不必沮丧的平常心和淡定的世界观。

全词精美婉约，写景生动，说理含蓄。两宋统治者采用了“偃武修文”的国策，虽致军备废弛，但在客观上也极大地促进了文化的繁荣发展，理学发展到登峰造极的地步，书画、诗词、散文、话本小说、瓷器等文化形态也取得了巨大的成就。受当时哲学思想的影响，宋诗和一些散文以说理见长，这种风气也影响到了词的创作，辛弃疾的这首说理小词就是一个例子。

清 平 乐

忆吴江赏木樨①

少年痛饮，
忆向吴江醒②。
明月团团高树影，
十里水沉烟冷③。

大都一点宫黄④，
人间直恁芬芳⑤！
怕是秋天风露，染教世界都香！

注 释

① 吴江：即今天的吴江县，在江苏省苏州市附近。辛弃疾在乾道元年（1165）曾到过这里。木樨：桂花的别称。

② 吴江：是流经吴江县的一条河流。

③ 水沉：沉香的别称。沉香木很重，是一种名贵的香料，以放在水中沉下得名，又叫沉水香或水沉香。

④ 大都：不过。宫黄：过去宫中妇女化妆用的黄粉，这里指桂花。

⑤ 直恁（nèn）：那么、那般的意思。

题 解

这首词是作者闲居带湖时所作。他看到桂花，想起了青年时在吴江赏桂的情景。那时他风华正茂，奋发进取，而今却困居带湖，两相对比，不由得人惆怅伤感。但作者在词中却表现出了积极昂扬的精神风貌。全词借物抒情，通过对桂花的欣赏和赞美，表达了自己壮心不已，斗志依旧的壮志豪情。

赏 析

宋孝宗乾道元年（1165），桂花开放的时节，辛弃疾不顾自己地位低微，慷慨激昂地写下了《美芹十论》上奏皇帝，系统地提出了抗金的纲领，观点明确义正辞严，充满了积极进取的精神和壮志豪情。辛弃疾寄希望于皇帝能采纳他的建议，整饬朝纲，挥师北伐，收复失地。但辛弃疾的一腔热血化为凉水，殷切的期望化为泡影，皇帝不但没有采纳他的建议，反而信用奸邪小人，排挤正直之士，一味地苟且偷安，委曲求全，最后连辛弃疾自己也落得个被罢官的下场，怎能不让人气愤，让人痛心。

而今又是桂花开放时节，而事过境迁，物是人非。桂花依旧，香味依然，可是当时的少年而今却苍白了双鬓，被闲置于带湖，无所作为，此情此景，谁人不愤慨伤感。然而带湖的生活也让辛弃疾的人生境界得到了提升，他不再整日沉湎于痛苦中不能自拔，不再那么棱角分明和桀骜不驯，他的心境变得平和，变得淡定，尽管他的信念一如既往地坚定。这首词即是他在一种平和的心态下写成的一首情感含蓄、托物抒情言志之作。

上片重在写对往昔生活的怀念之情，作者以此肯定自己年轻时的爱国举动。“少年痛饮，忆向吴江醒。”回忆年轻时，我有一次喝得大醉，醒来时面对的是清澈的吴江。“少年痛饮”四个字写出了作者对往昔豪气冲天，金戈铁马生活的怀念，即是作者时时念叨的“壮岁旌旗拥万夫”的时代。“明月团团高树影，十里水沉烟冷。”一轮明月正映照桂树高大的影子，那浓郁的香味飘得很远，仿佛十里之地都烧完沉香木，它的香味久久不散。这两句写当时酒醉时所见到的美景，写得美轮美奂，色香味俱全。作者突出了桂树的高大和桂花的馥郁，为了突出桂花的香味，作者刻意用沉香作比，其目的是为后文的赞美桂花作一铺垫。

词的下片重在赞美桂花，托物抒情。“大都一点宫黄，人间直恁芬芳。”桂花的花朵不起眼，花色也平常，但是，就那么星星点点的小小黄色，却使得人间充满它的香味。作者对桂花的赞美之情溢于言表。“怕是秋天风露，染教世界都香。”“怕”表揣测，桂花那么香馥，它大概是借着秋风和露水的传播，要把香味传遍整个世界呢！整个下片只有短短四句，写到了桂花的颜色、形状和香味。它的颜色普通，形状碎小，可香味却那么迷人，这里，颜色形状的普通和香味的突出形成了对比。通过这一对比，突出了桂花外形的平凡与香味的不凡。作者之意正是以桂花喻自己，自己出身普通，地势卑微，这不正是桂花的形状和颜色么。自己有着远大的理想追求，有着不屈的精神，有着高洁的操守和人品，这不正是桂花的香味么！“染教世界都香”突出了作者为了追求理想，为了救国救民而甘愿奉献自己一切的信念和勇气。和辛弃疾同时代的另一位著名爱国词人陆游也写过一首著名的托物言志词《卜算子·咏梅》:“驿外断桥边，寂寞开无主。已是黄昏独自愁，更著风和雨。无意苦争春，一任群芳妒。零落成泥碾作尘，只有香如故。”读者朋友可以把这两首词对比着来品读，理解和感受可能会更深刻一些。

水调歌头

壬子三山被召，陈端仁给事饮饯席上作①

长恨复长恨，裁作短歌行。
何人为我楚舞，听我楚狂声②？
余既滋兰九畹，又树蕙之百亩，秋菊更餐英③。
门外沧浪水，可以濯吾缨④。

一杯酒，问何似，身后名⑤。
人间万事，毫发常重泰山轻。
悲莫悲生离别，乐莫乐新相识，儿女古今情⑥。
富贵非吾事，归与白鸥盟⑦。

注 释

① 壬子：干支纪年法。词中指宋光宗绍熙四年（1193）。三山：今福建省福州市，因城中有三座山得名。辛弃疾在绍熙三年（1192）春，被起用为福建提刑，住在此地。陈端仁：名岘，字端仁，福建闽县人，当时赋闲在家。

② 楚舞：用的是刘邦的典故。楚狂：用的是《论语》中的典故。

③ 滋兰、树蕙：见前《蝶恋花》（九畹芳菲兰佩好）注。秋菊餐英：化用的是《离骚》里的句子。

④ 门外两句：用的是《楚辞·渔父》里的典故。

⑤ 一杯酒：用的是刘义庆《世说新语》里的典故。

⑥ 悲莫悲两句：出自屈原《九歌·少司命》。

⑦ 白鸥盟：见前《水调歌头》（带湖吾甚爱）注。

题 解

宋光宗绍熙三年（1192），辛弃疾在福建任提刑官。这年年底，辛弃疾被召赴杭，在同僚陈端仁为他送行的宴会上，写下了这首词。这首词，作者表达了对当局不作为的愤恨，表示自己要像屈原和接舆等古人一样，保持自己高洁的操守和品行，弃绝不正当的荣华富贵，决不与投降派同流合污，苟且偷生的思想追求。

赏 析

词的上片重在抒发作者内心的愤懑和痛楚，表达了自己要像屈原和接舆那样，保持自己高尚的德行和操守。开篇一句"长恨复长恨，裁作短歌行"。直抒胸臆，抒情表意极其强烈。"长恨"和"短歌"在这里颇有深意，"长"突出了恨之深，恨之切，战乱不息，河山沦陷，生灵涂炭，社会黑暗，政治腐败，宵小得势，正直之士受排挤和打击，件件桩桩，不由作者恨深似海了。如此"长恨"，在"饮饯席上"岂能尽言？所以词人只能用高度浓缩的语言，把它"裁作短歌行"。"短歌行"，原是古乐府《平调曲》名，多用作饮宴席上的歌辞。词人信手拈来，融入句中，自然而巧妙地点明了题面。"何人为我楚舞，听我楚狂声？"有谁能为我跳一曲楚国的轻歌曼舞，来抚慰我受伤的心灵；又有谁能听我倾诉，理解我的衷曲？"楚舞"和"楚狂"用的是两个典故：《史记·留侯世家》记载，汉高祖刘邦"欲废太子，立戚夫人子赵王如意"，由于留侯张良设谋维护太子，此事只好作罢。戚夫人因向刘邦哭泣，刘邦对她说："为我楚舞，吾为若楚歌。"句中表达了刘邦事不从心、无可奈何的心情。据晋人《高士传》，"楚狂"指楚人陆通，字接舆。他躬耕不仕，孔子过，唱"凤歌"嘲之曰："凤兮凤兮，何如德之衰也；来世不可待，往世不可追也。"作者在这里连用两个反问句，暗合两个典故，抒发了因无人能理解自己，更无人支持自己的孤独苦闷以及矛盾焦灼的心理。这里，作者写"楚舞""楚狂"还有一用意，就是表明自己要做一个屈原式的"楚人"，从而引出下面两句"余既滋兰九畹，又树蕙之百亩，秋菊更餐英"。这三句均用屈原《离骚》诗句。前两句变化不大，"秋菊更餐英"是《离骚》中“朝饮木兰之坠露兮，夕餐秋菊之落英”的缩写。作者在这里化用《离骚》中的诗句，其表意和屈原在诗中的表意如出一辙，都是表明自己要坚守品节和操守的高洁不染，对自己理想的追求忠贞不渝。辛弃疾的信仰追求和现实遭遇，和爱国诗人屈原极其类似，而现实中的他又缺少知音，这可能是他引屈原为知己的主要原因。“门外沧浪水，可以濯吾缨。”这句表意是前句的延续，从另一个角度表明自己的志节和操守。这里用的是《楚辞·渔父》中的典故：屈原被放逐后，没精打采地在江畔散步，遇到一个渔夫。渔夫问你就是三闾大夫么？屈原说是。渔夫说你怎么这么沮丧，屈原说所有的人都醉了可我醒着，所有的人都糊里糊涂只有我清醒，这就是我苦恼的原因。渔夫说你应该和世人一同醉一同糊涂。屈原回答说我就是葬身鱼腹也要保持自己的清白操守和品节。渔夫听后，一边摇船而去，一边唱道：“沧浪之水清兮，可以濯我缨；沧浪之水浊兮，可以濯我足。”渔夫的意思是劝屈原要善于审时度势，采取随波逐流的处世态度。词人化用此典，意在进一步突出自己的志节操守。

下片写自己不恋官场，不慕富贵，绝不与投降派同流合污、沆瀣一气的理想追求。“一杯酒，问何似，身后名。”这句暗合饯宴的场景，更重在抒发对理想无法实现的感喟，用的是南朝刘义庆《世说新语》里的典故。据《世说新语·任诞》载：西晋人张翰，字季鹰，为人狂放不拘，有人问他：“卿乃可纵适一时，独不为身后名耶？”（你只图眼前快活，怎么不想想自己将来的名声呢。）他说：“使我有身后名，不如即时一杯酒。”（身后的虚名还不如我眼前的一醉。）既然理想都难以实现，身后的浮名算得了什么呢，词人牢骚满腹。在他看来，实现自己今生的抱负理想是最重要的也是最有价值的，除此，一切都是浮云。“人间万事，毫发常重泰山轻。”在现在这个世道中，有很多事情都是轻重倒置，是非不分的。这一句贯通前后，承前解释了“长恨复长恨”的根本原因，就是因为南宋统治集团的本末倒置，轻重不分，是非混淆，苟安一隅，置江山社稷和百姓而不顾的做法，才让作者心头恨难平。向后引发了作者对未来人生之路的思考。“悲莫悲生离别，乐莫乐新相识，儿女古今情。”这里一转，作者的情绪又从激动中恢复了平静，写和友人的依依惜别之情，引用了屈原《九歌·少司命》“悲莫悲兮生别离，乐莫乐兮新相知”的诗句，点明恨别乐交乃古往今来人之常情，突出词人和陈端仁的情谊深厚，彼此都不忍离别之情。“富贵非吾事，归与白鸥盟”一句，“富贵非吾事”化用的是孔子的话，孔子在《论语·述而》中有“不义而富且贵，于我如浮云”。另陶渊明《归去来兮辞》云：“富贵非吾愿，帝乡不可期。”陶渊明生于东晋末叶，社会动乱，政治黑暗，而他本人又淡泊名利，因有是辞。这里词人化用前贤语句，表明作者此次奉召赴临安并不是追求个人的荣华富贵，并且也不想在那里久留，以表明自己的心迹。“归与白鸥盟”，如果这个世道没有自己的容身之地，自己还是选择一种侣鱼虾而友麋鹿的生活，再次表明自己的心迹。

作者感情虽激烈昂扬，但写来颇含蓄有致，收放自如，呈现出一种豪放中见沉郁的艺术特点。另外，用典较多，但贴切生动，虽影响解读但增加了全词的含蕴与表意效果，颇耐咀嚼。

行　香　子

三　山　作①

好雨当春，
要趁归耕，
况而今已是清明。
小窗坐地，侧听檐声②。
恨夜来风，夜来月，夜来云。

花絮飘零，
莺燕丁宁，
怕妨侬湖上闲行③。
天心肯后，费甚心情④。
放霎时阴，霎时雨，霎时晴。

注　释

① 三山：今福建省福州市。见前《水调歌头》（长恨复长恨）注。
② 檐声：屋檐上滴水的声音。
③ 侬：你。
④ 天心：天，指皇帝，天心，帝王之意。

题　解

这首词作于宋光宗绍熙五年（1194）的春天，辛弃疾时年五十四岁，时任福州知州兼福建安抚使。半生潦倒，壮志难酬，作者悒怏不乐，多次上书告退，未获批准。词中借自然界“风雨阴晴”的无常变化，暗示时局的动荡不定，也表达了作者内心的焦灼和进退两难的矛盾心情。

赏　析

辛弃疾写这首词的时候，任福州知州兼福建安抚使。对辛弃疾而言，他最大的人生追求是抗击金兵，收复失地，而不是做一个闲散的，可有可无的小官，因而福州知州对他来说宛然一块鸡肋，食之无味，弃之可惜，所以他想告老还乡。但是，他的上书未获批准，这首词即是在这种情况下写成的。

词的上片借雨抒情，写出了作者身不由己的烦恼。“好雨当春，要趁归耕。”春雨贵如油，正是种地播种的大好时节，“况而今已是清明”。常言道：“清明前后，点瓜种豆。”如果是一个农民，任是平日如何的闲，在春雨淅沥中，到了清明的前后，是无论如何坐不住的，要操心种庄稼，操心农事活动。作者虽然不是农民，虽然不用种庄稼，但长期的带湖生活，让作者对农事节令、收种庄稼等农事活动是十分熟稔的。一个“况”字起到了突出强调作用，有推进一层的意思。本来就耐不住春雨的催促，更何况又到了清明时节，暗寓的意思是：对一个农民来说，再不播种就没日子了。话外音是自己再不退出这污浊的、让人厌倦的官场，去过一种自在的悠闲日子，此生恐怕再没什么机会了，作者对官场之厌倦，归隐心情之急迫可见一斑。但是世事难料，许多的事都不是自己能控制得了的，也不为自己的意志所左右，身不由己的滋味真让人无奈，让人伤感，正是顺着这个思路，作者写出了下面几句：“小窗坐地，侧听檐声。恨夜来风，夜来月，夜来云。”长夜难眠，卧听窗外的潇潇雨声，是因为难眠不得不听雨声，还是因为雨声骚扰得自己难眠，两种因素都有，都是因为抒情主人公的心事重重造成的。“夜”暗示了当时社会环境的险恶和政治的黑暗。“风”“月”“云”既指自然界的阴晴云雨等天气的无常变化，也是指社会的、政治的、人事的波谲云诡的变化。

下片写出了作者欲要归隐，又希望时局有积极的变化，反映出作者矛盾的心情。“花絮飘零，莺燕丁宁，怕妨侬湖上闲行。”杨花柳絮飘零乱飞，黄莺燕子细语叮咛，恐怕我流连湖光山色而不回家耕田种地。这句紧承上片。“花絮飘零”四字和上片末句形成照应，上片是作者“恨夜来风，夜来月，夜来云”，作者的担忧不是没有道理。果然，春天无常的风雨变化使得“花絮凋零”。花絮飘零是风雨无情的结果，也写出了作者的惜春之情。“莺燕丁宁”四字，再次突出作者强烈的归隐愿望和心情。可是，自己的归隐心情能实现吗？在这样的疑问语气里，引出了最后两句，“天心肯后，费甚心情。放霎时阴，霎时雨，霎时晴”。谁知道现在的朝廷是怎么想的，又在费什么心思，搞什么新的花样。朝廷那一帮人，他们能一会儿阴，一会儿雨，一会儿晴。是呀，高高在上的帝王，良莠不齐的大臣，气势森严的朝廷，帝王的一喜一怒都左右着时局的变化发展，毕竟“天意从来高难问，况人情老易悲如许”（张元幹《贺新郎》）。身处低层的辛弃疾纵有万千心事又向谁说，纵有合理正当要求又向谁提，至此，作者只剩下叹息和无奈了。

全词虚实结合，借景抒情，用曲折隐晦的笔法针砭现实，寄意深远，声调沉郁。

水 龙 吟

过南剑双溪楼[①]

举头西北浮云，倚天万里须长剑[②]。
人言此地，夜深长见，斗牛光焰[③]。
我觉山高，潭空水冷，月明星淡。
待燃犀下看，凭栏却怕，
风雷怒，鱼龙惨[④]。

峡束苍江对起，
过危楼，欲飞还敛。
元龙老矣，不妨高卧，冰壶凉簟[⑤]。
千古兴亡，百年悲笑，一时登览。
问何人又卸，片帆沙岸，系斜阳缆。

注　释

① 南剑：宋朝时州名，治所在今南平（今福建南平市）。双溪楼：在南平市，剑溪和樵川二水在这里汇合成潭。

② 长剑倚天：宋玉《大言赋》说："方地为车，圆天为盖（车盖），长剑耿耿（光亮）倚天外。"这里是形容宝剑长出天外，词中用来比喻卓越的军事才能。

③ 斗牛光焰：用的是西晋张华的典故。斗牛：二十八宿的斗宿和牛宿，是相邻的两个星座。

④ 燃犀：点燃犀牛角。用的是东晋温峤的典故。

⑤ 元龙：用的是陈登的典故，见本书《水龙吟》（楚天千里清秋）一文注释。冰壶凉簟：簟，竹席。喝凉酒，睡竹席，表示淡薄清冷。

题　解

宋光宗绍熙五年（1194）春天，辛弃疾在福建任上，又被诬告落职。归途中经过南剑州，登上双溪楼，有感而发，写下了这首词。作者登高临远，感慨万端，渴望幻化出无穷伟力，扫荡金兵，收复失地，统一祖国。然而现实又很黑暗残酷，一方面是敌人气焰的甚嚣尘上，一方面是南宋朝廷的妥协投降，残害忠良。作者把自己的爱国思想，坚持抗金的立场和誓死不与投降派同流合污的精神追求巧妙地结合在一起来写，主旨突出，格调苍凉悲壮，饱含着当时无数爱国志士的悲哀和愤怒。

赏　析

南平市，是宋代南剑州的治所，双溪楼在这里矗立，剑溪和樵川二水在这里汇合成潭。这是一个险要且充满雄伟之气的地方，这一种雄伟之气和辛弃疾骨子里的狂放豪迈之气十分契合。仕途落魄的辛弃疾，登临此楼，将自己满腹的怨愤不平，自己平生不变的壮志豪情和双溪楼给人的雄伟之气糅合到一块，写成了这首大气磅礴，深郁沉雄之词。

词的上片以凌云健笔并结合典故写出了双溪楼一带景色的奇伟雄险。“举头西北浮云，倚天万里须长剑。”起笔突兀，有石破天惊之势。“举”，抬。“西北浮云”：西北的天空被厚厚的乌云遮蔽着，暗指中原的大好河山被金人占据着。正是在这样的险恶环境下，作者才有了“倚天万里须长剑”的壮志情怀，我多么渴望拥有改天换地的伟力，手持光芒四射的宝剑，把那些乌云一扫而空。作者抗金报国，收复失地的强烈愿望跃然纸上。“人言此地，夜深长见，斗牛光焰。”人们传说这里深夜常常看到宝剑的紫色光焰冲向天空，这句承上，引用双剑典故渲染宝剑气冲斗牛的词境。据《晋书·张华传》载，西晋张华夜间常见有紫气上冲到斗、牛两个星座之间，便问雷焕。雷焕说：“丰城（今江西丰城）正在与斗、牛星座所相应的地区之内，那里一定有宝剑埋藏在地下，紫气就是宝剑的神光。”于是张华叫雷焕到丰城做县令，果然挖出两把宝剑，两人各得一把。张华的宝剑在他死后忽然失去。雷焕死后，他的儿子雷华任南平官吏，携带宝剑经过延平津（即剑楼），宝剑忽然从腰间跃出落入水中。雷华急忙派人下水寻找，没有看到宝剑，只见两条数丈长的龙。顷刻间，水面上光彩照人，波浪翻滚。“我觉山高，潭空水冷，月明星淡。”这句突地一转，由虚入实，和前面的描写形成对比，情感基调由前面的热烈浪漫转入到清冷幽凄，表面上是写月夜中双溪楼给人的感觉，实际上是借景喻事，暗示着时下局势的险峻。“山高”“潭空”“水冷”“星淡”营造出一派朦朦胧胧、神神秘秘的氛围，不由人会产生好奇心，于是引出下面一句“待燃犀下看，凭栏却怕，风雷怒，鱼龙惨”。我打算燃犀下照，寻找传说中的宝剑，却怕惊动水中的妖怪兴风作浪。“燃犀”用的是东晋温峤的典故。传说东晋江州刺史温峤平叛后回武昌，路经采石矶（在今安徽马鞍山市长江东岸），当地人说这里水中多妖怪，温峤就燃犀下照，不一会儿，看到许多奇形怪状的妖怪赶来灭火。辛弃疾正道直行，鼓吹抗金，反对妥协投降，因此被投降派视为眼中钉，肉中刺，受到诋毁、中伤、诬陷，一个“怕”字，含蓄地表达了那些宵小对辛弃疾的伤害之深。

词的下片重在表现词人无奈归隐，理想壮志无法实现的伤感惆怅。“峡束苍江对起，过危楼，欲飞还敛。”“苍江”，深绿色的江水，“对起”指山峡对峙。江水经过双溪楼时，想奔腾飞泻，但受到对峙山峡的阻挡，还是不得不收敛住。这句借景喻事，明是描写奔腾的江水受到阻遏不得不平静下来，实是以此象征自己目前的处境。作者有着远大的抱负理想，渴望有一番大的作为，不正像那奔腾不息的江水么？可是投降派却妥协退让，苟且求全，对抗战派极尽打击之能事，不正像那阻挡江水前进的山峡么？“欲飞还敛”写出了作者在严峻形势的逼迫下无奈之举。因为无奈之情，引出下句“元龙老矣，不妨高卧，冰壶凉簟”。我现在老了，不妨像陈登那样高卧，过着淡泊清静的生活。这句重在写作者的无为态度，因为无奈，所以无为。由无奈到无为，作者的情绪是低落的，因为情绪低落，不免感慨，引出下面一句“千古兴亡，百年悲笑，一时登览”。我登楼远眺，千百年来的兴盛和衰亡，悲痛和欢笑，一时都奔来眼底，涌上心头。“问何人又卸，片帆沙岸，系斜阳缆。”这三句写眼前景物，是说看到江水沙岸边，有人在斜阳下落帆系船，暗示出自己卸任归家。这里，作者用一问句煞尾，和上面一句联在一起，形成一种低回往复，绵延不息的表意韵味，和词人无尽的伤感哀怨、无奈惆怅的心绪十分契合，营造出一种言已尽而意无穷的抒情特色，耐人咀嚼回味。

玉　楼　春

戏 赋 云 山①

何人半夜推山去？
四面浮云猜是汝。
常时相对两三峰，走遍溪头无觅处。

西风瞥起云横度②，
忽见东南天一柱。
老僧拍手笑相夸，且喜青山依旧住。

注　释

① 戏：随便的意思。古人有时把反映自己真实心境的严肃作品，故意说成是随便写出的，称为“戏作”。

② 瞥起：乍起。云横度：指云彩被风吹散，横渡天空。

题 解

这首词作于庆元二年（1196）秋冬之际，当时辛弃疾迁居到了江西省的铅山县内的瓢泉。全词采用了象征的表现手法，表达了抗战派虽然屡遭打击、排挤，但决不妥协屈服，依然坚持理想信念的思想感情，也表现了作者积极且充满乐观主义的斗争精神。

赏 析

这首词题为“戏赋云山”，作者所描写刻画的也不过是一种常见的自然现象的变化，但作者通过这种表述和描写，运用了象征的手法，表达了这样一个思想内容：坚持抗金北伐的力量，尽管受到投降派的压制、排挤和打击，但是，就像野火烧不尽春草、霜雪压不垮青松一样，这股抗金力量不但不会消亡，反而会更加强大，最终成为国家的希望，成为国家的中流砥柱。

词的上片明写浮云对青山的遮蔽，暗写妥协投降的势力强大，表现了作者的忧虑不安。“何人半夜推山去？四面浮云猜是汝。”开篇两句为点题之句，用的是先设问后作答的表述方式，是谁在半夜把山推走了？我猜想准是你这四面的浮云。这句写的自然现象是天明时分，云雾茫茫遮住了人的视线，看不见山了。作者在这里运用了拟人化和象征的手法，“青山”象征着像地热一样涌动的抗金力量，“浮云”象征着妥协退让的投降势力。说青山被谁推走比直说青山被浮云所遮盖更含蓄，更耐人寻味。接着两句“常时相对两三峰，走遍溪头无觅处”。是前两句的顺承和归结，“走遍”两字写出了作者在浮云遮盖住青山后因心情的焦急而急急寻觅青山的行为，“无觅处”三字照应了前面青山被浮云所遮盖的现象，更表达了作者寻青山不得的怅惘伤感之情。那么作者为什么如此执着地寻觅“常时相对”的青山？是因为现实中的青山是他闲居瓢泉期间的知音，是他孤独愁闷时的伴侣。稼轩词中，赞美歌颂青山的词作比比皆是，如“青山招不来，偃蹇谁怜汝？岁晚太寒生，唤我溪边住。”（《生查子·独游西岩》）“新葺茆檐次第成，青山恰对小窗横。”（《浣溪沙·瓢泉偶作》）“我见青山多妩媚，料青山见我应如是。情与貌，略相似。”（《贺新郎·甚矣吾衰矣》）等等，作者对青山可谓情深意长了，怪不得他要殷勤寻觅呢。

词的下片重在写作者重睹青山后的喜悦，与上片写不见青山的忧虑形成鲜明的对照。“西风瞥起云横度，忽见东南天一柱。”西风乍起，吹散了浮云，顿时看见高大的青山像根擎天巨柱一样，巍然耸立在东南天际。这两句紧承上片，写出了景象的突变，遮盖青山的浮云被风吹散了，作者又可一睹青山全貌了。青山从浮云中露出，象征着抗金力量的复兴和不可阻遏，作者焉能不为之欣慰和高兴，但作者的表意又十分含蓄，用“瞥起”“忽见”两词写出了作者重睹青山的淡淡喜悦，因为作者见惯了风雨霜露的反复无常，正如他在词中所写的“放霎时阴，霎时雨，霎时晴”。(《行香子·三山作》)。但是，毕竟浮云散去，青山又现，感情虽然克制，但喜悦之情还是情不自禁的。最后，作者宕开一笔，写出了“老僧拍手笑相夸，且喜青山依旧住”的句子，老和尚笑着拍手称赞：乌云散去，青山依然挺立，多么令人高兴啊！这里运用衬托的手法，通过老僧之喜来映衬自己之喜。不仅增加了行文中的波澜，而且加强了思想感情的表达，暗示着抗金力量的日益壮大。

全词格调明快，清新活泼，通过象征、拟人、衬托等手法的运用，很好地表达了思想感情，也反映了作者在逆境中不灰心失望，积极乐观的心态。

贺新郎

邑中园亭，仆皆为赋此词。一日，独坐停云，水声山色，竞来相娱，意溪山欲援例者，遂作数语，庶几仿佛渊明思亲友之意云①。

甚矣吾衰矣，
怅平生交游零落，只今余几？
白发空垂三千丈，一笑人间万事。
问何物能令公喜②？
我见青山多妩媚，料青山见我应如是③。
情与貌，略相似④。

一樽搔首东窗里⑤。
想渊明《停云》诗就，此时风味。
江左沉酣求名者，岂识浊醪妙理⑥？
回首叫云飞风起⑦。
不恨古人吾不见，恨古人不见吾狂耳！
知我者，二三子。

注 释

① 邑中园亭：指作者所在江西铅山县境内的园亭。仆：自己谦称。停云：即停云堂，在瓢泉，为辛弃疾所建。意溪山欲援例者：我想，溪山看到我给铅山县境内的其他园亭都写了词，叫我也照例给停云堂写一首。庶几：差不多之意。仿佛：相似。

② 能令公喜：用的是《世说新语》中的典故。

③ 妩媚：形容姿态美好可爱。

④ 情：心情。貌：外貌。

⑤ 尊：通樽，酒杯。

⑥ 江左：指长江中下游以南的江苏一带。浊醪：古人酿的米酒，乳白色，也叫浊酒。

⑦ 云飞风起：化用的是刘邦的《大风歌》词。

题 解

这是作者为自己的瓢泉新居“停云堂”所作的一首词。创作时间约为宋宁宗庆元四年（1198）。“停云堂”的命名是从陶渊明的表达思亲友的《停云》诗而来。上片重在写作者抗金受阻，使得自己空空老去，无法实现统一祖国的理想。同时，作者也委婉地表达了知音稀少的孤独和苦闷。下片辛辣地嘲讽了那些不管国家危亡，一心投机钻营，追逐个人名利地位的宵小，并触景生情，联想到刘邦的《大风歌》，抑制不住自己心中的狂热和冲动，表现出那种桀骜不驯，志在千里而不甘寂寞的“狂态”。

赏 析

从小序中来看，辛弃疾颇有中国的士大夫的闲适情怀，追求生活的浪漫和艺术化。然而辛弃疾生活的时代毕竟不是一个太平盛世，他也做不了“林中高士”，何况他是一个激进的民族主义者。“邑中园亭，仆皆为赋此词”，作者也无非是借山水风物来讽时事泄郁气而已。这一首写给新居“停云堂”的词即属此类。

上片重在写作者的努力付诸东流，自己空空老去，无法实现统一祖国的理想的苦闷，同时，也委婉地表达了知音稀少的孤独和惆怅。“甚矣吾衰矣。怅平生交游零落，只今余几？”开篇一句即突出了稼轩词的豪迈风格，用一喷薄而出的抒情句子打头阵，寓强烈的感情于有限的十几个字中，通过“甚矣”“衰矣”“怅”“零落”“余几”这些抒情性极强字眼的组合，造出一种字字千钧的气势，有先声夺人的艺术效果。“甚矣吾衰矣”是引用孔子的原话。孔子在《论语·述而》中有“甚矣吾衰也！久矣吾不复梦见周公”句。孔子的本意是慨叹自己“道不行”（梦见周公，欲行其道）。作者虽只引用了前一句，但表意上却包含了后一句的意思。写出了作者对自己的意见建议没人采纳，自己的理想抱负不得实现的无奈和愤懑。“白发空垂三千丈，一笑人间万事”这句仍是“怅”引领下的内容，化用的是李白的诗。李白《秋浦歌》：“白发三千丈，缘愁似个长。不知明镜里，何处得秋霜。”李白的诗极言愁思之深。而辛弃疾则置一“空”字，表意增色不少。你说头发花白缘于愁之多，我说愁有何用，时光流逝，半生蹉跎，一事无成，如今老态龙钟，风中残烛，还能有什么作为呢，那么只好对人间万事付之一笑了。这个意思引出了正面一句“问何物能令公喜？”什么事情能让你高兴呢？这句用的是典故。《世说新语·宠礼篇》：“王珣、郗超并有奇才，为大司马所眷拔。珣为主簿，超为记室参军。超为人多须，珣状短小，于时荆州为之语曰：髯参军，短主簿，能令公喜，能令公怒。”这句写作者自伤年已老而事无成，又找不到称心朋友，突出了自己此时的落寞。这个问句也引出了以下的答句“我见青山多妩媚，料青山见我应如是”。现实的冷酷，知己的零落，让作者有点心灰意冷了，只好将深情倾注于自然，从自然山水的美中寻求心灵的慰藉，这和李白“相看两不厌，只有敬亭山”（《独坐敬亭山》）是同一艺术手法。这种手法，先把审美主体的感情融于客体，然后借染有主体感情色彩的客体形象来揭示审美主体的内在感情，恰是王国维在《人间词话》中说的有我之境。“有我之境，以我观物，故物皆著我之色彩。”（王国维《人间词话·三》）“情与貌，略相似。”这句以拟人化的手法把青山和自己相比，写自己的情与貌与青山相似，解释了和青山成为知己的原因，以“青山”明志，表明自己会像青山一样堂堂正正，光明磊落地行事处世，决不向邪恶势力妥协的高风亮节。

词的下片辛辣地嘲讽了那些不管国家危亡，一心投机钻营，追逐个人名利地位的宵小，表达了自己强烈的渴望建功立业的理想壮志。“一樽搔首东窗里。想渊明《停云》诗就，此时风味。”这句由借酒浇愁引出陶渊明，写自己此时此刻的心情境遇和陶渊明写《停云》诗时类似，重点是突出陶渊明的儒雅风流，懂得琴中之音，酒中之味，作者以陶自况，引出对“不识浊醪妙理”者的批判。“江左沉酣求名者，岂识浊醪妙理。”激愤之语，一针见血。“江左”是长江下游以南的南宋统治区，这里化用的是苏轼《和陶渊明饮酒诗》：“道丧士失己，出语辄不情。江左风流人，醉中亦求名。渊明独清真，谈笑得此生！”这里，作者用原诗之意借对晋室南迁后“风流”人物的批评，影射并痛斥了南宋统治集团内部那些自命不凡的官僚政客只知道追求个人私利，不顾国家存亡和百姓死活的可耻行为。顺着这个思路，作者情不自禁地想起了平定天下，一统山河的枭雄刘邦。“回首叫云飞风起”一句是对刘邦的赞美。想当年，刘邦纵横捭阖，结束群雄纷争局面，建立了大一统的帝国，他踌躇满志地唱出了“大风起兮云飞扬，威加海内兮归故乡”之歌，这是何等叱咤风云的英雄气概！想到刘邦的丰功伟绩，想到南宋当局的懦弱无能，两相对比，焉能不让人愤慨，自然引出“不恨古人吾不见，恨古人不见吾狂耳”这两句。至此，作者的情绪已有了变化，由前面的抑郁伤感而一变为慷慨激昂，这两句也是用典。《南史·张融传》：“不恨我不见古人，所恨古人又不见我。”表面上看，作者的这两句狂肆之极。突出的是作者郁闷之深，愤慨之极，让人血脉贲张，心跳加速。结句“知我者，二三子”，突一顿挫，由急而缓，张弛极其巧妙。再次感叹知音恨少，情怀寂寞。这“二三子”指的是谁呢？没有人进行专门的考证，但结合辛弃疾的生平交游，现实社会中应该有当时人陈亮。另外辛弃疾所崇慕的陶渊明、屈原乃至于孔子等，恐怕也都在内。

辛弃疾作词好用典故，这首也不例外。全词几乎句句用典，却能熟练化用典故和前人词句，浑然天成，有千锤百炼之功。词人在一个个典故的巧妙串联中抒发了自己昂扬激越的豪放情怀，非大手笔不能为之。

浣溪沙

父老争言雨水匀①，
眉头不似去年颦②，
殷勤谢却甑中尘③！

啼鸟有时能劝客，
小桃无赖已撩人④，
梨花也作白头新。

注 释

① 父老：父老乡亲的简称，指当地的百姓。
② 颦（pín）：皱眉。
③ 甑（zèng）：一种蒸饭用的炊具。
④ 小桃：刚生长出的青色小桃。无赖：俏皮。这里用拟人的手法写出了初生桃子的可爱。

题 解

这首词约为宋宁宗庆元六年（1200），作者在瓢泉闲居时所作。全词以明白如话的句子，写出了农民们在风调雨顺、丰收有望的年月里的欣喜与欢乐，表达了作者忧民之忧、乐民之乐的亲民思想情怀。

赏 析

这首小令明白如话，清新明净，全词以简笔勾勒的方式写出了在风调雨顺、丰收在望的年月里农民的欣喜和幸福，也写出了充溢在作者内心的与民同乐的喜悦和欣慰之情。“父老争言雨水匀”，风调雨顺，庄稼长势良好，百姓们欢喜极了，高兴极了。“争”写出了老百姓的朴实、憨厚、爽直和容易满足，而这一切都只不过是因为雨水好，丰收在望这样一个好年景。“眉头不似去年颦。”在这个丰收在望的年景里，农人们的脸上都挂着笑，不像往年那样愁眉苦脸。“殷勤谢却甑中尘。”继续以农人们的表现写即将丰收的年景带给他们的实惠，人们小心地擦净甑中的尘土，因为丰收在望，甑中将有米做饭了。“殷勤”二字，仍然突出的是农民们内心的充实和满足。上片三句，通过在风调雨顺年景中农民的表现，作者选用了“争”“殷勤”等词汇表达了农民们对丰收的憧憬以及丰收带给他们的满足和幸福。仔细品味，这几个词还表达了另外一种意思，那就是：在金人的侵略下，在腐朽当局的统治下，天灾人祸不断，难得有一个丰收的年景。正因为如此，在一个有望丰收的年景里，人们才表现得如此的兴奋和冲动。这样一来，金人侵略给百姓带来的灾难，当局腐朽的统治对人民的伤害等等意思就都有了，使全词的主旨得到深化。

下片描写了一派生机的春天景色，暗示出作者内心的喜悦和间而有之的淡淡惆怅。下片三句，写出了三幅景色：枝头啁啾不绝，鸣声悠扬跳动着的小鸟，听了让人动心；桃树的叶子碧绿，桃花已谢，长出了小小的，看似很俏皮的小桃子；雪白的梨花也开放了，一树树，一簇簇，颇像老人头上的白发。“啼鸟”“小桃”“梨花”是这三幅画面的核心元素，三幅画面动静结合，从听觉、视觉、感觉三方面作用于作者的感官，让作者产生喜悦快乐之情。联系上片来看，作者的喜悦快乐不仅是因为美丽的春天景色，更多的是因为这是一个丰收在望的年景。但是末句“梨花也作白头新”，梨花像(我)的头发一样白，以“白头”做喻体，含蓄地写出了作者内心淡淡的惆怅和担忧，担忧什么呢？虽然丰收在望，但天气变化无常，谁知道后面有没有狂风暴雨，预期的丰收会变成现实么？丰收年月，官府横征暴敛，苛捐杂税繁重的现象，谷贼伤农等等事情确保不会发生么？这样一来，作者乐民忧民的思想感情就得到了进一步深化。

鹧　鸪　天

有客慨然谈功名，因追念少年时事，戏作①。

壮岁旌旗拥万夫②，
锦襜突骑渡江初③。
燕兵夜娖银胡簶，汉箭朝飞金仆姑④。

追往事，叹今吾⑤，
春风不染白髭须⑥。
却将万字平戎策，换得东家种树书⑦。

注　释

① 慨然谈功名：感慨地谈起功名事业方面的事。
② 万夫：这里指抗金战士。
③ 锦襜突骑：穿着锦绣军装的精锐骑兵冲击敌阵。
④ 燕兵：指金兵。娖（chuō）：戒备。银胡簶：银色的箭袋。金仆姑：箭名。春秋时鲁庄公曾用此箭射伤宋国大将南宫长万。
⑤ 今吾：今天的我。
⑥ 髭：嘴上边的胡子。
⑦ 平戎策：指辛弃疾屡次上书朝廷陈述的抗金策略及救国的计划，如《美芹十论》《九议》等。东家：东邻。

壮岁旌旗拥万夫

题　解

这首词约作于作者瓢泉闲居时期。上片是对自己年轻时英雄壮举的怀念：宋高宗绍兴三十一年（1161），年青的辛弃疾率领两千人在山东起义，不久便投奔耿京领导的农民起义大军。第二年，叛徒张安国杀害了耿京，劫持起义军向金人投降。辛弃疾得知这个消息后，义愤填膺，率勇士夜闯金兵营，活捉了张安国，亲率万人突破包围，回到南宋，准备在南宋政府的支持下继续抗金。下片叹息年华老去，壮志成空，表达了作者的无奈和愤懑。

赏　析

在辛弃疾的词作中，这首词属于用典较少，表意明确的那种。

辛弃疾一生理想抱负远大，意志坚定，但却仕途坎坷，屡遭迫害和陷害，不得已屡屡去官，避世隐居，内心的苦闷抑郁、彷徨惆怅之情可以想见。当有人在他面前慷慨激昂地谈论功名事业时，不免引发老英雄对自己年轻时代的光辉岁月的怀念和重温！

词的上片重在追昔，用形象生动、简洁而传神的语言回顾了自己年轻时代的英雄壮举：公元1161年，宋高宗绍兴三十一年，金主完颜亮大举南侵，宋金两军战于江淮之间。年青的辛弃疾激于民族大义在家乡率领两千人起义，不久便投奔耿京领导的农民起义大军。第二年，叛徒张安国杀害了耿京，劫持起义军向金人投降。辛弃疾立即带了五十余骑，连夜奔袭金营，突入敌人营中，擒了张安国，日夜兼程南奔，将张安国押回，明正典刑。这一英勇果敢的行动，挫败了敌人的嚣张气焰，大大鼓舞了南方士气。“壮岁旌旗拥万夫”即是表现作者在家乡率领起义队伍抗金之事，语气略有夸张，表达了作者气吞山河的豪迈精神。“锦襜突骑渡江初。”写自己率领骑兵擒拿了叛徒张安国后南下。“锦襜”是指身穿锦绣短衣的轻骑兵，开篇两句属于概写。“燕兵夜娖银胡簶，汉箭朝飞金仆姑。”这两句是详写，描绘了当时南奔时突破金兵防线，和金军险象环生的战斗过程。燕兵，指金兵。“夜娖银胡簶”，夜里提着兵器追赶。“娖”《集韵》：“谨也。”是小心翼翼的意思。这里作动词用，可以释为戒备着。全句可以理解为，辛弃疾的轻骑兵深入虎穴，擒获叛徒，让敌人非常惊慌，使得他们不得不小心翼翼地加强戒备。“胡簶”，箭袋。另据唐代杜佑《通典》记载，人们卧地，头枕空胡簶，可以测听三十里外敌军的动静。“汉箭朝飞金仆姑”写了宋军对敌人追兵的回击。金仆姑，箭名，据《左传》载，春秋时鲁庄公曾用此箭射伤宋国大将南宫长万。上片四句在描写上详略分明，写出了义军兵马强大、骁勇善战以及和敌人战斗的悲壮惨烈，用“拥”“突”等特色动词，用“夜娖”“朝飞”等对偶词语，分别从动作、装备、士气、兵器上加以烘托渲染，描写了和敌人战斗的壮观场面，刻画了英雄无畏、骁勇善战的义军形象，表现了作者无所畏惧的壮志豪情，写得如火如荼，有声有色，极富感染力。

词的下片重在“伤今”，和上片形成鲜明对比。“追往事，叹今吾，春风不染白髭须。”一“追”一“叹”承上启下。“往事”即是上片所表现的内容，因“追”而“叹”，正是因为有往事作衬托，才有“今吾”无限多的叹。今天的我想起往昔那一段金戈铁马的岁月，再想起那辉煌后便一直走的下坡路，怎不让人感慨万端呢？由于当局没有抗金的决心，又害怕起义军对朝廷形成威胁。辛弃疾活捉张安国南归之后，义军被解散，安置在淮南各州县的流民中生活。辛弃疾则被任命为一个地方助理小吏，这给辛弃疾率领的义军造成深深的伤害，让他们深感失望。后来辛弃疾被调来调去，担任一些无关紧要的官职。因辛弃疾练兵筹饷，积极备战的行为，常被投降派弹劾，处处受到他们的掣肘，罢官闲居江西的上饶、铅山，接近二十年，使得他年华老去，报效国家的壮志难酬。“却将万字平戎策，换得东家种树书”，这一句顺着前面的思路，通过对比，以鲜明的、愤激的、生动的形象塑造，突出了作者理想与现实的尖锐矛盾，把前一句的感慨引向更为深化、极端沉痛的地步。“平戎策”指作者南归后向朝廷提出的《美芹十论》《九议》等抗金意见书。费尽心血写就的上万字的平戎策毫无用处，倒不如向东邻换来种树书，这是怎样一个黑暗的社会，又是怎样一种专制的政治？

这首小令，语言概括精炼，表意突出深刻，突出了辛弃疾报国无门、壮志难酬的悲惨遭遇。上片“追昔”，气势豪迈奔放，下片“伤今”，基调抑郁悲凉。“追昔”“伤今”两相对照，对比突出，作者之形象跃然纸上，情感喷薄而出，有极强的情感穿透力。

浣　溪　沙

常山道中即事①

北陇田高踏水频②，
西溪禾早已尝新③。
隔墙沽酒煮纤鳞④。

忽有微凉何处雨，
更无留影霎时云。
卖瓜人过竹边村。

注　释

① 常山：县名，今浙江省常山县。
② 陇：高地。踏水：用双脚踏动水车车水。
③ 禾早：早熟的稻米。
④ 纤鳞：细鳞鱼。

题　解

这首词约作于宋宁宗嘉泰三年（1203），闲居的辛弃疾被朝廷起用，任绍兴知府兼浙江东路安抚使。境遇变化，心情亦变，这首小令即是一个明显的反应。小令描写了夏秋之际，江南独具特色的农村景象，突出了没有战乱骚扰的农村生活的美好安恬，表达了作者心头的喜悦和恬淡情怀。

赏　析

也许是作者为亲民情怀所驱使，也许是作者闲居时对农村生活的熟悉了解，也许是作者为田园风光所陶醉，也许是作者用对田园生活的喜爱来表现他对官场生活的厌倦，总之，在辛弃疾的一生中，无论是辗转各地任职时期，还是闲居带湖、瓢泉等地，都写了很多表现田园生活闲适、宁静、美好的作品。比较典型的如《清平乐》（茅檐低小）、《西江月》（明月别枝惊鹊）、《浣溪沙》（父老争言雨水匀）以及本篇等。

词的上片通过选取江南农村独具特色的题材和生活场景，描写了乡村生活的安恬美好，表达了洋溢在作者心头的喜悦。“北陇田高踏水频”，北面高地上的农民在不停地踏着水车，灌溉农田。“频”充满动态和声势，也暗示出农民在农忙时节的辛苦勤劳。“西溪禾早已尝新”，与此不远的一个村庄，农民们已收割完早稻，他们已碾出了新米，蒸出了喷香的米饭。“尝”写出丰收年景的来之不易和丰收年景里人们的喜悦。“隔墙沽酒煮纤鳞”，一天的劳作结束，煮上从河里捞到的细鳞鱼，倒上白天买来的酒，有吃有喝，有滋有味，一天的疲惫和辛苦都烟消云散了。上片三句描写的是三幅画面，三幅画面地点不同，风采各异，似同时（或先后）收入作者的眼帘，构成一幅充满生机、生动独特的农村生活画卷。“北陇”“西溪”“隔墙”等词语不仅突出了乡村气息，更暗示出空间的开阔广袤，读来让人思维活跃疏宕，毫无局狭之感。

下片通过夏天风雨不定独特天气的描写，表现了作者宠辱不惊的淡定心态。换头两句“忽有微凉何处雨，更无留影霎时云”，忽然凉风吹拂，接着飘来几星细雨，就在人担心要下雨的时候，抬头望天，带雨的云一眨眼又无影无踪了！

表意一波三折，波澜起伏。这两句写夏天独特的天气变化，内容倒平常无奇，但表达上有不凡之处，形式上少了几分词的随意灵活，多了几分诗的整饬和表意的含蓄及理趣。但此时，作者的着眼点并不在风雨阴晴上，而是在最后的结句“卖瓜人过竹边村”一句。有了这一句，前面的风雨阴晴变化即是过眼烟云。试想，如果一个人的心为阴晴风雨所系，就会忽略眼前的景物，能关注眼前景物，心便不为他物所系。如没有平常心，没有定力是不可为此的。至此，小令的境界顿然跃升，这句的情趣可和苏轼的“牛衣古柳卖黄瓜”（《浣溪沙》“簌簌衣巾落枣花”）句相媲美。

汉 宫 春

会稽蓬莱阁怀古[1]

秦望山头，看乱云急雨，倒立江湖[2]。
不知云者为雨，雨者云乎？
长空万里，被西风变灭须臾[3]。
回首听月明天籁，人间万窍号呼[4]。

谁向若耶溪上，倩美人西去，麋鹿姑苏[5]？
至今故国人望，一舸归欤。
岁云暮矣，问何不鼓瑟吹竽？
君不见王亭谢馆，冷烟寒树啼乌[6]！

注　释

① 会稽：地名，在今浙江绍兴。蓬莱阁：旧址在今浙江省卧龙山下。

② 秦望山：在会稽东南四十里处。

③ 须臾：形容时间短。

④ 天籁：大自然的音响。这里指风。万窍：《庄子·齐物记》中有“……夫大块噫气，其名为风，是唯无作，作则万窍怒号。”

⑤ 若耶溪：河名，在会稽南。倩：请。美人：指西施。传说西施曾经在若耶溪上浣纱。越国被吴国打败后，越王为了报仇，使用美人计，把西施送给吴国，后吴国被越国灭亡。麋：鹿的一种，俗称四不像。姑苏：这里指姑苏台，吴王曾与西施在此游宴。

⑥ 王亭谢馆：王、谢为东晋豪门贵族，子弟很多，多住在会稽。王亭谢馆泛指他们在会稽一带的游乐场所。

题 解

这首词约作于宋宁宗嘉泰三年（1203）秋天，是一首写景抒情词。上片重在写景，通过对狂风暴雨之后晴空万里美丽迷人景象的描写，寓含着经过风雨的洗礼后，将会有更美景色呈现在人间这样一个哲理，表达了作者对抗金前途充满希望的思想感情。下片引用吴越争霸的故事，抒发了对历史兴衰无常的感慨，暗示当局应该前事不忘，后事之师，不要耽于安乐。只有像勾践那样卧薪尝胆，奋发图强，才能一雪国耻，完成祖国统一大业。

赏 析

这首词的上片重在写景，通过写景来抒情说理，寓理于景，寓情于景。景、情、理浑融一体。“秦望山头，看乱云急雨，倒立江湖。不知云者为雨，雨者云乎？”开篇直截了当，写登高望远所见。“秦望山”，因秦始皇南巡时曾登此山观大海，祭大禹，故名。“乱云急雨，倒立江湖。不知云者为雨，雨者云乎？”乌云翻滚，暴雨如注，给人翻江倒海一样的感觉。一时烟雨茫茫一片，分不清哪个是云，哪个是雨。“乱”“急”“倒立”“不知”等词语写出了狂风暴雨的骇人气势和壮观景象。“不知云者为雨，雨者云乎”，语出《庄子·天运》：“云者为雨乎？雨者为云乎？”（云层是为了降雨吗？降雨是为了云层吗？）庄子的意思是云兴雨至乃自然之理，没有什么意志和力量的驱使。作者引用此语除了突出狂风暴雨的凶猛气势外，也有狂风暴雨是自然现象这个意思。但是，老子说过“飘风不终朝，骤雨不终日”，这不，刚才还是狂风暴雨，现在天气就变成了“长空万里，被西风变灭须臾”。这句承上，仍是作者所看到的景象，表意急转，作者的情绪也急转直下。刹那间西风便把云雨吹散，露出了万里晴空。“回首听月明天籁，人间万窍号呼。”“天籁”，自然界的音响，这里指风。在明亮的月光下，回头听见，西风在天空中呼啸而过，大地上无数的洞穴发出了尖厉的声音。这句从视觉写到听觉，表现了自然现象的复杂多变。纵观上片，好像作者只是为了表现狂风暴雨这种自然现象，但联系当时的社会形势来看，不难发现作者有更深的用意在。作者借暴风骤雨到云散雨收，月明风起这种自然现象的变化，暗示着抗金之路虽然看似曲折，但前途一片光明，广大民众的抗敌呼声如同夜空刮过的西风，将会变成巨大的积极力量影响着时局朝着乐观方向发展。

下片引用典故，以古喻今，影射现实，告诫当局不要重蹈覆辙，应奋发有为。“谁向若耶溪上，倩美人西去，麋鹿姑苏？至今故国人望，一舸归欤。”是谁从若耶溪上把西施请去献给吴国，致使吴国灭亡呢？至今越地的人们，还盼望他（范蠡）归来呢。这里用的是春秋时吴越争霸的故事。据史书记载，春秋末年吴越争霸，越王勾践曾被吴国打败，蒙受奇耻大辱。谋臣范蠡行美人计，将西施进献吴王。吴王遂耽于女色，荒废朝政。吴国谋臣伍子胥曾劝谏说：“臣今见麋鹿游姑苏之台。”（我看见姑苏台成为麋鹿栖息的废墟，意思是吴王若不反省，将会被越灭亡。）后来越国终于灭了吴国，报了会稽之仇。越国胜利后，范蠡认为“勾践为人，可与共患难，不可与共乐”，于是泛舟五湖而去。作者在这里用这个故事，强调的是吴国国王因为不图长远之计，耽于安乐而亡国。意在告诫当朝统治者应该引以为戒，不要重蹈吴国的覆辙，应该奋发作为，一雪国耻。值得注意的是，作者登高怀古，占据他心灵的不是秦皇、大禹，也不是越王勾践，而竟是范蠡。这是因为范蠡忠贞不二，具有文韬武略，曾提出许多报仇雪耻之策，同作者的思想感情息息相通。辛弃疾和范蠡，条件相当，但境遇悬殊，范蠡功成名就，而自己壮志难酬，两相比较，作者不由伤感痛心，情绪低落，引出下句“岁云暮矣，问何不鼓瑟吹竽？”一年快完了，有人来问我为什么不吹弹欢乐一番？作为答句，引出最后一句“君不见王亭谢馆，冷烟寒树啼乌！”难道你没有看见，像王亭谢馆那些当年的行乐之地，现在已是一片萧条冷落，烟雾笼罩着秋天的树木，乌鸦在悲凉地叫着！作者的无奈伤感之情溢于言表。

西　江　月

堂上谋臣帷幄，边头猛将干戈[1]。
天时地利与人和，
“燕可伐与？”曰“可！”

此日楼台鼎鼐，他时剑履山河[2]。
都人齐和《大风歌》，管来群臣来贺[3]。

注　释

① 帷幄（wéi wò）：军帐。边头：指南宋和金兵对峙的地方。干戈：兵器。

② 鼎鼐：都是三足两耳的青铜重器。这里借指宰相。剑履：用的是《史记》中的典故。

③ 都：这里指北宋国都汴梁。

题　解

宋宁宗嘉泰四年（1204），韩侂（tuō）胄担任宁宗宰相，准备北伐，收复失地。时任镇江知府的辛弃疾听到这个消息后万分高兴，便写下了这首词，送给韩侂胄。全词对韩侂胄给予了高度赞誉，鼓励韩趁着大好形势，挥师北进，收复失地，建功立业，并预祝韩获得成功。同时，也表达了作者对抗金的前途充满了乐观的、必胜的信念。

赏　析

辛弃疾的一生，无论是身在官场还是被黜闲居，他从来都没有放弃自己的理想和信念，时时刻刻思想着念叨着的就是抗击侵略，光复河山。正是因为他有如此执着的抗敌信念，所以当他听到宰相韩侂胄欲出兵北伐的消息后兴奋异常，写成了这首慷慨激昂的小令。

词的上片突出了抗金形势的一片大好，抒发了作者强烈的抗敌欲望和愿望。"堂上谋臣帷幄，边头猛将干戈。"以一铿锵有力、激情四射且对仗工整的句子开头，气势威猛，让人振奋，给人鼓舞。堂上有谋臣运筹帷幄，前方有同仇敌忾，手执兵器待命北伐的将士。这句重在突出"人和"这个条件。在天时、地利、人和这三个要素中，作者认为"人和"是第一要素，这是作者以自己的亲身经历得出的血的经验和教训，所以作者在下面一句"天时地利人和"，要把"人和"放在第一位来强调。既然时机和条件都成熟了，那么是北伐还是不北伐呢，于是有了下面的问答句："'燕可伐与？'曰'可！'"作者通过虚拟一问与答句，巧妙地表明了自己旗帜鲜明的伐金态度和迫切愿望。

下片赞颂了韩侂胄的雄才大略，表达了作者对抗战的前途充满了乐观的、必胜的信念。"此日楼台鼎鼐，他时剑履山河。""楼台"指宰相住宅。"鼎鼐"都是青铜重器，三足两耳，可以用来烹调。古时以和羹（调味）比喻辅佐皇帝执政，因此称宰相为鼎鼐。"剑履"也是一典故，据《史记·萧相国世家》载，高祖刘邦令萧何"赐带剑履上殿"，意思是萧何可以佩剑穿鞋朝见皇帝，以表示汉高祖刘邦对功臣的优待。作者引用这两个典故所要表达的意思是：韩侂胄今天是辅佐皇帝的宰相，将来打败金兵，收复失地后，可以像萧何那样获得更大的荣誉。承此引出“都人齐唱大风歌，管领群臣来贺”最后一句。《大风歌》即刘邦统一天下后所唱的那首“大风起兮云飞扬，安得猛士兮守四方，威加海内兮归故乡”。《大风歌》表现了刘邦功成名就后的壮志豪情。作者是寄希望于韩侂胄，希望他也能建立不朽功勋。当祖国统一的日子到来时，皇帝还归国都，人们都齐声唱着胜利的凯歌，韩侂胄率领群臣朝贺天子。作者对韩的抗金胜利寄予满腔期望，这既是作者抗敌之心迫切的一个标志，同时也表明了作者对抗金前途充满乐观的、必胜的信心。

全词短小精悍，气势昂扬，语言铿锵有力，字里行间充满着一种积极乐观的情绪，传递出一种必胜的信念，给人力量与信心。

永遇乐

京口北固亭怀古①

千古江山，英雄无觅，孙仲谋处②。
舞榭歌台，风流总被，雨打风吹去③。
斜阳草树，寻常巷陌，人道寄奴曾住④。
想当年金戈铁马，气吞万里如虎。

元嘉草草，封狼居胥，赢得仓皇北顾⑤。
四十三年，望中犹记，烽火扬州路⑥。
可堪回首，佛狸祠下，一片神鸦社鼓⑦。
凭谁问，廉颇老矣，尚能饭否⑧？

注　释

① 京口：在今江苏省南京市。北固亭：在镇江城北的北固山上，下临长江，形势险要。

② 孙仲谋：即孙权，三国时吴国的皇帝，他曾在这里建都。

③ 舞榭：歌舞用的楼台。风流：英雄事业的流风余韵。

④ 寄奴：南朝宋武帝刘裕的小名。他早年在京口起兵，率军北伐，战胜侵扰中原的鲜卑贵族，后来推翻东晋政权做了皇帝。

⑤ 元嘉草草句：用的是南朝宋文帝刘义隆北伐的典故。

⑥ 四十三年：作者 1162 年来到南宋，到写作此词的 1205 年，共 43 年。

⑦ 佛（bì）狸祠：用的是北魏太武帝拓跋焘的典故。社鼓：社日祭祀时的鼓声。

⑧ 廉颇：用的是战国时赵将廉颇的典故。

题　解

这首词是作者于宋宁宗开禧元年（1205）任镇江知府时所作。作者登高望远，借古喻今，通过对孙权、刘裕等历史英雄人物的歌颂，表达了作者南归以来，一直不能忘怀金戈铁马、驰骋疆场的抗金斗争。作者主张武力收复中原，但要慎重出战，周密部署，汲取前人教训，避免重蹈覆辙。最后，作者以廉颇自比，表达了对南宋当局不能重用抗金人才做法的不满，也表达了作者仍然有旺盛的抗敌斗志和报效国家的思想情怀。

赏　析

这首词比较有名，稼轩词的雄浑豪放气势，及爱“掉书袋”的特点在这首词中都得到了体现。词的上片重在追怀与京口有关的历史人物。“千古江山，英雄无觅，孙仲谋处。”开篇即用“千古”“英雄”等字眼，赋予全词以金声玉振，高屋建瓴之雄浑气势。作者登高临远，首先想到孙权，是因为一代枭雄孙权建都南京之前曾建都京口。想当年，孙权倚仗着自己的才能，割据江东，与强悍的曹操、诡诈的刘备形成鼎足之势，造就了东南一带的富庶繁华，怎么不让人感慨万端呢。作者追忆孙权，缅怀先贤，是感慨如今的南宋当局虽割据着当年孙权治下的土地，却再也没有孙权那样的具有雄才大略的英雄人物了。所以补充交代写道“舞榭歌台，风流总被，雨打风吹去”。“舞榭歌台”，借指当年孙权治下的吴国的政治军事上的煊赫声势。东吴的强盛繁荣，孙权的英雄伟岸，所取得的文治武功，让历史的河水漂洗得没有一点颜色，早已消失殆尽，只留下京口供后人欣赏凭吊，发思故之幽情而已。接着作者又想到了与京口有关的历史人物刘裕，于是写道“斜阳草树，寻常巷陌，人道寄奴曾住”。“寄奴”是刘裕的小名。“斜阳”二句，既是写眼前景，也是暗示一代枭雄，曾建立了丰功伟绩的刘裕和他的辉煌时代也在风吹雨打中烟消云散。刘裕早年在京口起兵，率兵北伐，战胜了侵扰中原的鲜卑贵族，后来推翻东晋政权做了皇帝。“想当年金戈铁马，气吞万里如虎。”这三句塑造了刘裕的英雄形象。“金戈铁马”和“气吞万里”两词，形容了刘裕当年进军的军势显赫和所向披靡的凌厉攻势。“想当年”有二义，既是承上指刘裕当年所建立的丰功伟绩。也是作者对自己年轻时代金戈铁马抗金斗争生活的怀念。作者站在北固亭上，想起了孙权和刘裕，歌颂赞扬了孙权和刘裕，除了英雄相惜的因素外，还表达了这样的意思：借古讽今，影射和批判屈辱求和的南宋当局。孙权不畏北面的强敌，敢向曹操叫板；刘裕更能收复大江南北，他们不愧为英雄豪杰。而南宋当局则不敢与金人决一死战，他们畏敌如虎，妥协投降苟且偷安，不要说收复失地，就是半壁河山也朝不保夕。

下片通过引用历史典故，表达了作者对时事和国策的看法，同时抒发了自己的思想情感。在写法上，作者主要是针对当时韩侂胄为了一己浮名和巩固自己地位的目的，急于事功，在没有做好充分准备的情况下就贸然兴师北伐的情况而发。作者运用借古讽今和怀古抒愤来进行表现。“元嘉草草，封狼居胥，赢得仓皇北顾。”这三句用的是南朝宋文帝刘义隆的典故。“元嘉”是宋文帝的年号。刘义隆是刘裕的儿子，虽说“虎父无犬子”，但刘义隆和他老子却相去甚远。他好大喜功，刚愎自用，轻听大将王玄谟兴兵北伐的鼓吹，没有做好准备，草率出师，结果大败。“封狼居胥”也是一典：西汉名将霍去病追击匈奴，大获全胜，为庆功遂在狼居胥山筑坛祭天。“狼居胥”，山名，在今内蒙古中部。这三句翻译过来就是：元嘉八年，刘义隆轻率出兵，妄想建立汉代大将霍去病追击匈奴在狼居胥山筑坛祭天那样的功业，结果吃了败仗，仓皇南逃，狼狈不堪。作者在这里典中套典，把自己对韩侂胄轻率出兵北伐的看法和意见，准确生动地表现了出来。而事实也证实了作者预见的正确，由于韩侂胄出师北伐的准备不足，用人不当以及奸臣作梗等原因，韩的这次北伐以失败告终。“四十三年，望中犹记，烽火扬州路。”这句笔锋一转，写自己。作者在宋宗绍兴三十二年（1162）南归，到写本词的时候，已经四十三年了。“扬州路”指江苏扬州一带，作者南归时曾经经过，当时扬州几经金兵焚掠，所以说烽火扬州路。作者登上北固楼向北眺望，自己四十三年前南归的经历，以及当时兵荒马乱的场面都还历历在目，那时自己胸怀大志，可是四十三年过去了，自己却一事无成，国事却越来越委靡不振。这几句中包含着无比沉痛的感情。“可堪回首，佛狸祠下，一片神鸦社鼓。”这句承上仍写感慨，借刘宋旧事来暗喻南宋的现实。“佛狸”是拓跋焘的小名。公元450年，他率军追击南朝王玄谟的军队，一直追击到长江北岸的瓜步山（今江苏省六合县东南），在山上修建了一座行宫。后人改此行宫为佛狸祠。人们忘记了失败的历史，南宋的老百姓常在这里迎神赛会，香火很盛。“神鸦”指吃祠里供品的乌鸦。这三句意思是：往事不堪回首，那佛狸祠本来是异族首领南侵的遗迹，可现在人们竟然在那里击鼓祭神，乌鸦飞来飞去啄食祭品，连半点收复北方失地的迹象和气氛都看不到了。作者借历史喻现实，叙说随着时光的流逝，人们渐渐地淡忘了国耻家恨，言辞之中充满了无奈、忧虑和伤感。“凭谁问，廉颇老矣，尚能饭否？”“廉颇老矣”用的是战国时赵将廉颇的典故：廉颇是战国时赵国著名的大将，晚年不得志，出奔魏国。秦国攻打赵国时，赵王想重新起用他，便派使者去看廉颇的身体状况。使者来后，廉颇当着使者的面大吃，还披甲上马，表示自己并不老，还可以为国出力。但使者因受人贿赂，回去对赵王说：“廉将军虽老，但还能吃饭，可是精力不行了，我坐了一会的工夫，他却拉了三次屎。”赵王信以为真，便没起用廉颇。辛弃疾写作此词时，已年过花甲。他以廉颇自比，说自己虽然年事已高，但还有廉颇那样老当益壮的雄心。但是，辛弃疾晚年的境遇还不如廉颇。廉颇虽老，但还有人牵挂，可辛弃疾呢，空空老去，无所作为不能作为，这一句，把作者满腹的伤感、惆怅、落寞、孤独、酸楚无奈等等情感淋漓尽致地表达了出来，同时，也婉曲地表达了自己虽然年老却还是像廉颇一样壮志犹存，希望能够为国家做一些事。

本词通篇境界阔大，豪放悲壮，气势雄伟，感情深沉。作者把怀古伤今有机地结合到一块，写景、叙事、议论、抒情融为一体，显得内容厚重、充实。另外，本篇的用典较多，但运用巧妙、恰当，和作者所要表达的思想感情帖合一致，不仅不显生硬堆砌，反而恰到好处，增加了作品的思想性和表现力。

南　乡　子

登京口北固亭有怀

何处望神州①？
满眼风光北固楼。
千古兴亡多少事，悠悠，
不尽长江滚滚流。

年少万兜鍪②，
坐断东南战未休③。
天下英雄谁敌手？曹刘④。
生子当如孙仲谋⑤！

注　释

① 望：眺望。神州：中国的别称。这里借指金人占领的南宋国土。
② 兜鍪（móu）：头盔。这里指士兵。
③ 坐断：占据，割据。
④ 敌手：势均力敌的对手。
⑤ 孙仲谋：即孙权，孙权字仲谋。

不尽长江滚滚流

题 解

这首词约作于宋宁宗开禧元年（1205），和《永遇乐·京口北固亭怀古》一样，是一首登高怀古作品。上片通过写景抒情，抒发了作者对沦陷的中原故土无限的怀念之情，言辞中充满着伤感和惆怅。下片极力赞美歌颂孙权，借古喻今，影射批判了南宋当局的懦弱无能，让大好河山沦入敌手，言辞中充满着悲愤和痛心。

赏 析

镇江，是军事重镇，是交通要冲，行伍出身的辛弃疾自然明晓它的价值作用。宋宁宗嘉泰三年（1203），谪居的辛弃疾被起用，出任绍兴知府兼浙东安抚使，不久以后，便被改派为镇江知府。此时的镇江已成为阻遏金人南下的第二道防线，战略位置突出。日趋严峻的国防形势，风雨飘摇的南宋统治，让辛弃疾心情沉重而压抑。他多次登临镇江北固亭，触景生情，想到历史上在此地呼风唤雨建立勋绩的英雄豪杰及此地的兴衰沉浮，感慨万端，写下了多篇词章，这首词即是其中之一。

词的上片写景抒情，抒怀了作者对沦陷故土的无比怀念之情，表达了作者对祖国深沉的爱。“何处望神州？满眼风光北固楼。”登上北固楼，极目远眺，虽然风光满目，但中原故土在哪里呢？此时南宋与金以淮河为界，淮河以北原为南国的领土悉为金人占有。所以作者有此反问。“千古兴亡多少事，悠悠”，站在北固楼上，让人思接千载。谁能说得清在这块土地上，千年来曾经历了多少朝代的兴亡更替，上演了多少英雄豪杰的称雄争霸？这句问语纵览千古成败，意味深长，回味无穷。“悠悠”兼指历史漫洐的时间久远及作者思绪的绵邈无穷。“不尽长江滚滚流”化用杜甫《登高》诗句：“无边落木萧萧下，不尽长江滚滚来。”作者内心牵扯不断的愁思和感慨，不正如奔腾不息的江水么。这一句也颇富哲理：一切事物都在变化中，一切都要腐朽，英雄豪杰兴衰成败等等一切都将成为历史，成为过眼云烟。

词的下片，作者对孙权给予了高度评价和赞美，借古喻今，影射并批判了南宋当局的懦弱无能，让大好河山沦入敌手，言辞中充满着悲愤和痛心。“年少万兜鍪，坐断东南战未休。”这句写孙权的年轻有为，“年少万兜鍪”是指孙权年少时就统率着大军。接下来，辛弃疾更以如椽之笔对孙权进行赞美，“天下英雄谁敌手？”若问天下英雄谁配称他的敌手呢？作者自问又自答曰：“曹刘。”唯曹操与刘备耳！《三国演义·青梅煮酒论英雄》一章里有一个细节：曹操对刘备说：“今天下英雄，惟使君（刘备）与操耳。”辛弃疾借用这个故事，把曹操和刘备请来给孙权当配角，说天下英雄只有曹操、刘备才堪与孙权争胜。这样一来，就把孙权的英雄形象极其突出地刻画了出来。作者之所以把孙权作为三国时代第一流叱咤风云的英雄来颂扬，其目的就是借凭吊千古英雄之名，慨叹当今南宋朝廷皆酒囊饭袋之辈而无大智大勇英雄人物执掌乾坤！至此，作者还觉得对孙权的赞美捧扬程度不够，于是再出一惊人之语“生子当如孙仲谋！”这里又用一典故。《三国·孙权传》注引《吴历》说：曹操有一次与孙权对垒，见吴军乘坐战船，军容整肃，孙权仪表堂堂，威风凛凛，乃喟然叹曰：“生子当如孙仲谋，刘景升（刘表）儿子若豚犬耳！”（生儿子应该生像孙权那样的儿子，刘表的儿子蠢如猪狗。）一世枭雄曹操，能对与自己抗衡的强者，投以敬佩的目光，而对于那种不战而请降的懦夫，如刘表儿子刘琮之流则十分轻视，斥为任人宰割的猪狗。奴颜婢膝投降敌人反遭敌人耻笑辱骂，这不正是历史上所有屈膝媚敌者的可悲下场吗！作者在这里引用该语，实是借古喻今，对南宋当局的投降派们给予了辛辣地嘲讽和批判。

通篇看，作者把写景、怀古、伤今之内容有机地融为了一体，篇幅虽短但气势充沛，感情强烈悲壮，意境高远雄浑。尤其是怀古的内容，作者层层推进，步步为营，抒情极为强势，使全词充满了巨大的情感张力。

生　查　子

题京口郡治尘表亭①

悠悠万世功，
矻矻当年苦②。
鱼自入深渊，人自居平土。

红日又西沉，
白浪长东去。
不是望金山，我自思量禹③。

注　释

① 京口：今江苏省镇江市。郡治：郡，府的意思。治，治所，地方政府机关所在地。宋代镇江府的行政机构设在京口，故称京口郡治。尘表亭：亭名。

② 悠悠：时间久远。矻（kū）矻：勤苦劳作的样子。

③ 思量：想念。

题　解

这首词约作于宋宁宗嘉泰四年（1204）前后，作者时任镇江知府。从题材上看，这首词属于怀古词，作者通过引用神话传说“大禹治水”的故事，对大禹建立的丰功伟业，救民出水火的英雄壮举给予高度评价与赞扬，表达了对大禹的钦羡与怀念。间接地表达了作者渴望南宋能出现大禹式的英雄人物，救国救民，重整乾坤的思想感情。

赏　析

词的上片重在描写大禹治水的辛苦，歌颂了大禹治水所建立的不朽功勋。“悠悠万世功，矻矻当年苦。”大禹治水，建立了万代不朽的功勋，在治水的过程中，他是多么的辛苦勤劳。“大禹治水”是《山海经》上记载的神话故事：相传在四千多年前的尧舜时代，我国黄河流域连续发生特大洪水，整个民族陷入空前深重的灾难之中。唐尧用有治水传统的夏族首领鲧主持治水。鲧采用“堙障”办法，修筑堤坝围堵洪水，但所修筑的堤坝频繁地被大水冲垮，鲧治水以失败告终。唐尧死后，虞舜派鲧的儿子禹继续治理洪水。禹吸取了他父亲治水失败的惨痛教训，改变单纯用堤堵水的办法，采用疏导的策略，因势利导治理洪水，使洪水和积涝得以回归河槽，流入大海。经过十多年的艰苦努力，终于制服了洪水。“矻矻当年苦”是形容禹治水的勤劳和辛苦，传说中大禹治水曾三过家门而不入。苦心人天不负，禹以他的辛勤劳作换回了胜利，最终治水取得成功，建立了千古伟业，所以作者说他“悠悠万世功”。“鱼自入深渊，人自居平土。”这两句写大禹治水成功后的巨大效果，大禹治水之前，洪水泛滥，生灵涂炭。大禹治水成功后，整个自然界又恢复了勃勃生机，鱼随着水流回到了江河湖海，人们从避水的高地回到了平地，再也不受洪水的祸害了。

下片通过抒发对大禹的怀念之情，间接地表达了作者渴望南宋能出现大禹式的英雄人物，救国救民，重整乾坤的思想感情。“红日又西沉，白浪长东去。”这句写作者的思绪从历史的长河中又回到了现实，两句写的是时间的漫漫流逝，遥远的往事早已成为过去，表意简单无奇，但词句生动活泼，对仗工整，色彩感极强，颇有韵味。“不是望金山，我自思量禹”为全词的点睛之句。不是因为陶醉于远方京山的优美风光，而是在内心深处对大禹充满着思念和心仪。联系辛弃疾所生活的时代，不难发现作者对大禹的赞美和怀念实是感慨当世无像大禹一样的英雄豪杰来扭转乾坤，救民于水火之中，换一种说法即是贤人志士被谗远离，庸碌奸佞专权误国，这就使全词由怀古变成了对黑暗现实的影射和批判，词的主旨得以深化。

全词短小精悍，描写简洁精炼，怀古托意，表意婉转含蓄，思想性极强。

祝英台近

晚　春

宝钗分，桃叶渡，烟柳暗南浦①。
怕上层楼，十日九风雨。
断肠片片飞红，都无人管，更谁劝啼莺声住。

鬓边觑②，试把花卜归期，才簪又重数③。
罗帐灯昏，哽咽梦中语：
是他春带愁来，春归何处，却不解带将愁去！

注　释

① 宝钗分：宝钗，古时妇女用以簪发的一种首饰。情人分别时，把宝钗分为两股，各拿一股，作为留念。桃叶渡：用的是东晋王献之的典故。南浦：水边，泛指离别的地点。
② 觑（qù）：斜着眼看。
③ 花卜归期：以花瓣的数目，来预测亲人归来的日期。

题 解

自从屈原在《离骚》中开创了“香草美人”的比兴传统后，后代的文人多仿效借用。辛弃疾的这首词便是“香草美人”比兴传统的表现手法，借闺情来言志，表达了作者对祖国长期分裂的悲痛。

赏 析

闺情一直是中国古代文人喜欢表现的题材之一，作品不计其数。然而也有一些诗人借闺情来表达政治抱负的不得实现和仕途的彷徨失意，这首词便是其中之一。词写了一个伤春的女子，怀念相思着远方的情人，其伤感落寞、孤寂惆怅的形象跃然纸上。然而，以爱国著称，豪放词风名世的辛弃疾写出了这样的词，它的表现手法，它的寓指就要引发我们的思考了。结合辛弃疾一生的遭遇和理想追求来看，这首词无疑是一首具有政治内涵的词作，词人假托一个女子叙说伤春和怀念亲人的苦楚和哀愁，寄寓着作者对山河破碎、祖国分裂不得统一的悲痛和怨愤之情。

词之上片重在写伤春之情，突出了离恨别愁给人带来的痛苦。开篇三句“宝钗分，桃叶渡，烟柳暗南浦”。用的是倒装的手法，正常语序应是“烟柳暗南浦，桃叶渡，宝钗分”。先写境，“烟柳暗南浦”，杨柳依依，雾霭轻烟让整个渡口笼罩在一片朦胧之中，渲染出一派让人伤感的凄迷景色。“桃叶渡”既是这对情人的分手之地，也暗含着历史上一个典故：东晋名士王献之有爱妾名叫桃叶，王献之曾送她渡江，二人生离死别，缠绵之情让人不堪。想到人生苦短，想到别后的无常，自然让人心烦意乱，让人心头沉重。意切切情绵绵，留点什么别后的念想之物吧，把我头上的发钗一分为二，各执一段，将来相聚，又是二而一了。作者在这里极力描写了情人离别的痛苦，其实表达的是自己对国家分裂的痛苦，山河破碎，南北人民长久地分离，被人为地隔绝了往来，其痛苦不知比情人分别时的痛苦要深重多少！“怕上层楼，十日九风雨。”这两句，写情人分手后，因为思念对方，不得不时时登楼远眺，其情已让人不堪，更何况是十有八九的日子是那风雨如晦的天气！风雨如晦，不能登楼远望，聊慰相思已是让人痛苦了的，而风雨如晦的日子，又会加重人因为相思而无法遣怀的痛苦。“断肠片片飞红，都无人管，更谁劝啼莺声住。”这三句，承上，进一步写主人公的愁苦之深，这句，让人想起欧阳修的名句：“泪眼问花花不语，乱红飞过秋千去。”(《蝶恋花》)本以为花能解人意，可是落红成阵，零落成泥。看到这，怎不让人心伤，偏偏黄莺撩人心碎的叫声又响起，也没人去阻止。“断肠”“都无人”“更谁劝”三词，加重了主人公那种寂寞、凄清、孤独而又无处寻求知音的苦楚。

词之下片，重在写人，刻画了主人公幽独愁苦的形象。“鬓边觑。试把花卜归期，才簪又重数。”“觑”斜着眼看的意思，斜眼看自己鬓边的花插好了没有。独在空闺中的她，还不忘时时妆扮自己的容颜，把自己收拾得利利索索的，打扮得漂漂亮亮的，可是，他到底什么时候归来呢？用花占卜一下吧。这几句，作者精心选择了几个典型的细节，把一个闺中少妇盼望情人归来的复杂心态，细致入微，活灵活现地刻画了出来。“罗帐灯昏，哽咽梦中语：是他春带愁来，春归何处，却不解带将愁去！”这几句承上，进一步描写主人公的思念之情。他怎么老是不归来呢，他要几时才归来呢，一天到黑，无时无刻不想着这事，念着这事，人儿成痴了，茶不思了，饭不想了，连觉也睡不好了。勉强地倒在床上，想着想着就睡过去了，在梦中流下泪来，竟至泣不成声。哎，都怪这春天，是它带给了我的烦恼忧愁，现在春天归去，怎不把我的烦恼也带走呢？因情生嗔，因想念而生怨愤，抒情主公的感情细腻，婉转缠绵，情态毕现。

全词笔触细腻，情感缠绵，摇曳多姿，含蓄委婉，乐而不淫，让人魂销意荡，咀嚼不尽。一代豪放不羁、洒脱张扬的词人写出如此情致缠绵、哀婉伤感的作品，这，也算是英雄豪杰柔情似水一面的表现吧。

粉　蝶　儿

和赵晋臣敷文赋落梅[1]

昨日春如，十三女儿学绣，
一枝枝不教花瘦。
甚无情，便下得，雨僝风僽[2]，
向园林铺作地衣红绉。

而今春似，轻薄荡子难久，
记前时送春归后：
把春波，都酿作，一江醇酎[3]。
约清愁杨柳岸边相候。

注　释

① 晋臣：赵不迂，字晋臣，是作者的朋友，二人常诗词唱和。
② 雨僝（chán）风僽（zhòu）：原意指恶言骂詈，这里形容风雨摧残花朵。
③ 酎（zhòu）：醇酒，浓酒。

题 解

这是一首咏物抒情词，作者描写的对象是春天的落花，通过对暮春残花形象的刻画描写，表达了作者惜春、伤春的情感以及留春不住所引发的愁绪。这浓重的愁绪看似是春残花谢引起的，更深层次的原因是作者理想壮志成空，国仇家恨所引发的，全词运用了“以小见大”的表现手法，主旨深刻。

赏 析

这是一首唱和之作，从小序中看，有“赋落梅”的字样，可以看出这又是一首咏物词，通过咏物而抒情，所咏之物为残春落花，所抒之情为怨春伤春带来的伤感惆怅之情，深层次的则是壮志难酬，国破家亡之恨之痛。

词的上片重在回忆昨日之春，表现的是昨日之春的春光烂漫，和下片形成对比，以表现作者的思想感情。“昨日春如，十三女儿学绣，一枝枝不教花瘦。”开篇三句，以极通俗而形象化的语言赞美了昨日之春的美好，春花烂漫，繁花似锦。为了突出昨日之春的独特和让人动心，作者用了一个“十三女儿学绣”这个独特比喻。这个比喻不仅巧妙，独特，而且极其生动贴切。一个十二三岁的小姑娘学刺绣，和一个稳重的成年妇女的区别就在于少女的针法放肆，设色大胆，不拘章法，绣品虽然不显成熟规矩但活泼灵动，花的绚丽，春的烂漫等内容通过这一句都得到了很好的表现。这一句也寄寓着作者的热烈愿望和美好的理想。就在读者陶醉于作者所描绘出的这一派烂漫春光美景中时，却不料作者来了一句“甚无情，便下得，雨僝风僽，向园林铺作地衣红绉”。表意急转直下，写风雨摧花，春光不再，也暗合了“好景不常在，好花不常开”这个俗理。在一片美好的春光中，谁曾料想狂风暴雨来了，风吹雨打，凋零一片，落红满地。因为好景（春景）不常在，好花（春花）不常开，所以作者也就特别地爱春惜春，爱花赏花。又因为爱春爱花，所以春归花谢才让人不堪和痛苦。作者虽未明言，但浸透于词句的字里行间里的，无不是伤春之情惜花之意，充满了伤感、无奈和惆怅。

下片写今日之春，重在抒发对今日春光难留的哀愁、失望和痛心之情。

“而今春似，轻薄荡子难久”这一句和上片的“昨日春如”句形成对照,“荡子”以吃喝玩乐为能事，是朝三暮四靠不住的人。《古诗十九首》上有“昔为倡家女，今为荡子妇。荡子行不归，空房难独守”诗。作者把临去的春光比做轻薄的浪子，写春光的短暂难留。这个形象的比喻中流露出作者的深沉的失望和强烈的悲愤情绪。很显然，仅是自然的春光作者绝不至于如此的悲愤伤感，那么被作者喻为“荡子”的“春光”究竟指代什么呢？以作者报国愿望之强烈，抗金之心之坚决，一次次宝贵机会的丧失让作者悲愤痛心自是情理中事。“记前时送春归后：把春波，都酿作一江醇酎。”这两句重在写作者春愁之浓重。作者在这里，一反传统的表现手法，不说愁绪的如江似海，而说消愁的浓酒多如江水，以酒的多浓反衬愁闷的深重，显得新颖独特。“约清愁杨柳岸边相候。”这两句仍重在写愁，但表现方法很是新颖，清愁本不可“约”，作者在这里把清愁写成可以相约的朋友、知己，与作者一起共饮“一江醇酎”。共同饮酒解愁。与“清愁”一起“解愁”，设想得奇妙，表现得生动。作者正是借着这奇妙的设想与表现，运用拟人的手法，在与清愁相约、相候中结束全词，在余韵绵绵中表达了自己深重的哀愁和不尽的伤感悲愤。

全词委婉细腻，绮丽多姿，比喻拟人等手法运用巧妙，借落花残春景色抒发国破家亡之哀愁，寄意深远，耐人寻味。

满　江　红

点火樱桃，照一架荼蘼如雪①。
春正好，见龙孙穿破，紫苔苍壁②。
乳燕引雏飞力弱，流莺唤友娇声怯。
问春归不肯带愁归，肠千结③。

层楼望，春山叠④；
家何在？烟波隔。
把古今遗恨，向他谁说？
蝴蝶不传千里梦，子规叫断三更月⑤。
听声声枕上劝人归，归难得。

注　释

① 点火：形容樱桃像火一样红。荼蘼（tú mí）：落叶灌木，夏初开白花。
② 龙孙：竹笋的别称。
③ 肠千结：形容愁绪很重。
④ 层楼：高楼。
⑤ 蝴蝶：化用庄周梦蝶的典故。子规：杜鹃的别称。古人说它的叫声像“不如归去”。

题 解

这是一首充满着浓郁感情的思乡之作。创作年代无法考证，可能是词人南渡后，仕途失意，壮志难酬，郁郁寡欢时所作的一首怀乡词。全词以春景为媒介，充分抒发了对国破家亡的不幸遭遇的悲哀伤感，也包含着作者矢志不渝的收复失地、统一祖国的崇高追求。作者把对故乡的怀念和对国家前途的担忧密切地联系在了一起，通过营造一种幽远深邃的抒情意境表达了作者这种复杂的思想感情。

赏 析

词的上片重在写春景，通过渲染出一派烂漫似锦的春光后，流露出浓浓的伤春情绪，用的是以乐景衬哀情的表现手法。“点火樱桃，照一架荼蘼如雪。”开篇先写春景的无边风光，楚楚动人，樱桃似火，荼蘼似雪，以特写式的镜头，选取了两种最有代表性的景物，突出了春光之美，景色动人。正是有如此的美景，让词人也有点情不自禁了，不由吟出了“春正好，见龙孙穿破，紫苔苍壁”。春景太动人了，词人不由得脱口而出“春正好”，词人的欢喜及对春的赞美之情溢于言表，禁不住进一步描写他所看到的景色：“见龙孙穿破，紫苔苍壁。”放眼望去，只见一簇簇新笋穿破了长满青苔的土阶，蓬蓬勃勃地向上生长，看了让人动心，给人鼓舞和力量。“乳燕引雏飞力弱，流莺唤友娇声怯。”两句承上，是“春正好”引领下的赞美内容。春燕牵引着幼雏，在和煦的春风中缓缓地飞翔；流莺呼朋引伴，娇音绵绵，宛如奏响了一首首春之抒情曲。开篇三句，作者通过选取“樱桃”“荼蘼”“竹笋”“乳燕”“流莺”这些独具特色的景物，通过色彩的搭配，视觉的变换，动静的结合，写出了春的色、形、声、势等特点的美妙感人，突出了春景的动人，强力张扬。但是，因为作者是一身处离乱中人，外界越是热闹，词人的内心越是寂寞。景色越是迷人，词人触景伤情，越是伤感。这不，随着词人对大好春光的描绘之后，引出了基调突转的抒怀句“问春归不肯带愁归，肠千结”。这一句与词人的另一首词《祝英台近·晚春》的结句“是他春带愁来，春归何处，却不解带将愁去”，用语和表意都十分相似，只是这里语调更为急促，表意更加直截了当。词人满腔烦恼，满腹悲愤，似在呐喊：深重的愁恨，都是你春天给惹出来的；如今你去，却把愁恨留给了我。你可知我已是愁肠百结，缠绕不解！这情感强烈的怨春之语，看似无理，细细思量，却又合情合理，因为无边的春光，是词人烦恼愁恨的由头，怨春虽是痴语，然而以此表达词人的情感却是无碍的。

词的下片，紧承上片，具体而细微地表现了被春景触动的深重愁恨。过片几句“层楼望，春山叠；家何在？烟波隔”。表意紧承上片尾句，写出了词人内心所郁积的愁恨原因。原来词人内心郁结不解的愁恨并不是一般文人墨客因月缺花残所引发的愁恨，而是山河破碎，无家可归，壮志难酬所引发的愁恨。这愁恨，是词人忧国忧民的表现，是词人理想成空的哀叹，是对南宋当局无所作为的愤慨，是对侵略者残暴凶狠的诅咒。因而这种愁恨重如千钧。但是，这深重的愁恨有谁解有谁怜呢？引出“把古今遗恨，向他谁说”一句。词人悲愤难平、英雄末路的孤独感失落感跃然纸上。“蝴蝶不传千里梦，子规叫断三更月。”这里用的是庄周梦蝶的典故，《庄子·齐物论》：有一天，庄周梦见自己变成了蝴蝶，感到非常快乐，悠然自得，不知道自己是庄周。突然梦醒了，却是僵卧在床。于是有疑，不知是庄周做梦变成了蝴蝶呢，还是蝴蝶做梦变成了庄周？后来文人就将做梦称为“蝴蝶梦”。“千里梦”指思念家乡的梦。子规的叫声像是在说“不如归去”。这两句，以深夜不寐的痛苦情景，将愁恨的内容向更广阔的时空延伸。“听声声、枕上劝人归，归难得。”“声声”一词上承“子规叫断”而来，呼应密切。枕头上听到杜鹃的叫声，声声凄切，好像在劝人回归故乡，可是回归故乡的愿望却无法实现。以直截了当的话语吁告了有家难归，无家可归的愁闷辛酸，让作者的抒情在余音绵绵中延续，形成余音绕梁的表意效果。

伤春怀秋，人之常情，而文人墨客尤甚，特别是漂泊江湖，身陷离乱之人。辛弃疾漂泊江南多年，知己零落，壮志成空，国破家亡，置身于春花秋月美景下，伤感愁苦之情自然由衷而发。王国维评纳兰性德词云：“纳兰容若以自然之眼观物，以自然之舌言情。此由初入中原，未染汉人风气，故能真切如此。北宋以来，一人而已。”（《人间词话》）观辛弃疾的这首词，绝无矫揉造作，也是以自然之舌言情的结晶，故而显得真切动人。

全词描写细腻传神，抒情波澜起伏，真切有力，基调沉郁，文脉贯通，语言清丽雅致，意境幽远深邃，极具感染力。

木兰花慢

中秋饮酒将旦，客谓前人诗词有赋待月，无送月者，因用《天问》体赋①。

可怜今夕月，向何处，去悠悠②？
是别有人间，那边才见，光影东头③？
是天外，空汗漫，但长风浩浩送中秋④？
飞镜无根谁系？姮娥不嫁谁留⑤？

谓经海底问无由，
恍惚使人愁⑥。
怕万里长鲸，纵横触破，玉殿琼楼⑦。
虾蟆故堪浴水，问云何玉兔解沉浮⑧？
若道都齐无恙，云何渐渐如钩？

注 释

① 《天问》：是屈原的一首“楚辞”作品，全篇由一百七十多个对“天”的问句组成。《天问》体就是采用《天问》的形式。
② 可怜：可爱。悠悠：遥远的意思。
③ 光影东头：月亮从东方升起。
④ 天外：宇宙。汗漫：广阔无边的意思。
⑤ 飞镜：指月亮。姮娥：嫦娥。因西汉时为避汉文帝刘恒的讳而改称嫦娥，是中国神话人物、后羿之妻。
⑥ 恍惚：隐隐约约的意思。
⑦ 玉殿琼楼：古代神话传说中月亮里面有玉殿琼楼。
⑧ 虾（há）蟆：指神话传说中月亮里的金蟾。玉兔：神话传说中月宫中的白兔。

题　解

这是一首极富浪漫主义的中秋咏月遣怀词。词人巧妙地借用了屈原的“天问体”来写，显得新颖别致。全词作者结合观察，借助丰富的联想和想象，对月亮东升西落、盈亏变化的原因进行了大胆的猜测性的解释，表现了作者朴素的唯物主义思想。而作者的一些猜测后来被科学的认识所证明是正确的，也成为天文学史上的一个佳话。作者用“天问”体写成了这首词，也暗示了作者内心的郁闷并反衬出无人能理解自己的苦恼。

赏　析

中秋是一个团圆之节，是古人最为看重的节日之一。每临中秋，喜欢风雅的文人墨客总是要呼朋唤友，赏月饮酒，因此留下了许多写中秋佳节的诗词。最有代表性的当推苏轼的那首《水调歌头·明月几时有》了。辛弃疾也写过不少中秋题材的词，但这首尤为特别。从本词的序言中看，作者点明了这是一首用“天问”体写成的“送月”词。因是送月，怎么个送法，就勾起了读者无限的兴趣。读完本词，才知道作者“送月”一反传统，既不叙悲欢离合，也不写吊古，游子思妇，而是依据自己对浩瀚天空的观察并结合想象，仿照屈原《天问》的写法，融会有关月亮的种种神话传说和对月亮的比喻，对月亮提出一系列的疑问，让人眼前一亮，耳目一新。

且来看作者面对月亮提出了哪些疑问。

“可怜今夕月，向何处，去悠悠？”湛蓝的天空上的那一轮皓月，看上去是多么的可爱，它在天空由东向西慢慢地移动，不知要到什么遥远的地方去？全词由此发端，词人发挥出奇特的想象和大胆的猜测：“是别有人间，那边才见，光影东头？”是不是另外还有一个人间，那里的人们看到的月亮和我们看到的相反，是从东方升起呢？“是天外，空汗漫，但长风浩浩送中秋？”是不是那浩渺的宇宙间，空虚无一物，只是一股浩浩长风在吹动中秋明月缓缓移动呢？“飞镜无根谁系？姮娥不嫁谁留？”月亮在那天上，怎么不会落下来，无根悬在空中，难道是谁用绳索把它系住了？住在清冷寂寥月宫里的嫦娥为什么不出嫁，难道是谁把她留住了吗？这里用到了“嫦娥奔月”的神话传说：后羿从西王母那里讨得不死之药，交与妻子嫦娥保管。逢蒙听说后前往偷盗，不料劣行败露，欲加害嫦娥。嫦娥没有办法，于是吞下不死药奔上了月宫，从此便住在清冷寂寥的广寒宫里。嫦娥思念人间生活，于是让吴刚伐桂树，玉兔捣药，想配制出飞升之药，重返人间。

下片紧承上片，继续就有关月亮的传说，表达自己的想法和看法。“谓经海底问无由，恍惚使人愁。”据说月亮游过海底，可又无从查问，真使人难以捉摸。“怕万里长鲸，纵横触破，玉殿琼楼。虾蟆故堪浴水，问云何玉兔解沉浮？”这两句承前，表达了作者对假定月亮经过海底产生的担忧：如果月亮真的经过海底，那海中的万里长鲸横冲直撞，会撞破月宫中的玉殿琼楼吗？月亮经过海底的时候，金蟾倒不用担心，它本来就会游泳，可是月宫中的玉兔怎么办呢，它不会游泳呀？“若道都齐无恙，云何渐渐如钩？”如果说月宫中的宫殿不被撞坏，玉兔也和蟾蜍一样，顺利渡过大海，没有发生任何问题，那么圆圆的月亮又为什么在月初和月尾会渐渐地变成月牙呢？

全词，以有限的问句，表现了辛弃疾在皓月的夜晚，面对夜空明月，面对宇宙，甚至面对社会人生无限多的困惑和不解所产生的疑问，其实这正是作者内心郁闷的一种流露，一种释放的方式。作者通过这首词或许表现了这样的寄意：那浩瀚的夜空，清冷的月宫都有人关注，有人发问，可是我满腔的悲愤、痛苦和委屈有谁来关注，有谁听理解呢？这样一来，就使词的主旨得到了深化。作者的众多疑问，在今天看来，已不是问题。但鉴于辛弃疾所生活的时代，鉴于当时人们的认识能力，他能有这样的发问，表现了他的大胆求索精神，难能可贵。

这首“送月”词，词人切入的角度独特，联想和想象大胆丰富，几乎应用到了所有的有关月亮的故事传说，既充满着浪漫主义、美轮美奂的色彩，又包含着生活逻辑，更有难能可贵的科学断想，彻底打破了前人咏月怀乡的陈规，想前人所未想，发前人所未发，其意义比那些对月伤怀的作品更深刻，其境界比那些单纯描写自然景物的咏月词更高一筹。清人王国维评价此词说：“词人想象，直悟月轮绕地之理，与科学家密合，可谓神悟。”（《人间词话》）

西　江　月

遣　兴[①]

醉里且贪欢笑，要愁那得工夫。
近来始觉古人书，
信着全无是处。

昨夜松边醉倒，问松“我醉何如[②]”？
只疑松动要来扶，
以手推松曰“去！”

注　释

① 遣兴：抒发一时的意兴。
② 何如：如何，怎么样。

题解

辛弃疾词好用典，在辛词中，像这首词一样写得明白如话，不事用典的词还真不多。通篇言“愁”，但不像作者其他词那样的直接描写抒发，而是反其道而行之，以“欢笑”来表现愁，写得含蓄生动，主旨深刻，表现出很高的技巧性。

赏析

在辛弃疾的作品中，国愁家恨一直是他所表现的重要内容之一。翻开《稼轩长短句》，表现愁恨的词作比比皆是，但从角度和技巧上来看，这一首尤为特别。老是相似的内容主旨，一味不变地直接抒情，不仅读者会产生审美疲劳，就是作者也会觉得腻烦。所以辛弃疾一反常道，用“欢笑”来写“哀愁”，于是有了这首让人耳目一新的词作。

上片反话正说，以乐写悲，以欢写愁，表达了作者内心的深重愤激和愁绪。“醉里且贪欢笑，要愁那得工夫。”这句为虚笔。酒醉之中十分享受欢乐，哪有一分一秒的时刻发愁呢？一个“贪”写出了作者享受“欢乐”的程度。初读这两句，感觉作者好像是一个十分豁达、十分超脱、飘然世外的达人，时时刻刻都在享受生活的乐趣和人生的美好时光，是一个十足的没有点滴烦恼的“欢乐佛”。细品之后就发现了问题，恰如佛家所讲，人生来就是苦的，就是受累赘和煎熬的，所以人生是没有欢乐的，即使有欢乐也是苦中作乐。如果作者是真正的欢乐，又何必要在酒醉中去享受？那么作者为什么出此言语呢？读了后两句才明白，原来这是作者的一句极为愤激之语，是反话正说，以乐写悲，以欢言愁。作者以极其夸张的表现欢乐之语，表达了内心深重的愁闷。“近来始觉古人书，信着全无是处。”这两句是实写。直到近来我才认识到对于古人那些充满说教的书本，如果都相信了它，一点好处都没有。“古人书”指什么呢？结合辛弃疾的成长经历和生平追求来看，作者的所谓古人书显然不是指那些农事卜筮丹石星相风水等等杂书，而是鼓吹“修齐治平”“立身扬名”等说教的儒家经典。儒家经典被辛弃疾奉为圭臬，指导着他的人生实践，因为在作者看来，他

昨夜松边醉倒

的人生实践是失败的，所以作者在这里以怨愤的口吻，近似无理且偏激的态度迁怒于曾对他产生深刻影响的书本。这恰恰突出了作者内心的愁闷之深愤激之重，也印证了开篇两句乃是以乐景写哀情的婉曲之笔。

下片虚笔，以醉写愁，借杯中之物，浇胸中块垒。“昨夜松边醉倒，问松‘我醉何如？’”昨夜酒醉，站立不稳，偎倚住路边的一株老松。问松曰：“我醉得怎么样呢？”这句写酒醉狂态，写得极富技巧和深度，以连环叠加的三重意思表达了愁思之深：借酒浇愁，以至于松边醉倒，一重愁也；“问松”并非醉语，而是表明词人内心有所郁结，欲要吐露宣泄，二重愁也；问语“我醉何如？”一反常人醉酒后“我没喝醉！”“继续干杯”式豪言壮语，而是以清醒装糊涂，问出“我醉得怎么样？”这种认同酒醉，愿意醉下去忘了愁的心态表达，三重愁也。“只疑松动要来扶。”乃酒后痴语，一反常理常态。我是活物，动的。松是静物，死的。但因有一“疑”字串连，又显得合乎情理，突出了醉态，表达了浓愁。“以手推松曰‘去！’”我用双手把松推开说：“去你的吧！”进一步渲染和强调醉态，也含蓄地表达了作者性格的倔强和执拗，表现在他的精神上，则是意志的坚强和信念的执着。下片三句分别写了醉态、醉言、醉行，步步深入，层层推进，通过这样一种酣醉，突出表达了词人的愁思之深。

辛弃疾是一个理想主义者，理想的崇高和现实社会的龌龊黑暗注定他最终会成为一个失败的斗士。但胡杨树死后一千年也不倒，斗士就是失败了也不停止呐喊和鼓吹，这是作者最让我们感动的地方，也是他留给我们的一种宝贵的精神财富。

鹧 鸪 天

代 人 赋[1]

陌上柔桑破嫩芽[2]，
东邻蚕种已生些。
平冈细草鸣黄犊，斜日寒林点暮鸦[3]。

山远近，路横斜，
青旗沽酒有人家[4]。
城中桃李愁风雨，春在溪头荠菜花[5]。

注 释

① 代人赋：代别人作的一首词。
② 陌：田野中的小路。
③ 犊：小牛。
④ 青旗：酒家用青布做的卖酒招牌。
⑤ 愁：害怕。

题 解

从作者自注“代人赋”三字来推测，此词很可能是辛弃疾的同僚或友人中有人为他罢官后的生活担忧而表达了安慰，词人便风趣地以代友人填词的方式回应对方而作的一首词。上片通过对田园风光的赞美，表达了作者对生活的热爱和乐观向上的生活态度。下片通过运用以物喻事的表现手法，表达了作者对媚敌求和投降派的不满和对靡弱国势的担忧，同时流露出自强不息，不甘沉沦的思想感情，有与友人共勉的意味。

赏 析

辛弃疾的豪放词气势雄浑，金声玉振，读来让人振奋，回肠荡气。辛弃疾的婉约词细腻婉转，清丽雅致，读来让人心旷神怡，情思绵邈。稼轩被誉为词之大家，实至名归。这首婉约小令，写得清新活泼，积极健康，明白如话，读来堪称美的享受。

上片通过对田园风光的赞美，表达了作者积极乐观的人生态度。“陌上柔桑破嫩芽，东邻蚕种已生些。”开篇两句写早春生机勃勃的气象，写桑树抽芽、蚕卵孵化这一平常物事，初读之下，好像平淡无奇，细细品味，便觉情趣盎然，意蕴不凡。“平冈细草鸣黄犊，斜日寒林点暮鸦。”这两句写得很美，表意也很美，显得非常的整饬和精工，如果没有对生活的热爱，没有精细的观察和认真的提炼，是写不出这样的句子的。从对仗的工整、炼字的功力、表意的充分、情调的蕴藉以及色彩的搭配等方面都直追前人佳句，而且它有生活，有内容，是美与生活结合的最好表现。“平冈”“斜日”“细草”“寒林”“黄犊”“暮鸦”等物象的巧妙组合，本身就是一幅绝美画面的构成要素，无须丝毫技巧，再以“鸣”“点”等动词，使得这幅画面一下鲜活起来，充满动感。从上片的选材来看，可表现早春特点的事物很多，可是作者为什么要选取“桑”“蚕”“黄犊”等对象来表现呢，因为这些对象都是和农事活动有关，这就表现了作者对农事的关心，也是对农民的关心，这是作者民生情怀的体现。

如果说词的上片是对景物的整体描绘，那么下片则是通过对重点景物的描写来抒情。“山远近，路横斜，青旗沽酒有人家。”远山连着近山，道路弯弯曲曲，从绿树掩映中伸出一幅酒帘，在微风中飘动着。这句写景很有层次，由高到低，由远及近，画面显得丰富多彩。“青旗沽酒有人家”一句看来很平常，其实是重要的。全词都在写自然风景，只有这句才写到人的活动，这样就打破了一味写景的单调，使得全词一下子就充满了人气。但这样的美景和生活能让人完全地陶醉和享受吗？一想到大环境，作者又不免忧上心头，“城中桃李愁风雨，春在溪头荠菜花。”两句一转，基调急转直下，是全词文眼。它又像是在写景，又像是在发议论，决定全词的情调，用的是以物喻事的表达方法。荠菜花虽然弱小，颜色也不鲜艳，但它却不自惭形秽，能扎根大地，迎春开放，美化家园。荠菜花不正是广大的民众么，荠菜花所表现出的精神不正象征着潜藏在广大民众中的执着坚韧的抗敌精神和永不熄灭的抗敌力量么。看到这一点词人不免一喜，“风雨”象征着飘摇的国势，甚嚣尘上的妥协声势，以及当权者的麻木昏庸，一想到这些，词人内心刚燃起的一点欢喜的火苗又灭了。“城中桃李愁风雨”也与上片的“斜日寒林点暮鸦”在表意和情感基调上形成呼应，使全词显得文脉贯通。

古人作诗，特别讲究汉字的表现力，遂有王安石“春风又绿江南岸”句中对“绿”字的提炼和贾岛“鸟宿池边树，僧敲月下门”句中“敲”而引发的“推敲”典故，成为文坛佳话。本词中，对“破”“鸣”“点”“有”词语的提炼运用，也是词人追求汉字运用效果，不让先贤的表现。

满江红

暮春

家住江南，又过了清明寒食①。
花径里，一番风雨，一番狼藉。
红粉暗随流水去，园林渐觉清阴密②。
算年年落尽刺桐花，寒无力③。

庭院静，空相忆。
无说处，闲愁极④。
怕流莺乳燕，得知消息⑤。
尺素如今何处也？彩云依旧无踪迹⑥。
谩教人羞去上层楼，平芜碧⑦。

注 释

① 寒食：即寒食节，是清明节前的那天。亦称“禁烟节”“冷节”“百五节”。在这一日，禁烟火，只吃冷食，所有叫作“寒食节”。

② 红粉：指落花。

③ 刺桐：一种产自南方的落叶乔木，似梧桐而有刺，春天开深红色的花。

④ 极：形容愁闷之深。

⑤ 流莺：在树枝上飞来飞去的黄莺。乳燕：母燕。

⑥ 尺素：书信。彩云：古诗歌中想象天上的云可以捎信。屈原《思美人》：“愿寄言于浮云兮，遇丰隆而不将。”（想让天上的彩云给她捎一封书信，可是云神丰隆不给带。）

⑦ 谩：空，白白地。平芜：长满青草的平旷原野。

题 解

从题材上看，这是一首闺情词。表现了一位独守空闺的女子面对暮春的残破衰败景象所引发的孤独愁苦的思想感情。从作者的人生经历来看，他很可能是假闺情来寄寓自己仕途失意、思念家乡、郁郁寡欢的思想感情。全词即景生情，表意婉曲含蓄，寄意深远。

赏 析

在辛弃疾所作的婉约词中，这可能是其中的翘楚，堪与词人的名作《青玉案·元夕》（东风夜放花千树）相媲美。

上片重在写晚春残破衰败景象，风吹雨打，落红一片，是对下片抒情的烘托和铺垫。作者写残春景象，借一位独守空闺的女子眼中所见来写，角度独特而巧妙。“家住江南，又过了清明寒食。”“江南”一词在这句中有很深的表意。“江南”暗对“江北”，突出江南不免让人想到江北。辛弃疾的故乡在江北，在异族之手，而他自己却长期漂泊江南，有“家”不能归，“离人”之感何其刻骨铭心。《红楼梦》里有“江南江北一般同，偏是离人恨重”句，在江南江北无甚区别的前提之下，“离人”尚且恨重，那么江南江北分裂的局面下，“离人”的愁恨之重岂是言语所能表达得了的，一句平白的诗句，有力地表达了作者深重的愁恨。“花径里，一番风雨，一番狼藉。”连用两个“一番”，见风雨之多，狼藉之甚，风雨摧花，春光凋零，因此春光渐行渐远，于是有了下面两句“红粉暗随流水去，园林渐觉清阴密”。一池的落花随水而去，春光已尽，树叶慢慢地长大，渐渐地变得浓阴匝地了。“算年年落尽刺桐花，寒无力。”进一层用美丽的刺桐花每年都在这“寒无力”的时节落尽而示春残。“年年”上应首句的“又”字，正见年复一年，景色、闲愁，无不一如过去的暮春。总之花已谢，春已逝，面对此情此景，让人焉能不联想到岁月易逝，青春难驻，让人情何以堪！顺理成章地引出下片的抒情。

词的下片紧承上片的写景引发的愁绪，直接抒情。“庭院静，空相忆。无说处，闲愁极。”直抒浓浓情愫，空院一片寂静，我独自一人，孤独寂寞，不由想起了往事历历。可悲的是这万千思念，千钧重愁竟是无处倾诉，不堪之情，力透纸背。“静”“空”“无”“极”等字用得好，细致传神地刻画了抒情主人公复杂的内心世界和强烈的情感活动。“怕流莺乳燕，得知消息”句在前面的基础上，表意更进一层，既想对人倾诉，又怕流莺乳燕看透了心事，表达了主人公内心的矛盾、挣扎和焦灼不安。为什么会有这种心理呢，她既压制不住自己的回忆和相思，又害怕别人的飞短流长，谣诼中伤，所以她内心很纠结。但思来想去，只好把刻骨的相思深深地埋藏在心底了。“尺素如今何处也，彩云依旧无踪迹。”“尺素”，指书信。晏殊《蝶恋花》:“欲寄彩笺兼尺素，山长水阔知何处。”汉乐府《饮马长城窟行》:“客从远方来，遗我双鲤鱼。呼儿烹鲤鱼，中有尺素书。”“彩云”指信使，古人认为天上的彩云可以捎信。屈原《思美人》:“愿寄言于浮云兮，遇丰隆而不将。”（想让天上的彩云给她捎一封书信，可是云神丰隆不给带。）这两句表面上写彩云依旧没有踪迹，想给他捎去一封表思念的信件也不成，实则是我因为思念给他寄去了表相思的书信，为何至今仍不见他的音讯，这真让人受不了啊！这正是“谩教人羞上层楼”的原因。“谩教人羞去上层楼，平芜碧。”“谩”，空，白白的。“平芜”是长满青草的平旷原野。这个意象表达的是伤感惆怅之意，和欧阳修《踏莎行》“平芜尽处是春山，行人更在春山外”句里的“平芜”表意一致。因为思念，想去高楼眺望以纾思念之情，可这长时间不见他的音讯，没有他的消息，怎么有勇气登上高楼远望呢？因为登上高楼所见的不过是芳草碧连天的旷野景色，哪里能看到人的影子呢？

结合辛弃疾的生平来看，我们有理由把这首词看成是作者假闺情来寓情言志的一首词，词中抒情主人公的回忆思念就是作者对故乡的回忆和思念的表达，女子所发之愁闷即是作者壮志难酬引发的愁闷。对一个青年时代就离开家乡，异地漂泊几十年梦中都想回归故乡的人来说，借了艺术的形式，巧妙含蓄地抒情言志未必不可，这样的解读应该没有穿凿之嫌。

卜 算 子

修竹翠罗寒，
迟日江山暮①。
幽径无人独自芳，此恨知无数。

只共梅花语，
懒逐游丝去②。
著意寻春不肯香，香在无寻处③。

注 释

① 修竹：细长的竹子。翠罗：翠绿的丝布。迟日：《诗经》里有“春日迟迟”句，后以迟日表示春天。江山：江河山岳。
② 游丝：烟岚雾气。
③ 著意寻春不肯香：在人们着意游赏春景的时候它不肯散发芬芳。

题　解

这是一首托物言志的小令。小令运用了比兴手法，通过对梅花的歌颂赞美，象征着作者品行操守的高风亮节，理想信念的执着坚定，表达了作者不怕险恶环境、不畏邪恶势力，决不随波逐流苟且偷生的思想追求和情怀。

赏　析

松竹梅兰是文人墨客最喜爱的植物，被誉为“四君子”。松竹梅兰也是文人墨客在他们的作品中最喜欢表现的对象，中国的古典诗词中，表现松竹梅兰的作品数不胜数。辛弃疾的这首小令虽有牌无名，但读后不难发现是一首“咏梅”小令，是通过对梅花的赞颂来象征自己的品节操行和表达自己的思想感情的。“修竹翠罗寒，迟日江山暮。”细长的竹子一丛丛如青翠的丝障一般，带着轻微的寒冷，春天的山河迎来日暮。开篇一句点明时间节令，重在写景。“修竹”细而高的竹子，因为春天其他植物尚未萌发，只有竹是青翠的颜色，没有其他绿色匹配，显得单薄和孤立，所以给人细而高的感觉。“迟日”一词出自《诗经·小雅·出车》：“春日迟迟，卉木萋萋。仓庚喈喈，采蘩祁祁。”（春天慢慢到来，来后草长花开。黄莺啁啾鸣叫，景色让人开怀。）这两句写是的初春南方独特的景色。“幽径无人独自芳，此恨知无数。”梅花在幽静而偏僻的小路边独自开放，独自芬芳，留给人们多少遗憾和愁恨呢？这句暗写梅花，并借梅花来抒怀。关键词是“恨”，是谁的“恨”呢？表面看作者是在写梅花的“恨”，梅花恨自己身处幽径，花开花落，独自芬芳，无人欣赏。实际上是借梅花之恨来写自己之恨：自己像梅花一样不畏险恶、坚强执着、冰清玉洁，可是有谁来同情自己、理解自己和欣赏自己呢？作者的忧独愁苦之情溢于言表。

下片直截了当抒情言志，表达了词人愿像梅花那样保持着自己高尚的操守和品节，绝不随波逐流，苟且偷生的思想追求和情怀。“只共梅花语，懒逐游丝去。”只与梅花成为知己，懒得去理那空气中弥漫的烟岚雾霾。“梅花”比喻君子贤人，“游丝”比喻奸佞宵小，市侩庸人。这句直接抒情言志，表达了词人要像君子那样光明正大正道直行，决不迎合那些奸邪小人来沽名钓誉的思想感情。

“著意寻春不肯香，香在无寻处。”梅花，在人们刻意游春赏景的时候它不肯散发芬芳，却在那人迹罕至的地方散发着它的幽幽暗香。这不正是梅花高洁飘逸，卓然不群特色的表现么？这句间接抒情，词人借梅花形象表现自己的性格刚烈、孤高不屈、坚贞自守的傲骨形象，表达了自己的不惧谗毁，将会像梅花一样保持品格的高洁不染，决不媚敌求荣，阿谀逢迎的思想感情 。

全词语言清丽雅致，灵动多姿。表意含蓄深沉，寓意深刻。基调婉约缠绵，意境幽远深邃。细细品读，情致悠悠不绝。

西　江　月

示儿曹，以家事付之①

万事云烟忽过，
百年蒲柳先衰②。
而今何事最相宜？宜醉宜游宜睡。

早趁催科了纳，
更量出入收支③。
乃翁依旧管些儿，管竹管山管水④。

注　释

① 儿曹：儿子们。
② 蒲柳：蒲与柳入秋落叶较早，喻人之早衰，词中作者自指。
③ 催科：催收租税。了纳：向官府交纳完毕。
④ 乃翁：你们的父亲，作者自谓。

题 解

这首词见于《稼轩长短句》卷十，从“以家事托付儿孙”的内容来看，应该是辛弃疾晚年的作品。全词表现了作者晚年超然世外、恬静淡泊、与世无争的人生态度和思想，对儿子们的叮嘱，表现了一个父亲的责任感和未雨绸缪的忧患意识。其实，轻松而悠闲的语气之后，激荡着的是词人英雄末路和功名成空的悲愤和无奈之情。

赏 析

词的上片重点写作者晚年的心境和生活，表达了作者看破红尘，超然世外的人生态度。词人通过比较消极的口吻表达了抑郁不平愤慨的思想感情。开篇一句“万事云烟忽过”表意极其丰富而强烈，也奠定了全词的基调。辛弃疾一生以气节自负，以功业自许，收复失地，重整乾坤是他的最大梦想。他的人生大半时间，几乎最美好的年华都用在了抗金大业上了。他召集义士，投奔耿京，勇闯敌营，生擒叛徒，名震朝野。再后来，他辗转各地为官，支持抗战、为前方抗战募兵募捐，鼓吹抗战反对议和，曾上《美芹十论》等谏议。但也因为他毕生坚持抗战，为手握实权的主和派所不容，屡受谗毁，排挤中伤，几经罢黜，受尽屈辱，历尽艰辛，件件桩桩，数不胜数，然而词人只用“云烟”二字予以轻描淡写，其实这淡，正是词人内心未能忘情的压抑之重。一生之重现在突然“看开”，突然“放下”，词人心境之无奈悲凉酸楚之情跃然纸上。顺着这种情绪，引出了下面一句“百年蒲柳先衰”。“蒲柳”作者自指。因蒲与柳两种植物入秋落叶较早，诗文中用以喻人早衰。词人以蒲柳自指，明说自己年老体衰，不能有什么大的作为了。但言为心声，词人是以此暗示了自己内心的伤感失望，落寞之情。既然自己已衰朽残年，那么还能做些什么，余下的日子又怎么过呢？引出“而今何事最相宜？宜醉宜游宜睡”的结句。如今我还能做什么事呢？一切世事都与我不相干了，我能做的只有醉、游、睡。一个曾经雄心豪情万丈的壮士，一个曾经“壮岁旌旗拥万夫”的斗士如今只剩下醉游睡了，英雄末路，理想壮志成空所引发的强烈愤慨及无奈之情力透纸背。

相对于上片的感性和冲动，下片便显得十分理性和克制，主要写一个有责任心的父亲把他的持家经验当作法宝传给儿子，字里行间盈动着一股深沉的父爱。“早趁催科了纳，更量出入收支。”及早催租纳税，妥善安排一家收入和支出。接人待物兴家持家是一门博大精深的学问，作者以高度浓缩的语言选取生活中最重要的事项告诫儿子们，富有概括性和代表性。辛弃疾一生对政治、军事、经济都有着深刻的见解，对会计核算亦深有研究。词中所用“出、入”乃当时官府会计所用记账符号，“收、支”乃民间会计常用的记账符号，他将这些用到自己的词中，自有一番新意。叮嘱完儿子，又顺便说说自己，这就是“乃翁依旧管些儿，管竹管山管水”。我还是要做一些力所能及的事情，“竹、山、水”既指代词人力所能及的一些事，且在表意上又与上片末句“宜醉宜游宜睡”形成照应，又是作者晚年所追求的一种散淡随意生活态度的一种暗示。

全词造语生动，基调狂放不羁，清雅洒脱，寓意深远，“三宜”“三管”的表述，有诙谐幽默情趣，读来让人解颐且有启悟。

汉 宫 春

立春日

春已归来，看美人头上，袅袅春幡①。
无端风雨，未肯收尽余寒②。
年时燕子，料今宵、梦到西园③。
浑未办、黄柑荐酒，更传青韭堆盘④？

却笑东风从此，便薰梅染柳，更没些闲⑤。
闲时又来镜里，转变朱颜。
清愁不断，问何人、会解连环⑥？
生怕见、花开花落，朝来塞雁先还⑦。

注 释

① 袅（niǎo）袅：随风舞动的样子。春幡（fān）：古时立春日，贵族家里剪彩绸为春燕、春花、春蝶等戴在妇女头上或缀在花枝之下，叫作春幡。

② 无端：无缘无故。

③ 年：旧。西园：指北宋汴京城西门外的琼林苑。

④ 浑：全部的意思。

⑤ 薰梅染柳：春风忙于打扮梅柳，使得梅花飘香，柳树吐芽。

⑥ 解连环：用的是战国时的一典故。

⑦ 塞雁：从北方边塞地区飞来的大雁。

题　解

这首词的题目是《立春日》，写的是词人在立春那天的所见所感。全词运用了比兴的手法，影射并批判了投降派们苟安江南一隅、不思进取的可耻行为，表达了词人深重的忧国忧民、怀念家乡的思想感情。

赏　析

词的上片写景，借景喻事抒情。开篇三句“春已归来，看美人头上，袅袅春幡”。写景，点明节候时间，需要注意的是，作者写春日到来，不写自然景观物事，而写和春日相关的人事活动，是有他独特的用意的，其用意就是要通过这种人事活动，来表现江南大地回春，但南渡的人们（上流社会统治者们）已全然忘了国仇家恨，宛然“商女不知亡国恨，隔江犹唱后庭花”的心态，呈现出的是一派歌舞升平的虚假而畸形的世态。而时下的国家形势究竟怎样呢？时下的形势是“无端风雨，未肯收尽余寒”。虽然已经是立春的节气，虽然春天一步步来了，可是天气却变幻无常，仍然时不时地刮风下雨，还不肯收尽冬天的寒意。作者借自然界的风雨和寒冷暗示北方的敌情仍然严重，沦丧的国土尚未收复。作者的思绪顺着这个思路延伸：“年时燕子，料今宵、梦到西园。”“西园”，汉朝时，在京城的西郊建有上林苑，供皇室游玩，打猎，称为西园。北宋在都城汴京的西门外建有琼林苑，其中“松柏森列，百花芬芳”，这里的西园即指琼林苑。我料想那些旧时的燕子，今夜只能在梦中回到西园了。昔日繁华的汴京如今仍被敌人占据着，富丽的宫殿苑囿是否已成了残垣断壁。燕子也只能在梦中回去，何况人了，作者对故乡的思念之切，回不去的伤感之深通过这句淋漓尽致地表达了出来。“浑未办、黄柑荐酒，更传青韭堆盘？”这句紧承上句，写出了词人因为伤感而无心过节。我什么都没办，都没有准备，心情郁闷，忧心忡忡，哪有什么心情过节呢。

词的下片重在抒发作者的忧国之思和怀乡之愁。“却笑东风从此，便薰梅染柳，更没些闲。”这句借东风忙忙碌碌的薰梅染柳来讽刺南宋统治集团整天忙碌于醉生梦死、寻欢作乐的生活。“闲时又来镜里，转变朱颜。”时光匆匆，自已慢慢变成垂垂老朽，无所作为，怎不让人惆怅郁闷啊！作者表达了对统治者的昏庸腐朽使他无法作为的愤慨和不满。作者因愤慨而情绪激动，因而又想起那些不愉快的事来：形势的险恶，国土的沦丧，北方人们的非人生活，统治者的昏庸腐朽等等让作者不由愁绪满怀，就有了“清愁不断，问何人、会解连环”这表现愁思深重的一句。“解连环”用的是战国时的一个典故，据《战国策·齐策》记载，秦昭王派人送给齐王后一个玉连环，说：“齐国人很聪明，能够解开这个连环吗？”齐王后拿给大臣们看，大臣们都不知道怎么解开。齐王后于是拿一把铁锤把这个玉连环砸破了，告诉秦国使者说：“连环已经解开了。”作者用这个典故形容自己内心的愁闷像玉连环一样地无法解开，也是感慨缺少英明无畏、果敢坚强的君主。“生怕见、花开花落，朝来塞雁先还。”“生怕”即“甚怕”的意思，我最怕的是花开花落，尤其最怕去年由塞北来的大雁却已先我而北还！作者为什么怕花开花落，因为作者用了三句“变朱颜”“解连环”“生怕见”，三句层层推进，步步加深，有力地表达了作者的愁思之深。从写愁技巧上而言，虽不如“一川烟草，满城风絮，梅子黄时雨”（贺铸《青玉案》“凌波不过横塘路”》）的形象生动，但因贺铸表达的是文人的闲愁，而辛弃疾表达的是家国之愁，所以后者比起前者要深重得多，有价值得多。

图书在版编目（CIP）数据

辛弃疾词赏析 / 马玮主编.— 北京：商务印书馆国际有限公司, 2017.6（2022.2重印）
（中国古典诗词名家菁华赏析丛书）
ISBN 978-7-5176-0405-1

Ⅰ.①辛… Ⅱ.①马… Ⅲ.①辛弃疾（1140-1207）-宋词-诗歌欣赏 Ⅳ.①I207.23

中国版本图书馆CIP数据核字(2017)第109125号

XINQIJI CI SHANGXI
辛弃疾词赏析

主　　编　马　玮
出版发行　商务印书馆国际有限公司
地　　址　北京市朝阳区吉庆里14号楼
　　　　　佳汇国际中心A座12层
邮　　编　100020
电　　话　010-65592876（编校部）
　　　　　010-65598498（市场营销部）
网　　址　www.cpi1993.com
印　　刷　北京中科印刷有限公司
开　　本　710mm × 1000mm　1/16
字　　数　268千字
印　　张　16.375
版　　次　2022年2月第1版第5次印刷
书　　号　ISBN 978-7-5176-0405-1
定　　价　35.00元